KB230552

정 전

정 전

정 전

제31회
문학동네소설상
수상작

함윤이

장편소설

문학동네

차례

프롤로그

새벽 내내 눈이 내렸다.

아침이 되자 학교 운동장은 잘 닦은 접시처럼 희게 빛났다. 오후 한시, 졸업식을 끝낸 아이들이 운동장으로 몰려나가 흰 땅 곳곳에 흩어지며 발자국을 남겼다. 언 뺨을 문지르고 사진을 찍었다. 품마다 요란한 빛깔의 꽃다발과 상장들을 안고 있었다. 열린 창 틈으로 사진을 찍는 이들의 목소리가 들려왔다. 웃어, 응, 더 크게.

텅 빈 교실 안에 막이 있었다. 난방기를 틀지 않은 교실은 조금 서늘했고, 여섯 개의 형광등을 모두 켜둔 터라 하얗게 밝았다.

막은 지난 몇 달간 사용한 창가 자리에 앉아 있었다. 그는 반쯤 열린 창 너머로 반짝이는 운동장을, 그 위에 연신 찍히는 발자국을, 웃거나 우는 얼굴들을 보았다. 머릿속으로는 다가올 미래의 여러 순간을 그려보았다. 대학 생활과 첫 연애 그리고 섹스, 신분증을 지녀야 갈 수 있는 술자리와 얻음직한 일자리 같은 것을. 열심히 머리를 굴렸으나, 그 어떤 장면도 구체적으로 그려지지는 않았다.

막은 미래를 그리는 일을 빠르게 포기했다. 대신 지나간 순간들을 돌이켜보았다. 이번에는 선명하고 뚜렷한 이미지들이 연이어 떠올랐다. 교실과 운동장, 식당과 양호실 그리고 온갖 골목과 거리를 오가는 자신과 친구들의 모습. 막은 웃다가 한숨을 쉬었고, 한 번씩 훌쩍였다. 한 손으로는 지난 몇 달 내내 책상에 낙서한 갖가지 자국을 문질러 지워냈다.

그때 교실 뒷문이 열렸다. 문 너머에 은단이 서 있었다. 얼굴이 빨갰으며 양 주먹은 꽉 쥔 채였다. 눈송이를 맞아 축축해진 앞머리가 이마에 달라붙어 있었다. 막은 다시 창밖으로 눈길을 돌렸다. 은단이 뒷문을 닫고 비척비척 다가와 막의 옆자리에 섰다.

"나 할말이 있어."

막이 고개를 틀었다. 은단과 눈을 맞춘 후 말했다.

"난 너 안 좋아해."

"그런 게 아니야. 나 할말이 있어. 그러니까, 그래. 나 비밀이 있어……”

막은 한숨을 쉬었다. 은단이 고개를 푹 숙이고 젖은 머리를 뒤로 쓸어넘겼다. 손끝이 덜덜 떨리고 있었다.

막이 말했다.

“그래, 말해.”

“말로 하긴 어려워.”

막이 눈썹을 찡그렸다. 은단이 얼굴을 들었다. 막을 향해 드러난 이마가 양뺨보다 배로 더 붉었다. 그는 두어 차례 숨을 고르고 말했다.

“하지만 보여줄 수 있어.”

다음 순간, 그들은 불 꺼진 교실에 앉아 있었다. 막은 천장을 보았다. 여섯 개의 형광등이 모두 꺼져 있었다.

어느새 먹구름이 잠식한 하늘은 부연 잿빛이었다. 막은 일어나 앞뒤를 둘러보았다. 교실은 삽시간에 겨울의 그늘에 휩싸여 있었다. 막은 교실 앞으로 걸어가 전등 스위치를 여러 번 눌렀다. 찰칵이는 소리만 울릴 뿐, 불은 다시 켜지지 않았다. 은단은 여전히 막의 책상 옆에 서 있었다. 창문을 등진 얼굴이 검게만 보였다. 막이 물었다.

“다시 못 켜?”

“응.”

“언제부터?”

"모르겠어…… 예전부터 이랬어."

"어떻게?"

"그것도 잘 모르겠어."

막은 다시 자리로 돌아갔다. 창문을 활짝 열고 밖을 내다보았다. 어느새 새로운 눈이 내리고 있었다. 몹시 얇고 가늘어 자세히 보지 않으면 알아챌 수 없는 눈송이들이었다. 눈송이들은 사진을 찍거나 찍히는 이들의 어깨에, 꽃송이와 상장에, 이미 눈 덮인 땅 위에 쌓였다. 그 순간 막은 방금 전까지는 일절 상상하지 못했던 미래를, 다가올 날들을 잠시 엿볼 수 있었다. 쏟아지는 눈송이처럼 많고 많아 어느 것도 자세히 살필 수는 없었다. 그저 흩날리는 몇 가지 파편을 볼 수 있었을 뿐.

막은 뒤를 돌아보았다. 은단이 여전히 거기 있었다. 앞으로도 영영 그 자리에 서 있을 것만 같았다. 막이 물었다.

"나밖에 몰라?"

"응."

"앞으로도?"

"앞으로도."

1 부　　공장

1

　막은 무사히 스무 살이 되었다. 스무 살이 되는 건 좋은 일이었다. 주변의 모두가 그렇게 말했다. "스무 살, 좋은 나이지!" 좋은 일을 맞이한 사람들이 으레 그러하듯 막 역시 기뻤다. 세상이 그를 향해 근사한 얼굴로 윙크를 날리는 듯했다.
　스스로 기대했던 것보다 더 빨리, 막은 십대 시절을 떠나보냈다. 은단은 물론 눈 내리던 날 교실에서 벌어진 정전 따위도 금세 잊었다. 정확히 말하면 잊기로 마음먹었다. 이십대에까지 은단의 울적한 얼굴을 끌어들이고 싶지 않았다. 은단의 비밀과 불 꺼진 교실은 막의 머릿속 뒤편, 어떤 빛도 들어오지 않는 그늘로 물러갔다. 그렇게 해도 아무런 문제 없이 지낼 수 있었다.

세상의 윙크를 받은 막은 각종 술자리에 불려다녔다. 스무 살의 막이 돌아다닐 수 있는 서울의 밤은 넓고 풍성했다. 막은 갖가지 모양의 문과 오색의 조명들 사이를 오갔다. 새로운 이들과도 곧잘 친구가 됐다. 마주한 사람 대부분이 막을 좋아했다. 막이 잘 웃고, 간혹 이상한 고집을 부리고, 술 약속에 번개처럼 나타나고, 안주가 없어도 독주를 콸콸 들이붓고, 그럼에도 해가 뜰 시간까지 자주 남아 있어서였다.

"막은 튼튼하네."

친구가 된 사람들은 말했다. 막도 말했다.

"맞아, 나 튼튼해."

돌이켜보니 정말 그랬다. 여태 큰 병을 앓은 적도 없었고, 잔병치레도 드물었다. 막의 뱃속은 별다른 사건 사고 없이 늘 부지런히 작동했다. "나 운동회 때 날아다녔거든. 계주에서도 마지막 주자만 맡았어." 술자리에서 막은 자주 자랑했다. 기마전에서도 자주 기수를 맡았고 피구 시합에서는 늘 최후까지 남았으므로 운동장 곳곳에서 막의 이름이 울려퍼지곤 했다고. 날아오는 공을 받은 순간 모래밭 위를 굴러 무릎이 벗겨진 적은 있었지만, 금세 새살이 돋았다. 막이 입은 상처는 늘 그토록 순식간에, 또 매끈하게 나았다. 애당초 큰 부상을 입은 적도 딱히 없었다.

단 한 번, 뼈에 금이 간 적은 있었다. 스무 살의 막에게도 옛날로 여겨질 만큼 희미해진 과거의 일이었다. 갓 초등학교에 입학했거나, 채 초등학교에 들어가지 않았을 무렵이었다.

그날 막은 그네의 왕이었다. 앉아서도 타고, 일어서서도 탔으며, 거꾸로 앉은 자세로도 탔다. 놀이터 모래밭에 흩어져 앉은 아이들이 막을 구경했다. 대부분이 막의 친구였다. 처음 그들은 막의 그네 타기 솜씨에 감탄했으나 시간이 얼마쯤 지나자 관심이 식었는지 자리에서 일어났다. 그들끼리 모여 모래집을 만들고 구덩이를 팠다. 보도에서 뜯어온 잡초들을 즙이 나도록 찧기도 했다.

막은 그들의 관심을 더 오래 끌고 싶었다. 모두가 자신이 얼마나 높이 오를 수 있는지 봐주길 바랐다. 그는 일어서서 그넷줄을 잡고 발을 굴렀다. 곧 막이 탄 그네가 다른 아이의 것보다 훨씬 더 높이 허공으로 솟구쳤다. 몇 번이나 모래밭을 박차고, 리듬에 맞춰 앞뒤로 몸을 움직인 결과였다. 아이들이 그네를 다시 올려다보았고 탄성을 질렀다. 그 순간 막은 그넷줄을 놓았다. 양 가슴과 무릎을 펴며 근사하게 착지할 생각이었다.

과연 막은 높이 날았다. 가볍게 구부린 무릎 아래로 놀이터가 내려다보였다. 살짝 부푼 티셔츠 속에 몰려들던 찬 공기. 막은 친구들의 입 벌린 얼굴을 보았다. 그다음 추락했다.

무릎과 정강이 사이에서 이상한 소리가 났다. 통증이 벼락처럼 내리꽂혔다. 얼음 속에 다리를 담근 듯도 했고, 뜨거운 쇠붙이에 살을 비비는 것 같기도 했다. 막은 눈을 떴다. 거무스름한 액체가 시야에 아른거렸다. "막아, 피가 줄줄 나." 몰려든 아이 중 한 명이 말했다. 은단도 거기 있었다. 그때에도 저 홀로 그늘 아래 서 있는 사람처럼 창백했었다. 은단을 비롯한 아이들이 눈을 치떴고 입을 크게 벌렸다. 그러나 누구 한 명 크게 소리치지 못했다. 오로지 막만이 소리를 질렀다.

"아아, 아파, 너무 아파, 내 다리, 나 다리가 끊겼어. 다리가 끊어졌어."

곧 어른들이 왔고, 구급차도 도착했다. 초록색 경광등 불빛이 한낮의 놀이터를 적실 듯 번뜩였다. 아파트 단지를 울리는 사이렌소리 속에서 막은 들것에 실렸고 구급차 안으로 옮겨졌다. 온 얼굴이 눈물과 콧물, 침에 푹 젖은 와중에도 구급차 내부가 궁금했다. 막은 훌쩍대며 차 안을 둘러보았다. 천장까지 닿는 서랍장과 벽면에 매달린 마스크들이 보였다. 그 아래 한 남자가 앉아 있었다. 오렌지색 셔츠에 검은 조끼를 입은 남자였다. 막이 말했다.

"제 다리 끊어졌어요."

"아냐. 네 다리 잘 붙어 있어."

남자는 눈썹이 짙고 입이 컸다. 한 번 웃자 온 얼굴에 주름이 생겼다. 막은 조금 안도했고, 작은 목소리로 물었다. "그럼 저 괜찮아요?" 남자가 말했다. "그래, 너는 괜찮아." 그가 흰 천으로 막의 이마를 툭툭 두드렸다. 피 묻은 거즈를 버리며 그는 한번 더 말했다.

"별것 아니야…… 금방 낫겠다."

남자의 말이 맞았다. 막은 금방 나았다. 한동안 정강이에 깁스를 하고 겨드랑이에 목발을 끼운 채로 다녔지만, 깁스 안쪽으로 하얗게 부푼 살갗이 징그럽고 또 간지러워 소리를 질렀지만, 어머니의 잔소리를 들으며 찢어진 이마를 소독하길 거듭했지만, 막은 빠르게 회복했다. 정강이뼈는 잘 붙었고 이마의 상처는 작은 흉터만 남긴 채 사라졌다.

막은 이후에도 자주 그네를 탔다. 높은 데서도 잘 뛰어내렸다. 아버지가 혀를 차며 겁도 없네, 말했다. 막은 애초부터 겁을 낼 이유가 없다고 생각했다. 그 사건은 두려움의 근원이 됨직한 일이 아니었다. 후유증을 남길 만한 거리도 없었다. 그날 구급차 안쪽, 높직한 서랍과 흔들리는 마스크들 그리고 오렌지색 셔츠를 입은 남자 옆에서 막은 자신이 여태까지 중 가장 안전한 장소에 와 있다고 느꼈다. 그처럼 믿음직한 요새는 이전에도 이후에도 만난 적 없었다.

그리하여 대학에서의 반년이 지나고 전공을 정할 시기가 다가올 즈음, 막은 응급구조학과 수업이 열리는 건물 주변을 자주 기웃거렸다. 오렌지색 셔츠에 검은 조끼를 입은 본인의 모습을 상상했다. 하얗거나 파랗게 질린 얼굴의 누군가 곁에 앉아 당신은 괜찮아요, 말하는 모습도 그려보았다.

"어떻게 할까, 또 무엇을 할까."

그해 가을 막은 홀로 자주 중얼거렸으나, 겨울이 다가올 때까지도 무엇 하나 정하지 못했다. 막의 탓은 아니었다. 적어도 막은 그렇다고 생각했다. 그는 최선을 다했다. 응급구조학과에서 타 학과 학생들을 대상으로 연 특강에도 참가했다. 강사가 틀어준 비지스의 노래를 들으며 하얀 마네킹의 상체를 연신 눌렀다. 고무 입술에 대고 인공호흡도 했다. 함께 특강을 신청한 친구들 중 회차를 모두 수강하여 이수증을 얻은 사람은 막밖에 없었다.

고로 막이 아무것도 정하지 못한 까닭은 그가 우유부단해서도, 술자리에 자주 어울려서도, 하루 전만 해도 아예 모르던 이들과 낄낄거리고 노닥대며 한철을 흘려보내서도 아니었다. 막을 비롯한 많은 스무 살이 그렇게 굴었다. 무책임하고 헐겁게 놀아난 밤 이후에도 무사히 깨어나 다음 단계를 밟았다. 막처럼 벌을 받은 사람은, 적어도 그 주위에는 한 명도 없었다.

벌은 한 남자가 달아난 날부터 시작되었다. 오랫동안 막은 그를 삼촌이라고 불렀다. 남자가 직접 정한 호칭이었다. 삼촌은 아버지와 동갑이었으나 머리숱이 많고 표정도 다채로워서 대여섯 살은 더 젊어 보였다. 삼촌은 막이 고등학생일 적부터 자주 그의 집에 드나들었다. 그는 막의 아버지와 함께 술을 마셨고 매번 설거지를 도맡았으며 명절이면 어머니에게 새 화장품을 선물로 보냈다. 아버지의 술잔에 술을 따르곤 "위하여!" 또는 "화이팅!" 하고 잔을 부딪쳤다. 그 구호가 아버지와 삼촌이 함께 벌이는 사업을 향한 응원이라는 것은 나중에 알게 됐다. 삼촌이 그 사업의 자금을 들고 날랐다는 사실은 그보다 한참 뒤, 스무 살의 초겨울을 맞이할 즈음에야 알았다.

아버지 역시 많이 애썼다고 어머니는 말했다. 삼촌이 사라진 이후로 몇 달을 수소문했고, 경찰에 신고했으며, 사립 탐정까지 찾아갔다. 경찰과 탐정 모두 별다른 성과를 거두지 못했다. 아버지는 파산 신청을 했다. 얼마 남지 않은 재산은 어머니와 막의 통장에 나눠 담았다. 급한 빚은 아파트 보증금을 빼 갚았고 남은 보증금으로는 새 전셋집을 구했다.

이삿날 아버지는 이사 트럭 뒷좌석에 탔고, 막과 어머니는 따로 부른 라보의 조수석에 올라탔다. 차는 위아래로 덜컹이며 한강 하류에서 상류를 향해 달렸다.

"원래는 강 건너편으로 가는 게 목표였는데."

어머니는 그렇게 말하며 웃었다. 오른눈 언저리가 묘하게 움찔거리고 있었다. 막은 못 본 척 눈길을 돌렸다. 덜컥이는 차창으로 샛길 뒤편, 한강과 마주한 아파트 단지들이 지나갔다. 누르스름한 외벽 여기저기에 금이 가 있었다. 몇 해째 재건축을 기다리고 있으나 사업이 시작되지 않아 텅 빈 채로 조금씩 무너져가는 중이라고 했다.

새로운 집은 구옥 빌라의 오층이었다. 적색 벽돌로 지은 벽을 시든 담쟁이덩굴이 휘감고 있었다. 하수처리장이 멀지 않아 발코니에만 가도 은은한 비린내를 맡을 수 있었다.

"어쨌든 강변이긴 해."

아버지가 말했다. 그도 웃고 있었다. 막은 어머니를 곁눈질했다. 어머니의 눈 밑은 여전히 움찔거렸으나, 입술은 어떤 미동 없이 일자로 다물려 있었다. 막은 두 사람을 등지고 제 이름이 적힌 상자를 들어올렸다. 가장 안쪽 방으로 상자들을 나른 후 불을 켰다. 일자 형광등 불빛이 빠르게 껌뻑거렸다. 며칠 밤을 새운 사람이 하는 윙크 같았다. 바르르 떨리는 불빛을 보며 막은 예감했다.

나를 향한 호의가 끝나가고 있구나.

이제 세상은 근사한 윙크를 보내는 대신, 두 눈을 치뜨고 나를 노려보고 있는 거야.

막은 기말고사를 망쳤다. 시험 기간 내내 이삿짐을 싸고 옮기느라 정신이 없었으니 당연한 결말이었다. 막은 처음으로 학기 등록금이 얼마인지 확인했다. 생각했던 것보다 커다란 숫자를 보고 장학금 웹사이트 곳곳을 둘러보았다. 국가장학금 신청 기간은 진작 놓쳤으며, 시험 결과로 보건대 성적 장학금을 받을 가능성은 아예 없었다.

막은 모니터에 어른거리는 숫자들로부터 눈을 뗐다. 대신 깜빡이는 형광등을 올려다보았다. 형광등 불빛이 사그라질 때마다 삼촌이라고 부르던 남자를 생각했다. 그를 찾아내 금이 간 아파트 앞에 세워두고서 빈병을 던지는 상상을 했다. 스무살의 많은 밤 동안 친구들과 함께 마신 병을 모조리 모아 내던지고 싶었다. 유릿조각이 남자의 온몸에 선인장 가시처럼 박힐 때까지 병을 던지고, 또 던지고, 계속 던질 것이었다.

막은 남자의 온몸을 찌른 후 합의금으로 빚을 진 미래를, 그리고 학자금 대출 빚에 올라앉은 미래를 그려보았다. 가능한 한 세밀하게 상상한 두 앞날을 저울에 올린 다음 양측의 무게를 비교해보았다. 이내 막은 휴학 신청서 양식을 내려받았다.

"꼭 빚지는 미래를 택할 필욘 없어."

막은 중얼거렸다.

"나는 튼튼하잖아."

그 주 주말 막은 아버지에게 말했다.

"내 방 전등 고장났나봐. 엄청 깜빡거려."

아버지는 막을 쳐다보았다. 이마부터 턱까지 순식간에 붉어졌다. "잠깐 기다려." 아버지는 고함을 치듯 말하고 집을 나섰다. 몇 분 후 들어온 아버지의 옆구리에는 새로운 전등이 포장된 상자가 끼워져 있었다.

아버지가 씩씩대며 전등을 교체하는 동안 막은 침대 가장자리에 앉아 아르바이트를 검색했다. 카페나 식당은 시급이 하나같이 최저였다. 월급이 제법 높다 싶은 호프집이나 이자카야에서 일하려면 밤낮을 송두리째 바꿔야 했다. 택배 상하차 일은 여자를 잘 뽑지 않았고, 운전면허가 없으니 배송 일도 불가능했다. 물류센터 일에 멋모르고 뛰어들었다가 며칠을 앓아누웠다는 글을 여럿 읽었다. 스크롤, 스크롤, 스크롤……

"됐다."

아버지가 소리쳤다. 그는 보조의자에서 내려오더니 거실로 가 차단기를 올렸다. 막은 아버지의 지시에 따라 스위치를 켰다. 눈이 아플 만큼 새하얀 빛이 방에 쏟아졌다.

"거봐, 됐지. 아주 밝지."

아버지가 말했다. 뺨과 이마는 여전히 불그레했으나, 표정은 한층 펴져 있었다. "그러네." 막은 대답하며 휴대전화 화면을 다시 내려다보았다. 방금 본 게시물 제목을 한번 더 훑었다.

〔제약공장〕선별포장/초보환영/쉬운업무/통근버스/식대제공 有

그날 저녁 내내 막은 게시물을 읽고 또 읽었다. 육 개월 계약직. 추후 협의하에 연장 가능. 근무시간은 아침 여덟시부터 저녁 다섯시까지. 단순 업무로 누구나 가능.

공장은 서울과 경기도를 잇는 도로변에 있었다. 막의 집에서 그리 멀지 않은 지하철역 입구까지 통근버스가 온다고 했다. 막은 게시물 가장 상단에 첨부된 흰 건물 사진을 응시했다. 직사각형 건물 앞에 흰옷 차림의 사람들이 서서 알약을 들여다보고 있었다. 구급차와도 오렌지색 셔츠와도 아무런 관련이 없는 사진이었으나, 제약이라는 글자와 캡슐의 형상이 막을 안심시켰다. 어쨌건 그것도 누군가를 낮게 만들기 위해 존재하는 것이었다.

그날 저녁 막은 휴학 신청서와 이력서를 각각 메일로 보냈다. 두 서류 모두 목적지에 매끄럽게 다다랐다. 막은 반년짜리 휴학생이자 계약직이 됐다. 휴학도 취직도 그리 어렵진 않았다. 그보다는 자주 술자리를 같이하는 친구들에게 당장의 상황을 설명하는 일이 더 어려웠다. 연민의 대상이 되기는 싫었으나 거짓말을 하고 싶지도 않았다.

"일을 좀 해보려고 해."

막은 우선 그렇게 말했다. 망친 시험이나 한때 삼촌이라고 부르던 남자에 관해서는 입을 다물었다. 그저 직접 등록금을 벌 계획이라고만 이야기했다.

대단하네, 테이블에 모여 앉은 사람들이 말했다. 어른 다 됐네, 도와줄 게 있으면 언제든 말해, 라고도 입을 모았다. 막은 그렇게 말하는 얼굴들이 어느 순간 참지 못하고 코를 찡긋대는 순간을, 입술이 비틀리는 모양을, 눈길을 어디에 둘지 몰라 난감해하는 찰나를 보았다. 그때의 얼굴들은 막이 공장에 취직했다고 말한 순간 어머니와 아버지가 내보였던 낯과 닮아 있었다.

사실은 예기치 않은 휴학이나 취직보다 그런 표정들이 더 나를 들끓게 한다고, 막은 말하고 싶었다. 눈앞의 모든 이가 오렌지색 셔츠를 입은 남자처럼 말해주길 바랐다. 네 다리는 끊어지지 않았고 이 모든 일은 별것 아니라고. 그러니 너는 괜찮다고.

하지만 막은 이미 취해 있었고, 스무 살 내내 함께 밤을 보낸 얼굴들을 향해 무어라 불평하기는 싫었다. 그보다는 남들보다 일찍 미래의 정거장에 도착한 사람처럼 근사한 말투로 안녕을 날리고 싶었다.

막은 술잔을 비운 다음 소리쳤다. "나 금의환향할 거야." 사람들이 웃었다. 막은 치킨 무와 뻥튀기가 가득한 식탁을 등지고 앉았다. 먼지 긴 유리창으로 곧 동이 터올 듯 옅은 납빛을 띤 하늘이 보였다. 그 색을 오래 바라보자니 살갖이 시렸다. 겨울밤의 추위가 술집의 창문 그리고 나란히 앉은 사람들을 지나쳐 그에게만 왈칵 쏟아진 듯했다.

2

공장으로 가는 통근버스는 아침 일곱시에 역전 사거리에서 출발했다. 막은 반시간 전 정거장에 도착했다. 이름만 정거장 이지, 실상은 '○○공장: 셔틀 타는 곳'이라고 적힌 종이가 붙은 전봇대가 전부였다.

경량 재킷에 롱 패딩을 겹쳐 입었음에도 머리부터 발끝까지 한기가 돌았다. 막은 패딩 양 주머니에 손을 넣고 턱을 가슴팍에 붙였다. 여섯시 오십분쯤 되자 전봇대 앞으로 사람들이 하나둘 줄을 섰다. 스무 명 남짓 되어 보였다. 막은 앞으로 끼어드는 사람들에게 밀려나지 않기 위해 언 발에 힘을 줬다.

곧 도로 저편에서 버스가 달려왔다. 새치기에 성공한 몇몇이 먼저 이름을 대고 버스에 올랐다. 막은 맨 뒷좌석에 탔다. 버스 안쪽은 히터 바람으로 후끈후끈했다. 출발한 지 십 분도 되지 않아 멀미 기운이 올라왔다. 막은 패딩과 재킷을 차례대로 벗고, 땀으로 끈끈해진 목덜미를 닦았다.

버스는 한강을 오른편에 끼고 달렸다. 어스름 속 강물은 검은 머리채처럼 출렁였다. 막은 슬그머니 앞좌석들을 둘러보았다. 곳곳에 잠든 얼굴이 있었다. 휴대전화를 들여다보는지 가장자리가 환한 뒤통수도 몇 개 눈에 띄었다. 막은 무릎을 모으고 다시 몸을 웅크렸다. 이마와 겨드랑이에서 계속 땀이 배어났다. 몸 구석구석에서 고약한 냄새가 올라오는 것 같았다.

버스는 나선형 도로를 따라 빙글빙글 돌더니 금세 서울을 벗어났다. 차창 뒤로 흐르던 강이 사라지고 서리에 뒤덮인 논밭과 비닐하우스가 그 자리를 채웠다. 빈 땅 위로 커다란 얼음 같은 곤포 사일리지들이 굴러다녔다. 이윽고 나타난 안개가 남은 풍경까지 모두 집어삼켰다. 간판이 떨어진 상가 건물과 텅 빈 주유소만이 흐릿한 윤곽으로 스쳐갔다.

버스는 안개로 뒤덮인 땅 어딘가에 멈춰 섰다. 막은 창유리에 코를 붙였다. 불 켜진 몇 채의 컨테이너 뒤로 큼직한 건물이 한 채 보였다. 건물 위에 공장 이름이 적혀 있었다. 벽은 홍보용 사진에 나온 것보다 좀더 누르스름했다. 녹슨 자국과 색색의 얼룩도 눈에 띄었다.

잠에서 깨거나 휴대전화를 내려놓은 사람들이 우르르 내렸다. 막은 여전히 뒷좌석에 앉아 있었다. 안전띠를 붙든 채 몸을 들썩였다. 왜인지 내릴 엄두가 나지 않았다. 룸미러를 확인한 버스 기사가 거울을 향해 외쳤다. "안 내려요?" 몸을 일으키자 오래 구부리고 있던 무릎이 욱신거렸다.

막은 천천히 버스에서 내렸다. 부연 시야를 뚫고 건물로 걸어가는 뒷모습들이 보였다. 그 안에 합류하려고 발을 내디딘 순간, 누군가 막의 이름을 불렀다.

"오늘 입사하기로 한 사람 맞죠?"

막보다 키가 머리 두 개만큼 더 큰 남자였다. 농구선수처럼 박박 깎은 머리통 탓에 더욱 거대해 보였다. 남자는 자신이 공장의 매니저라고 말했다. 막을 직접 채용했고, 공장에 언제부터 나오면 되는지 메일을 보냈던 바로 그 사람이라고.

"아니, 근데 뭘 알고 공장부터 가려고 했어? 계약서 먼저 써야지."

막은 그를 따라 걸었다. 점차 두터워지는 안개 속에서 터벅터벅 발소리가 울렸다.

정문과 주차장 사이로 줄지어 놓인 컨테이너들이 불쑥 모습을 드러냈다. 컨테이너들은 공사 부지나 야적장에서 보던 것보다 한층 큼지막했다. 남자는 그중 회색 컨테이너 앞에 멈춰 섰다. 출입문은 맹꽁이자물쇠로 잠겨 있었다. 남자가 점퍼 안주머니에서 송곳 모양의 열쇠를 꺼내들었다. 다른 열쇠들과 함께 묶여 있어 열쇠로 보일 뿐, 짤따란 꼬챙이에 더 가까웠다. 끝부분은 살갗에 살짝만 스쳐도 피가 흐를 듯 날카로웠다. 막은 몇 발짝 물러났다. 눈앞의 남자에게는 들키지 않을 만큼 느린 걸음으로.

남자가 꼬챙이를 자물쇠 구멍에 넣었다. 악기를 연주하듯 리드미컬한 동작으로 몇 차례 흔들었다. 문이 열리자마자 탈취제 냄새가 훅 몰려왔다. 컨테이너 안쪽에는 형광등 불이 한쪽만 켜져 있었다. 그 아래에 일인용 책상과 의자, 냉장고가

모여 서 있었다. 남자가 접이식 의자를 꺼내 책상 옆에 펼쳐
세웠다.

막은 빈 의자를 빤히 보았다. 그 옆에 선 남자가 송곳 모양
의 열쇠를 주머니에 집어넣었다. 남자의 키와 손, 발의 크기는
모두 막의 두 배쯤 되어 보였다. 팔에는 털이 수북했고 입가에
는 미소의 기미조차 감돌지 않았다.

이 사람이 갑자기 상스러운 말을 던지거나 어깨를 툭툭 치
면 어떻게 대처해야 하지, 막은 생각했다. 친구들과의 마지막
술자리에서 나눈 대화도 떠올랐다. 그가 공장에 취직했다고
말하자마자 양옆에 앉은 이들이 번갈아 말했었다. "공장 사람
들 좀 빡세지 않아?" "위험하지 않겠어? 어? 너처럼 어리고
여린 애가……" 그 모든 말은 술자리에서 가볍게 오가는 농담
에 불과했다. 막 역시 개소리 좀 그만해, 말하고 깔깔 웃어넘
겼다. 그러나 생전 처음 와본 안개 속 공장에서라면, 심지어
이토록 어둑한 컨테이너 안에서라면 개소리 같은 일도 아무렇
지 않게 벌어질 수 있을 것 같았다.

막은 접이식 의자에 앉았다. 물안개보다도 더 실체 없는 불
안에 휩싸여 뛰쳐나갈 수는 없었다. 그랬다가는 실체가 분명
한 상황과 맞닥뜨리게 될 터였다. 가령 채용 취소라든가, 대체
뭐하는 거냐며 황당해하는 남자의 얼굴이라든가……

남자가 서랍에서 파일철을 꺼내고 막을 향해 손짓했다.

"신분증 가져왔어?"

"네."

"줘봐. 복사하게."

그가 구석에서 막의 신분증을 복사하는 동안, 막은 컨테이너 안을 빙 둘러 살필 수 있었다. 어둑한 실내가 눈에 익자 벽 곳곳에 걸린 액자들이 보였다. 액자마다 무언가를 증명하는 서류가 담겨 있었다. 몇 해 전부터 작년까지의 연도가 적힌 서류들과 그 하단부에 굵게 인쇄된 '위생평가 上', 무슨 약자인지 알 수 없는 알파벳들과 나란히 적힌 '적합판정', 금박을 덧씌운 '올해의 우리 기업' 등. 맨 아래쪽에는 지도만한 크기의 널따란 종이들이 연달아 붙어 있었다. 평면도와 설비 및 시시티브이 배치도, 준공도 등의 제목이 종이 상단마다 적혀 있었다. 생각보다 퍽 넓은 규모였다.

"아직 만으로 십대네?"

남자가 막의 신분증과 이력서를 번갈아 보며 말했다. 막이 얼른 대답했다.

"다음다음 달부터 만 이십 세예요."

"그거나 그거나."

남자는 픽 웃더니 왜 공장에 지원했느냐 물어보았다. 막은 잠시 망설이다가 등록금 때문이라고 대답했다.

"기특하네. 근데 왜 하필 제약공장이야?"

원급이 다른 곳보다 낮고 초보도 환영이라고 대문짝만하게 적혀 있어서요, 하고 답하는 대신 막은 말했다. "제가 관심 있는 전공이랑 관련이 있어 보여서요." 막이 응급구조학과에 대해 말하는 동안 남자는 모나미 볼펜으로 귀 뒤편을 긁었다. "우리는 영양제 쪽이라서 별 상관이 없을 건데……" 남자는 그렇게 말한 뒤 하품했고, 책상 위에 볼펜을 내려두었다.

"뭐, 건기품도 잘 알아두면 나중에 좋겠지. 알러지 없는 건 확실하지?"

막이 고개를 끄덕였다.

남자가 계약서를 건넸다. 제법 두툼했다. 막은 첫 문장을 읽었다. 이 서류에서 막을 '근로자'로, 공장을 '사업주'로 칭하겠다는 내용이었다. 그 외의 단어 대부분은 막에게 생소한 것이었다. 남자가 손끝으로 책상을 두드렸다.

"우리 오늘 할일 많다. 얼른 읽고 안으로 들어가자."

막은 허둥지둥 종이를 넘겼다. 검지 끝이 종이에 베였는지 따끔거렸다. 둘째 장에 적힌 연봉과 계약 월수를 확인한 뒤 마지막 장으로 넘어갔다. "어, 거기 사인해. 그 아래랑 여기, 이 옆에도." 남자가 계약서 두 부를 맞붙였다. 막은 어깨를 붙인 종잇장 위에 서명한 다음 물러섰다. 남자는 막의 서명 위쪽에 도장을 찍고서 왼쪽 서류를 건네주었다.

"인생 첫 계약서겠다, 그치?"

“네.”

“받아. 잘 보관하고.”

“네.”

“감사합니다, 해야지.”

“감사합니다.”

“질문할 거 있어?”

막은 고개를 저었다. 남자가 오른쪽 서류를 손에 쥐고 책상 서랍을 열었다. 안쪽으로 송곳 모양의 열쇠가 두어 개 보였다. 가운데에는 ‘마스터’라고 적힌 하얀색 카드 몇 장이 쌓여 있었다.

남자는 열쇠와 카드들을 옆으로 민 자리에 막의 계약서를 넣었다. 그가 밀려난 카드 중 하나를 안주머니에 넣으며 말했다.

“가자, 공장 소개해줄게.”

그들은 나란히 컨테이너를 나왔다. 누르스름한 건물을 향해 걷는 동안 남자는 쉬지 않고 이야기했다. “나는 그냥 과장님…… 아니다, 매니저님이라고 불러. 삼촌이라고 하는 애들도 있는데, 난 그런 거 굉장히 싫어해.” 막은 그와 걸음을 맞추기 위해 뛰다시피 하며 답했다. “알겠습니다.”

그들은 건물 외벽을 따라 모퉁이를 돌았다. 뒤편으로 텅 빈 땅이 펼쳐졌다. 불그죽죽하고 메마른 흙밭이었다. 이 미터 남짓한 높이의 철조망이 빈 땅과 공장용지를 가르고 있었다. 철

주말 하펴에 달린 조그만 문은 헐겁게 닫힌 채였다. 바로 그 옆에 선 나무는 반쯤 죽은 듯 보였다. 가늘고 구부러진 가지들이 감전된 머리카락처럼 제멋대로 뻗쳐 있었다.

철조망과 나무 맞은쪽에 공장의 뒷벽이 있었다. 매니저가 뒷벽 복판에 난 문을 가리켰다. 눈이 아릴 만큼 선명한 오렌지색 문이었다. 그 색채가 막을 안심시켰다.

"여기가 후문이야, 앞으로 여기로만 출퇴근해."

"네."

"정문은 쓰지 말고. 거긴 본사측 직원이랑 손님들 올 때만 쓰는 곳이니까."

"네."

"창고 쪽 셔터 문으로도 드나들 순 있는데, 거기서도 출입증은 찍어야 해. 외부인들이 많이 드나들어서 비상문에도 잠금장치를 달아놨거든."

"알겠습니다."

매니저가 서랍에서 꺼내온 새하얀 카드를 문 옆 감지기에 갖다댔다. 은판 위 조명에 녹색 불이 들어오더니 덜그럭, 소리가 났다. 잠금장치가 풀리는 소리였다. 한 발짝 물러선 매니저가 문을 향해 턱을 까닥거렸다. 막은 머뭇머뭇 문손잡이를 돌렸다. 우는 듯한 쇳소리와 함께 문이 열렸다.

아무것도 보이지 않았다. 막은 눈을 깜빡였다. 그들이 연 문의 면적만큼 새어든 빛이 발아래 네모나게 고였다. 곧 묵은 천과 먼지 냄새가 코를 찔렀다. 오래 닫혀 있던 사물함에서나 남직한 냄새였다. 매니저가 오른쪽 벽을 더듬더니 무언가를 눌렀다. 스위치 소리와 함께 눈앞이 환해졌다. 한쪽 벽장을 가득 메운 각종 신발과 반대편 벽의 일자 행거에 걸린 외투들이 그들을 마주하고 있었다.

"여기가 물품보관실이야."

매니저가 점퍼를 벗었다. 여전히 문가에 서 있는 막을 향해 그가 다시 턱짓했다.

"너도 벗어. 외투랑 신발만."

막이 주춤주춤 패딩과 운동화를 벗자 매니저는 행거 끝에 걸린 옷걸이를 건넸다. "운동화는 저기 선반에 놔둬." 막은 그의 말대로 했다. 패딩을 벗은 몸에서 아까 맡았던 땀냄새가 훅 올라왔다. 막은 매니저를 흘끗거렸다. 그가 자신의 땀냄새를 눈치챌까 두려웠다. 매니저의 표정에는 어떤 변화도 없었다.

물품보관실 끝에는 또다른 쇠문이 있었다. 문을 열자 은색으로 번득이는 복도가 나타났다. 막은 양쪽 벽을 번갈아 둘러보았다. 복도 한가운데로 걸어나간 매니저가 좌우를 한 번씩 가리켰다.

"저쪽으로 가면 탈의실, 이쪽으로 가면 식당."

그는 왼편으로 몸을 틀었다. 몇 걸음 걷자 여자 탈의실 명패가 달린 문이 보였다. 이번에는 매니저가 문을 열었다. 막은 푸르스름한 불빛에 흠뻑 젖은 방안을 들여다보았다. 푸른빛은 오른쪽 벽의 소독기에서 나오는 것이었다. 매니저가 소독기 안에서 위아래가 하나로 붙어 있는 흰옷을 꺼냈다. 위생복 또는 방진복이라고 부른다고 했다. 막은 그가 건넨 옷을 훑으며 말했다.

"저한테 클 것 같은데요."

"내가 이걸 몇 년 했는데. 입어봐. 옷 위에 바로 걸치면 돼."

막은 방진복을 받아들고 건너편을 흘끗거렸다. 팔짱을 낀 매니저가 몇 발짝 앞에 서 있었다. 나갈 기미는 없어 보였다. "그냥 옷 위에 걸치라니까." 막은 방진복 단추를 풀었다. 바지통에 다리를 집어넣고 소매에 팔을 끼웠다. 막이 단추를 다시 채울 즈음 매니저가 남색 고무장화를 건넸다. 방진복과 마찬가지로 발에 꼭 맞았다. 막은 소독기 문의 검은 유리에 자신의 모습을 비춰보았다. 희고 둥그스름했다. 막은 웃었다.

"뭐가 웃겨?"

"마시멜로 맨 같아서요."

"어려서 그런가, 웃기는 것도 많네."

막이 뭐라고 대답해야 하나 고민하는 사이, 매니저는 벽에 걸린 종이 상자에서 일회용 머리망과 마스크를 꺼내 건넸다.

망과 마스크까지 쓰자 앞유리에 비친 형체는 한층 더 희뿌옇
게 변했다.

탈의실 맞은편 벽에는 또다른 문이 있었다. "이리로 와." 매
니저가 새로운 문을 열고 손짓했다. 막은 지금껏 통과한 문들
을 하나씩 떠올렸다. 퇴근할 때 이 문들의 순서를 모두 기억할
수 있을까? 중도에 헷갈리면 누구에게 물어봐야 하나? 매니
저에게 다시 말을 걸고 싶진 않았다. 막은 탈의실 너머에 있을
몸들을 그려보았다. 버스에서 고개를 꾸벅거리며 졸거나 휴대
전화 불빛에 잠겨 있던 뒤통수들. 그들에게 길을 묻는 순간도
그려보았다. 상상 속 얼굴들은 모두 눈앞의 남자처럼 부루퉁
했다.

"뭐해? 이리 오라니까."

매니저가 열어젖힌 문 뒤로 한번 더 환한 통로가 펼쳐졌다.
물품보관실과 탈의실 사이의 복도보다는 훨씬 짧은 길이었다.
오른편 벽에는 유리로 된 자동문이 달려 있었다. 문 뒤로 보이
는 납빛 방은 공중전화 부스보다 두 배 정도 큰 규모였다.

납빛 방의 양 벽에는 종지만한 크기의 구멍들이 연근 단면
처럼 다닥다닥 나 있었다. 매니저가 자동문을 열고 연근 구멍
사이로 들어섰다. 막이 그 옆에 서자 매니저는 말했다.

"여기서 샤워하는 거야."

"샤워라고요?"

“어, 에어샤워.”

자동문이 닫혔다. 곧 양쪽의 구멍들에서 세찬 바람이 뿜어져 나왔다. 회오리바람 속에 들어온 양 거센 소음이 귀청을 때렸다.

매니저가 소리를 질렀다. “클린룸에 들어가기 전엔 무조건 에어샤워부터 해.”

막도 소리쳤다. “클린룸이 어딘데요?”

바람이 멈추자 반대쪽 벽에 달린 문이 열렸다. 매니저가 문 너머를 가리키며 말했다. “저기.” 잠시 후 그가 한마디 덧붙였다. “앞으로 일할 곳이야.”

문턱을 넘자 금속의 세상이었다. 냄새가 사라지고 귀를 먹먹하게 하는 기계음이 몰려들었다. 천장부터 바닥까지 모두 매끈하게 빛나는 스테인리스강이었다. 마주한 벽만이 통유리로 되어 있었다. 그 벽 너머에 기계음의 근원이 서 있었다. 미끈한 은빛으로 번득이는 원통형 기계였다. 둥그스름한 동체에서 뻗어나온 주황색 파이프가 옆방의 천장과 바닥으로 핏줄처럼 이어져 있었다. 반투명한 주황색 파이프 안쪽에서 위아래로 튀는 알약들이 보였다.

막은 입을 벌린 채 그 기계를 바라보았다. 기계는 주황색 밧줄에 사로잡힌 거대한 짐승 같았다. 막은 바로 깨달았다. 이 공간의 주인공은 막도 매니저도 아닌 저 기계들이라는 사실을. 매니저도 그렇게 말했다.

"기계 잘못 건드렸다간 골로 간다."

그가 유리벽을 두드렸다.

"농담이 아니라 진짜 골로 갈 수 있어. 망가뜨리면 연봉 몇 년 치는 저당잡히는 거고."

"몇 년 치 연봉인데요?"

매니저가 막을 위아래로 훑어보았다. 그는 정말이지 컸고, 시선은 여전히 불쾌했지만, 컨테이너에 있을 때만큼 무섭진 않았다. 정확한 이유는 알 수 없었으나 클린룸은 바깥세상보다 한층 안전한 장소처럼 느껴졌다. 머리망부터 고무장화까지, 위아래로 두른 옷이 갑옷 역할을 해주는 것 같기도 했다.

매니저가 말했다. "너는 그냥…… 조심해라."

그들은 유리벽을 따라 걸었다. 매니저는 기계음에 반쯤 묻힌 목소리로 말을 이었다. 지금 그들이 있는 곳은 공장의 지상 일층이라고 했다. 일층 사람들은 주로 이층에서 만든 약의 선별과 포장을 진행했다. 포장이 완료된 약을 팔레트에 실어 지하의 창고까지 배달하는 역할도 맡았다.

"이층에서는 약 만들어. 혼합, 과립, 건조, 타정이랑 코팅…… 중간중간 검사도 하고. 일층에서는 선별이랑 포장. 그리고 반층 아래 창고로 가져간 다음에 납품하는 거야. 듣고 있어?"

“네.”

“무슨 소리인지 이해가 안 되지?”

막이 그렇다고 대답하자 매니저가 웃었다. “너 얼마나 오래 일하려고 왔니?” 막은 입을 벙긋거렸다. 복도에 들어서자 사람들이 하나둘 보이기 시작했다. 앞뒤에서 막과 똑같은 옷을 입은 이들이 우렁찬 쇳소리를 내며 수레를 끌었다. 새빨간 손톱 같은 알약이 수레 안에 가득 실려 있었다. 막이 대답했다.

“그냥…… 할 수 있을 때까지요.”

“그래, 그럼 그냥 하면서 배워. 이따가 매뉴얼도 줄 거야.”

매니저가 불현듯 멈춰 섰다. 막은 그의 등에 부딪히기 직전에 멈췄다. 매니저의 등이 시야를 가득 메웠다. 그의 등은 클린룸과 마찬가지로 아무런 냄새도 풍기지 않았다. 물품보관실의 사물함 냄새나 컨테이너에서 맡은 탈취제 냄새 모두 먼 과거의 기억처럼 희미해졌다. 이 복도는 그야말로 무취로 가득했다.

매니저가 뒤돌아섰다. 눈가에 잔주름이 지고 이마에는 얽은 상처 자국이 남은, 막보다 두 배 정도 긴 삶을 살아왔을 얼굴이 막을 내려다보았다.

“몇 개만 미리 명심해.”

그 얼굴이 말했다.

“업무중에 딴짓하지 말고, 기계 다룰 때 조심하고, 위생관

리 잘해. 약 만드는 일은 위생이 생명이다. 알겠지? 따라 해
봐. 위생이 생명이다."

"위생이 생명이다."

"그래. 하지만 사람 몸은 병균 덩어리야. 그렇지? 그러니까
항시, 제대로 신경써라."

매니저는 다시 걷기 시작했다. 갈림길에서 왼편으로 방향을
틀자 또다른 문이 나타났다. 직감으로 알 수 있었다. 이것이
마지막 문이었다.

쇠문 상단에는 조그만 창이 달려 있어 안쪽이 들여다보였
다. 몇 명의 마시멜로 맨이 먼저 보였다. 그들은 철제 탁자를
사이에 두고 둘씩 짝지은 채 서로를 마주보고 있었다. 탁자 옆
에는 복도를 지나칠 때 봤던 수레들이 서 있었다. 마시멜로 맨
들은 수레에 층층이 쌓여 있는 쇠 접시들을 탁자에 올려놓고
양손으로 뒤집었다. 핏방울을 닮은 새빨간 약들이 그들의 손
안에서 위아래로 뒤섞였다.

"곽반장님."

문을 연 매니저가 외쳤다. 방 중앙에 선 여자가 그들을 돌아
보았다. 방에서 가장 몸집이 작은 여자였다. 형광등 불빛이 워
낙 밝아 눈가의 잔주름과 기미가 선명하게 드러났다.

여자가 무테안경을 한 번 추어올리고 막을 위아래로 훑었
다. 그의 맞은편에 선 여자 또한 막을 응시했다. 맞은편 여자

는 무테안경을 쓴 여자보다 훨씬 앳되어 보였다. 기껏해야 막보다 네댓 살 더 많아 보이는 정도였다. 그들 주변에 선 또다른 이들의 눈길이 막의 머리 위로 층층이, 무게를 더하며 내려앉았다. 막은 발등만 내려다보았다. 매니저가 말했다.

“선별팀 막내 데려왔어요.”

막은 금방 일을 익혔다. 매일 같은 과정을 거듭하다보니 몸이 머리보다 먼저 일을 외웠다. 막은 새벽마다 버스를 타고 공장으로 갔다. 여러 겹의 문들을 통과해 옷을 갈아입고 클린룸으로 향했다. 처음엔 복잡해 보였던 출근 과정 역시 몇 번을 반복하니 금세 익숙해졌다. 읊으라면 읊을 수도 있었다.

우선 매니저가 발급해준 출입증 카드를 후문 감지기에 찍는다. 물품보관실에 겉옷과 신발, 가방을 둔다. 탈의실에서 방진복과 장화를 착용하고 에어샤워를 거친다. 클린룸에 들어가 일층 사람들에게 인사한다. 이층으로 올라간 뒤 갓 제조된 캡슐이 담긴 트레이들을 확인한다. 천장에 닿음직한 높이의 수레에 트레이를 차례대로 끼워넣는다.

일층 선별실로 수레를 가져오면 본격적인 업무가 시작됐다. 막은 주요 업무 역시 금세 익혔다. ‘초보환영’이라는 채용 안내 문구에 걸맞게 업무는 매우 단순했다. ‘쓸 만한’ 약들을 골라내는 것이었다.

　매일 아침 선별실의 직원들은 둘씩 짝지어 철제 작업대를 사이에 두고 섰다. 숙련자들은 홀로 작업대 하나를 맡기도 했다. 작업대 앞에 자리를 잡으면 본격적인 선별 업무가 시작되었다. 한 손 혹은 양손으로 캡슐들을 굴리거나, 그 아래 깔린 종이를 흔들어 터진 자국이 없는지 살핀다. 터진 캡슐은 반드시 종이에 고름 같은 노란 흔적을 남긴다. 노란 액의 근원지를 찾아 캡슐들을 헤집다보면 터지거나 비틀린, 혹은 용액이 모두 빠져나가 쪼글쪼글하게 변한 캡슐들을 발견할 수 있다. 흰 점이 나 있거나 거무스름하게 부푼 캡슐도 걸러야 한다. 모두 한데 모아 봉지에 버린다.

　선별을 모두 끝내고 남은 멀쩡한 캡슐은 뱃지라고 불렀다. 오후에는 선별팀 모두가 뱃지가 쌓인 트레이들을 벽 한쪽에 몰아넣고 소분과 포장을 해야 했다.

　남은 업무에서는 순서를 제대로 지키는 것이 중요했다. 막은 곽반장이 알려준 절차를 성실하게 따랐다. 먼저 철제 작업대 양측에 다시 두 사람씩 선다. 알약 백 그램을 첫번째 봉지에 넣는다. 플라스틱 끈으로 첫번째 봉지를 묶고 방부제가 든 두번째 봉지에 넣는다. 잘 동여맨 봉지들을 팔레트 위에 가로 세 줄 세로 네 줄씩 올린다. 약봉지가 삼층까지 쌓이면 포장해야 한다. 막은 몸뚱이만한 랩을 양팔에 안고 팔레트를 휘감는 법을 배웠다. 고깃덩이처럼 랩으로 칭칭 감싼 팔레트 위에 작업 시간과 담당자, 약의 종류가 적힌 라벨을 붙이는 법도.

랩을 감고 라벨지까지 붙이고 나면 다들 주저앉아 숨을 돌렸다. 몇 분이 지나면 곽반장이 입을 열었다.

"수지랑 막내가 포장팀 다녀와."

핸드 자키를 이용하는 법을 익히는 데는 조금 더 시간이 걸렸다. 물론 사나흘이 지나자 막은 자키의 금속 포크를 팔레트 아래에 끼워넣고 들어올리는 과정 모두를 너끈히 해낼 수 있게 됐다. 그는 세상에서 가장 시끄러운 소리를 내는 듯한 자키 손잡이를 쥐고 위아래로 흔들며 복도를 통과했다. 포장실로 가 팔레트를 내려놓으면 그날의 루틴 하나가 끝나는 셈이었다.

함께 팔레트를 옮기는 동료가 수지란 사실은 여러모로 행운이었다. 막이 선별실에 처음 들어선 날 곽반장의 맞은편에서 약을 고르고 있던 수지는 선별실에서 막 다음으로 나이가 어렸고, 새로 들어온 후배를 퍽 반가워했다. 공장 일층을 지나갈 때마다 아는 사람을 수두룩하게 마주치는 마당발이기도 했다.

핸드 자키를 끌고 엘리베이터를 탈 때마다, 수지는 높고 기운찬 목소리로 공장에서 가장 먼저 알아야 할 사항들을 하나씩 알려주었다. 매니저가 어떤 상황에 기분이 특히 나쁘며 곽반장이 가장 싫어하는 유형의 실수가 무엇인지, 핸드 자키를 운전해 포장실까지 갈 때 농땡이 피울 수 있는 곳은 어디이고 그곳 누구에게 팔레트를 전해줘야 비타민을 얻어먹을 수 있는지……

이층의 영준을 소개해준 사람 역시 수지였다. 영준은 수지의 입사 동기로 공장에서 일한 지 삼 년이 넘었다고 했다. 말투로 보나 외형으로 보나 막보다 그리 나이가 많지 않은 게 분명한데도 태도만 보면 까마득한 옛날에 이미 어른의 세계에 진입한 사람 같았다. 그런 점은 수지 또한 마찬가지였다. 두 사람은 막을 실제보다 훨씬 더 어린 사람처럼 대했다. 그들은 오래전 본인들이 머물던 자리에 막이 갓 들어섰음을 잘 알고 있었다. 어쩌면 그들은 바로 그 사실 때문에 막을 예뻐하는지도 몰랐다.

나쁠 것 없지, 뭐. 막은 생각했다. 대학에서도 비슷한 방식으로 막을 귀여워하며 또 챙겨준 이들은 있었다.

곧 세 사람은 매일 점심을 같이 먹는 사이가 됐다. 일주일에 하루이틀은 공장 밖에서도 함께 맥주를 마셨다. 주로 퇴근 버스가 멈추는 정거장 근처 술집들에 들렀다. 대개 간판이 오래되고 테이블이 끈끈한 호프집 또는 노상 포차였다.

수지와 영준은 감자튀김과 분홍 소시지를 산더미처럼 시켜 막 앞에 놔주었다. 막은 노랗거나 붉은 조각들을 두 사람과 나눠 먹으면서 공장 내부의 관계들이 어떻게 얽히고설켰나 알아갔다. 학교와 집 그리고 스무 살에 전전한 각종 술자리에서와 마찬가지로 공장 안의 인간관계도 제법 복잡다단했고, 그런 만큼 흥미로웠다. 막은 일층과 이층 간에 오가는 기싸움에 대해, 포장팀과 선별팀의 '이모'들이 서로를 어떻게 아끼며 또 미워하는지에 대해, 단기 아르바이트생들과 막과 같은 계약직 그리고 정규직 간에 존재하는 미묘한 위계에 대해서 배웠다.

"그럼 언니랑 오빠 둘 다 정규직이에요?"

막이 묻자 영준과 수지가 눈짓을 주고받았다.

"그렇지."

"막내도 아마 금방 될 거야."

"응. 재계약 몇 번만 하면……"

막은 별말 없이 어깨를 으쓱였다. 가벼운 미소도 지었다. 수지가 생맥주 세 잔을 새로 시켰다. 맥주가 가득 담긴 잔이 나올 무렵 그가 물었다.

"막내 재계약할 거지? 혹시 다른 계획이 있어?"

막은 아랫입술을 핥았다. 온갖 기름이 섞인 짠맛이 났다. 막은 입술의 맛이 밍밍해질 때까지 기다렸다. 반년을 바짝 일해서 가을쯤에 학교로 되돌아가겠다는 계획은 굳건했으나, 이를 입 밖으로 내는 게 옳은 일인지는 좀 헷갈렸다. 수지와 영준이 종종 계약직에 대해 말하는 내용을 생각하면 더욱 그랬다.

"걔넨 뭐, 철새 같은 거라고 보면 돼." 한번은 몹시 취한 영준이 말했었다. "그냥 한 계절 일하고 뜰 생각으로 들어오는 거겠지. 그러니까 그렇게 무책임하고 또 생각 없고……"

그의 입술을 때린 수지 덕택에 영준의 말은 도중에 끊겼다. 그러나 그 밤 이후, 막은 두 사람에게 철새 중 하나로 낙인찍히지 않으려면 무엇을 해야 할지 곰곰 생각하곤 했다. 마침 지난주에는 곽반장으로부터 근무중 이어폰을 사용해도 된다는 허락을 받은 터였다. 그 허락은 막이 며칠 혹은 몇 주 정도 일하고 홀랑 내빼는 단기 아르바이트생과는 다른 위치에 다다랐다는 증거였다. 막은 이제 공장의 사람이었다.

"그냥 되는 데까지 해봐야죠, 뭐."

수지가 막의 앞접시에 케첩을 한가득 짜주었다.

"많이 먹어. 만으로 십대라며. 키 커야지."

막이 짜증을 내자 수지와 영준이 웃었다. 분명 공장에 와서 처음 만난 사이라고 했는데, 둘의 웃는 얼굴은 유년기를 함께 보낸 사람들처럼 엇비슷했다. 가끔은 쌍둥이처럼 보이기도 했다.

물론 두 사람 간에는 다른 점이 더 많았다. 수지와 영준과 같이 비운 술잔이 많아질수록, 막은 둘의 차이점을 명확히 알게 됐다. 수지는 마음에 걸리는 일이 있으면 곧장 목청을 높였으며, 영준은 홀로 나가 감정을 추스르고 돌아오곤 했다. 수지는 툭하면 막과 영준을 놀렸고, 영준은 막과 수지가 걸어오는 장난 대부분을 웃음으로 넘겼다. 수지는 요일마다 다른 겉옷을 챙겨 입는 데 비해 영준은 교복처럼 똑같은 패딩만 고수했다.

다만 두 사람 모두 가방만은 평일 내내 같은 것을 멨다. 일터에서 쓰는 가방은 하나로 통일해야 빨랫감이 줄어든다고 했다. 수지의 것은 회색 크로스백, 영준의 것은 검은 배낭이었다. 그들의 가방은 의좋은 친구처럼 호프의 소파 끝 또는 포차의 보조의자에 서로 포개어져 놓이곤 했다. 두 가방 모두 어깨끈에 녹색 끈이 매달려 있었다. 막은 매번 그 끈 아래서 대롱거리는 사원증에 시선을 빼앗겼다. 사원증 중앙에는 수지와 영준의 증명사진과 함께 이름 석 자가 명확히 적혀 있었다. 그것은 막이 방진복과 장화 그리고 출입용 카드를 얻을 때 받지 못한 물건이었다.

웃는 표정이 닮았다거나 매일 똑같은 가방을 멘다는 사실, 거기에 사원증을 달고 다닌다는 점 등이 수지와 영준 사이를 질긴 매듭처럼 엮어주는 듯했다. 그들의 공통점은 차이점에 비하면 크게 드러나지 않았으나, 한번 눈에 띄자 다른 무엇에 비할 데 없이 공고해 보였다. 두 사람과 친해질수록 막은 그들을 엮은 매듭을 더 자주 쳐다보게 되었다. 자신이 그 매듭을 곁눈질할 수는 있어도, 그 안에 함께 묶일 수는 없다는 사실 역시 거듭 깨우쳤다.

들여다볼수록 두 사람의 공통점은 여럿 더 있었다. 두 사람 모두 비슷한 순간 말수가 많아졌고, 불쑥 침묵하곤 했다. 막이 공장에 들어오기 이전에 무엇을 하고 살았느냐 질문했을 때도 그들은 약속한 듯 입을 다물었다. 여러 번 보채자 간략하게 만 대답했다. 수지는 옷을 팔았고 영준은 산업체에 다녔다고 했다. 반면 공장을 그만둔 이후의 삶에 대해 물어보면 양쪽 모 두 수다스러워졌다. 두 사람 다 돈을 잔뜩 모을 것이라는 다짐 을 거듭했다. 돈더미로 할 일도 정해놓았다. 수지는 옷가게를 차리고, 영준은 기계의 달인이 되어 어디든 불려다닐 거라고 했다.

"너는?"

막이 조용해지자 영준이 질문했다. 막은 새로 나온 맥주를 반 넘게 들이켰다. 양껏 비웠음에도 목이 탔다. "잘 모르겠는 데요." 막은 한참 후에야 입을 열었다.

"저는 아직…… 생각중이에요."

"그래. 뭘 벌써 생각해. 어린애가." 수지가 끼어들었다. "키 부터 커라."

막이 또 성을 내자 두 사람은 목을 젖히고 웃었다. 그 모습 을 보며 막은 슬그머니 안심했다. 막은 두 사람이 좋았다. 굳 이 둘 사이를 엮은 매듭 안쪽까지 파고들지 않아도 좋았다. 그 들과 만나면 공장에서 몇 해를 더 보내도 괜찮겠구나, 안심할 수 있었다. 술자리의 친구들이 농담을 섞어 건넸던 걱정처럼 공장 안의 시간은 마냥 힘겹지도 수상하지도 않았다. 사계절 내내 여기서 약을 섞고 포장해도 상관없을 것 같았다. 유달리

바쁜 하루를 보내도 저녁에는 친구들과 맥주를 마시고 감자튀김으로 배를 채울 수 있는 것이었다.

"공장에 저랑 동갑인 사람은 없어요?"

수지와 영준의 웃음이 사그라들 즈음 막이 물었다. 어느새 불콰해진 얼굴의 두 사람이 눈을 굴렸다. "알바생 말고? 이층에는, 어……" 영준이 손을 쥐었다 폈다 반복하다가 이름 하나를 꺼냈다.

"라히루가 그래도 좀 어린 편이야."

"성이 라, 이름이 히루예요?"

두 사람이 또 와르르 웃었다.

"아니, 완전 아니야. 스리랑카 사람이야."

막은 공장에서 마주친 외국인들을 떠올렸다. 대개 이층에서 일하는 이들이었다. 필리핀이나 몽골, 베트남에서 왔다는 사람들. 제대로 말을 섞어본 적은 없었으나 몇 번의 짧은 대화만으로도 그들 대부분이 한국어에 능함을 알 수 있었다. 공장에서 기계를 다룬 지 십 년이 넘었으며, 한국에 산 지는 그보다 더 오래되었다고들 했다.

라히루는 그들보다 훨씬 어리다고 했다. 아마 막과 동갑이거나 한두 살 더 많을 거라고. 한국에 온 지는 이 년 정도 되었고 공장에 입사한 지도 그쯤 되었다. 일머리가 좋고 기계를 잘 다뤄 공장에 다닌 지 얼마 안 되었을 때부터 이층 사람들의 신임을 두루 얻었다고도 했다.

"개가 공장 최고 미남이야."

수지와 영준이 최고 미남 순위에 대해 옥신각신하는 사이, 막은 스리랑카에 대해 아는 것을 하나둘 떠올려보았다. 인터넷과 텔레비전에 스쳐간 야자수 그리고 석양의 이미지 정도만 머릿속에서 희미하게 깜빡였다.

얼마 후 막은 라히루를 직접 보게 되었다. 이층에서 일층으로 새 트레이를 옮기고 있을 때였다. "재야, 저번에 말한 애." 수지가 제조실 문에 달린 유리창을 가리키며 말했다.

창 너머에 한 사람이 서 있었다. 그가 원통형 기계를 향해 몸을 굽혔다가 문 쪽으로 얼굴을 돌렸다. 머리망과 마스크를 모두 꼼꼼히 쓴 탓에 눈밖에 보이지 않았다. 예쁜 눈이었다.

며칠 후 막은 라히루의 민얼굴도 보게 되었다. 수지와 영준의 부추김에 악수와 통성명도 했다. 얼굴과 이름까지 알고 나자, 복도에서 서로 알은체하고 점심도 함께 먹게 됐다. 모든 과정이 매끄럽게 이어졌다. 막과 수지 그리고 영준과 같이 몇 차례 식사한 라히루는 이후로 점심식사마다 그들과 자리를 함께했다. 막은 그 사실에 이유 모를 우쭐함을 느꼈다.

매일 오전 열한시부터 오후 열두시까지, 그들은 같은 식탁에 앉아 식사하고 떠들었으며 커피를 타 마셨다. 라히루와 친구가 되는 데에는 별다른 노력을 기울일 필요도 없었다. 막과 라히루는 각기 싸온 반찬을 조각조각 나눠 먹었다. 어육소시지나 감자조림을 우물우물 씹으며 수십 개의 농담을 함께 만들었다. 말장난을 만들어내는 데 있어 라히루의 한국어 실력은 거의 경이로운 수준이었다.

막은 늘 라히루의 앞 또는 옆자리에 앉았다. 수지와 영준에게는 티내지 않았지만, 가끔은 라히루야말로 공장에서 가장 가까운 친구라는 생각도 했다. 어쩌면 막과 라히루 사이에도 수지와 영준을 잇는 것 같은 힘세고 섬세한 매듭이 생겨날지 몰랐다.

곧 막은 점심시간 외에도 라히루를 만날 방법들을 찾아냈다. 선별 전 알약이 담긴 트레이로 가득한 수레를 옮길 때나 격주마다 행해지는 대청소 날, 막은 가능한 한 오랜 시간 이층 복도에 머물렀다. 제조실을 지날 때면 느릿느릿 자키를 끌었고, 대청소 날에는 이층 도구함에서 여분의 밀걸레를 가져오겠다며 몇 번이나 같은 문 앞을 지나다녔다. 라히루를 알게 된 후로 공장은 훨씬 넓고, 복잡다단하며, 갖가지 가능성이 들어찬 장소로 변했다. 점심시간 때는 물론이고 새 랩을 찾으러 일층 간이 창고에 들르거나, 핸드 자키의 부품을 가지러 지하실로 향할 때마다 막은 기대했다.

혹시 여기서 마주칠 수 있지 않을까?

몇 번은 정말로 라히루가 나타났다. 지하실에 처음 간 날에도 그랬다. 그날 막은 지하실의 꿉꿉한 어둠 속에 앉아 있었다. 휴대전화 플래시를 켜고 상자들을 뒤적이는 중이었다. 곽 반장이 가져오라고 한 보조 바퀴가 쉬이 나오지 않아 먼지 섞인 숨을 잔뜩 들이마셔야 했다.

어둠 저편에서 거대한 벌레가 날갯짓하듯 윙윙대는 소리가 울렸다. 건너편 전기실 문 안쪽에서 나는 소리였다. 어둠 속을 정면으로 쳐다보기 두려웠으므로, 막은 몸을 웅송그린 채 부품을 찾는 일에만 집중했다.

마침내 흰 더께에 뒤덮인 부품 상자가 막의 손안에 들어왔다. 먼지를 들이마시지 않으려 한 손으로 입을 막고 지하실을 나서는 순간, 위편 출입구에서 라히루의 목소리가 들렸다. 이내 계단 난간 너머로 활짝 웃는 얼굴이 나타났다. 라히루가 큰 소리로 말했다.

"야, 너 왜 여기 있어!"

그날은 정말로 운좋은 날이었다. 막은 그렇게 기억했다. 곧이어 한층 더 운좋은 날들이 찾아왔다. 영양식용 밀크 파우더를 만드는 주간이었다. 파우더 납품을 며칠 앞둔 때면 선별실과 포장실은 물론이고 이층 사람들까지 동원되어 일층에 모였다. 가능한 한 빠른 속도로 파우더를 포장하기 위해서였다.

"파우더 주간 진짜 싫어."

수지가 방진복 위에 노란 재킷을 걸치며 말했다. 매니저가 파우더 가루가 방진복에 묻지 않도록 꼼꼼히 챙겨 입으라며 잔소리를 한 뒤, 주황색 귀마개를 나눠주고 떠난 참이었다.

"마스크 제대로 챙겨 써. 안 그럼 금방 목 아파."

수지와 막은 컨베이어 벨트를 사이에 두고 마주섰다. 밀크 파우더의 옅은 단내가 벨트를 따라 빙글빙글 돌고 있었다.

디귿 자 모양의 컨베이어 벨트는 세 개의 포장실을 관통했다. 노란 재킷을 입고 귀마개를 낀 일이층의 직원들이 세 개의 포장실에 각기 자리를 잡았다. 첫번째 노선에서 은색 파우더 통을 뒤집어 보내면 두번째 노선의 직원들이 통 안에 파우더를 담았다. 세번째 노선에서는 통에 묻은 가루를 행주로 털어낸 다음 팔레트에 옮겨 실었다. 포장실의 벽이 모두 통유리인 덕에 다른 노선의 작업자들을 두루 볼 수 있었다. 막과 수지는 세번째 노선에, 라히루는 첫번째 노선에 있었다.

막은 드문드문 고개를 들었다. 두 개의 유리벽 너머, 눈썹을 잔뜩 찌푸리고서 은색 통을 꺼내거나 뒤집는 라히루가 보였다. 어쩌다 눈이 마주칠 때면 라히루가 한쪽 눈썹을 과장되게 들어올렸다. 막은 입술을 안으로 말며 웃었다. 어차피 큰 소리를 내봤자 벨트가 돌아가는 소리, 또 모두가 낀 귀마개에 막힐 텐데도, 윗니와 아랫니를 꼭 깨물게 되었다. 크게 웃는 순간 무언가 들킬 것 같다는 확신이 들었다.

수지의 말대로 파우더 가루는 금세 코와 입, 가끔은 귀와 눈 안쪽까지 스며들었다. 오후 시간이 되면 교대 인원들이 왔고, 막과 수지는 다시 선별실로 돌아갔다. 수지는 교대 시간마다 매번 기지개를 켜며 이제 좀 살겠다, 고 소리쳤다. 반면 막은 넌지시 울적해졌다. 파우더 포장실에서 돌아오고 나면 사면이 금속 벽으로 둘러싸인 선별실이 한없이 지루하게 느껴졌다.

아마 그래서였을 거야. 나중에 막은 생각했다. 그날 오후의 지루함을 견딜 수 없었기에, 자신이 평소와 다른 행동을 했던 것이라고.

금요일 오후였다. 막은 평소보다 절반쯤 적게 들어온 캡슐들 사이에서 멀쩡한 것을 꼼꼼히 골라내고, 뱃지를 팔레트에 담아 포장실로 보내고, 비닐 쓰레기를 주워 봉투에 나눠 담았다. 작업대 청소만 남았을 무렵에는 막과 수지 두 사람만이 선별실에 서 있었다. 곽반장을 비롯한 고참들은 모두 반반차를 내고 퇴근한 후였다. 수지는 저녁에 약속이 있다며 분주히 움직였다. 막은 서둘러 작업대를 닦는 수지에게 말했다.

"언니, 먼저 가요. 제가 마무리할게요."

"뭐래. 거의 다 했어."

막은 수지의 등을 세게 밀었다. 오늘은 그냥 자신에게 맡기라고, 이제 경력도 쌓였으니 자신 있다고 거듭 말했다. "데이트하는 거잖아요. 얼른 가요.” 막이 세번째로 등을 밀었을 때 수지는 돌아서 막의 얼굴을 지그시 바라보았다. 곧 그가 막을 덥석 끌어안고 머리망에 뽀뽀했다.

“막내 고마워. 다음주엔 내가 마무리할게.”

수지는 거의 달음박질하여 복도 저편으로 사라졌다. 막은 뒤돌아서 작업대를 닦았다. 코가 소독약 냄새에 무뎌지고 주위를 둘러싼 금속 모두가 반들반들해졌을 무렵, 문고리에 걸어둔 비닐봉지가 눈에 띄었다. 방금 선별에서 골라낸 ‘불량 캡슐’들이 한가득 든 봉투였다.

막은 봉지 안쪽을 살폈다. 삼분의 일은 노란 액이 새어 나왔거나 반점이 박혀 보기 흉했고, 삼분의 일은 액이 모두 빠져나와 쭈그러들거나 죽은 곤충처럼 말라비틀어져 있었다. 그러나 남은 삼분의 일은 퍽 쓸 만했다. 그저 표면이 미세하게 찢어졌거나 크기가 평균보다 조그마해서 선별된 것들이었다.

공장에 다니기 시작한 첫 주에 곽반장은 물었다. “이게 무슨 약인지 알아?” 막이 모르겠다고 답하자 곽반장이 소리 내어 웃었다. “이게 뭔지도 모르면서 열심히 들여다보면 허무하지 않니?” 그가 엄지와 검지로 붉은 캡슐을 집어들고 말했다.

“이 안에 사슴 양수가 들어 있어.”

막이 “예?” 하고 반문하자 곽반장이 또 웃었다. “징그럽지? 그런데 이게 피부에 그렇게 좋대.” 곽반장은 이 캡슐들이 아시아인들의 피부 미용을 위해 어느 나라들로 수출되는지 하나하나 나열했다. 막은 마스크 안쪽의 얼굴을 잔뜩 구기며 말했다. "우웩, 사슴들이 불쌍해요……" 곽반장이 손끝으로 캡슐들을 굴렸다.

"그래, 가엾지. 근데 어쨌거나 이게 공장 전체에서 제일 비싼 약이야."

곽반장은 캡슐을 굴린 자리를 응시하더니, 노란 액이 샌 흔적을 보고 한숨을 내쉬었다. 몇 초도 되지 않아 찌그러진 캡슐을 찾아낸 그가 봉지 안에 불량품을 버리며 말을 이었다. "가끔은 가루가 든 비타민제나 로열 베리 캡슐을 선별하는 날도 있어. 그런 날은 제법 새로운 기분이 들어 좋아." 반장은 불량 가루 캡슐은 안이 텅 비어 있어서 트레이째 흔들면 악기처럼 예쁜 소리가 난다고도 말했다.

막은 문고리에서 비닐봉지를 빼내어 위아래로 흔들었다. 제법 말짱한 캡슐들이 위로 올라왔다. 그날 라벨지에 적힌 유통기한은 제법 길었다. 막은 캡슐과 비슷한 붉은빛의 외벽을 떠올렸다. 달라붙은 채 시든 넝쿨손에 휘감긴 벽이었다. 그 너머, 승강기가 없는 오층에 이전에 살던 곳보다 절반쯤 좁아진 막의 집이 있었다. 안방에 누운 어머니와 아버지의 얼굴은 전보다 훨씬 빠른 속도로 낡아가고 있었다. 이렇게 버려지는 것보다는 그 두 얼굴에 도움이 되는 쪽이 사슴에게도 더 나을 것이었다. 막은 마음을 정했다.

막은 곧바로 두 팔을 걷어붙였다. 봉지를 한 손에 들고 말짱한 캡슐들을 골라내기 시작했다. 손바닥이 가득차면 방진복 주머니에 옮겨 담고 다시 캡슐을 골랐다.

땀을 닦으려 고개를 든 순간, 막은 문에 달린 붙박이창을 들여다보던 라히루의 시선과 마주쳤다. 목구멍에서 숨이 턱 막히는 소리가 났고 손에 쥔 봉지가 떨어졌다. 사슴의 양수가 든 영양제들이 바닥으로 뿔뿔이 흩어졌다. 은빛 바닥을 구르는 캡슐들은 평소보다 훨씬 더 빨갛게 보였다.

라히루가 문을 열었다. 막은 무릎을 꿇고 캡슐들을 주웠다. 라히루는 뒤를 한 번 살피고 문을 닫았다. 곧 막 앞에 쭈그려앉더니 캡슐들을 주웠다. 막과 마찬가지로 파란 장갑을 낀 양손으로 솜씨 좋게 캡슐들을 긁어모았다. 바닥 곳곳에 노랗고 진득한 자국이 남았다. 다시 닦아야겠네, 생각한 막이 고개를 들었다. 시선이 마주친 라히루가 눈썹을 과장되게 추켜올렸다.

막이 말했다.

"이거…… 이것들 있잖아."

"응."

"원래 다 버리는 거야."

"알았어."

라히루가 양손에 모은 캡슐을 봉지에 다시 옮겨 담았다. 알약처럼 단단한 침묵이 둘 사이를 채웠다. 막은 견디지 못하고 슬쩍 라히루의 낯을 확인했다. 마스크를 쓰지 않은 민얼굴이 웃고 있었다.

라히루가 말했다.

"너 도둑이야."

"아니야."

"내가 다 봤어. 내 입막음값 비싼데."

막은 눈동자를 굴렸다. 라히루는 이제 윗니까지 드러낸 채 웃었다. 막의 입술 사이로도 그 비슷한 게 비집고 나왔다. 막이 물었다.

"얼만데?"

라히루가 막의 방진복 주머니를 가리켰다. 눈에 띄게 두둑해진 오른쪽 주머니였다. 라히루가 말했다.

"많이도 훔쳤다."

"아니, 원래 버릴 거였다니까."

"십 퍼센트만 줘봐. 모른 척해줄게."

막이 아랫입술을 안으로 말았다. 세게 깨물자 웃음이 겨우 들어갔다. 막은 주머니에 손을 넣었다. 손끝에 닿는 캡슐들을 한 움큼 꺼냈다. 라히루의 손바닥 위에 하나씩 캡슐을 떨어뜨렸다. 한번 더 눈이 마주쳤을 때 막은 말했다.

"이제 공범인 거야."

"그래."

"공범이 무슨 뜻인지 알아?"

"응. 범죄 파트너."

"그래. 만약에 이걸 이르잖아? 너나 나나 다 실직자 되는 거야."

"쓸데없는 소리를 하네." 라히루가 캡슐 하나를 삼키는 시늉을 했다. "내 피부가 너무 좋아지면 놀라지나 말어."

막이 웃음을 터뜨렸다. 입술 밖을 지나 마스크 너머까지 터져 나가는 소리였다. 들켜선 안 돼, 생각했지만 어쩔 수가 없었다.

공범이 된 이후 막과 라히루는 더 자주 교류했다. 구태여 면대면으로 마주할 필요도 없었다. 그들은 서로와 노는 방법을 몇 가지 더 찾아냈다. 막은 물품보관실에 있는 라히루의 캔버스화를 훔쳐 뒷마당에 던져놓았다. 라히루는 막의 야구 모자를 쓰고 창고로 달아났다. 막은 그의 도시락을 식당의 가장 높은 선반 위에 올려놓았다.

우리는 정말 잘 맞아.

팔레트 사이에서 라히루가 숨겨둔 장갑을 찾을 때나 그의 열쇠고리를 여자 화장실 안쪽에 걸어둘 때, 막은 생각했다. 그와 함께하는 술래잡기 또는 숨바꼭질로 몇 년의 오후를 보내도 좋을 것 같았다.

어느 하루는 라히루의 가방에 매달린 열쇠고리를 후무리며 슬며시 지퍼 안쪽을 엿봤다. 반쯤 열린 가방 내부에서도, 배낭 끈에 자잘하게 달린 고리에서도 사원증은 보이지 않았다. 사원증을 가방에 매달아두지 않은 것일 수도 있겠지만…… 라히루 역시 자신과 비슷한 처지일 것이라고 막은 확신했다.

언젠가 점심을 먹던 중 수지가 라히루에게 물었다. "라히루도 곧 전문직 비자 받지 않아?" 옆자리의 영준이 수지의 팔꿈치를 툭 쳤다. 수지가 실수를 깨달은 얼굴로 맞은편을 흘끗거렸다. 라히루가 윗니를 드러내며 웃었다. 그러나 목소리의 힘없는 기색까지 숨기지는 못했다.

"E-7이요? 아직이에요. 몇 년 더 해야죠."

라히루는 물을 한 모금 마시더니 한숨 비슷한 웃음소리를 냈다. 막은 도시락을 먹는 데에 열중하는 척했지만, 수지와 영준이 눈길을 주고받는 모습을 놓치지 않았다. 평소보다 축 늘어진 라히루의 표정 역시 포착했다. 너무 큰 덩어리를 삼켰을 때처럼 목이 멨다. 라히루의 등과 어깨를 몇 번이나 쓰다듬어주고 싶었다.

대신 막은 라히루가 집은 김치를 빼앗았다. 젓가락이 맞부딪치는 소리에 황당해하며 웃는 라히루를 따라 웃었다. 마음은 여전히 아렸으나, 아주 깊은 속내에서는 둘둘 말려 있던 기쁨이 여러 방향으로 펼쳐지고 있었다.

우리는 비슷한 처지야.

그러니 서로에게 힘이 될 수 있을 거야.

막이 열쇠고리를 훔친 날, 라히루는 양치질하던 이모들에게 몇 번이나 부탁한 후에야 여자 화장실 수건걸이에 걸린 제 물건을 되찾았다. 라히루가 땀을 뻘뻘 흘리며 화장실 앞을 맴도는 내내, 막은 숨도 잘 쉬지 못하고 꺽꺽대며 웃었다. 웃음의 여운은 쉬이 가시지 않아, 막은 점심을 먹는 중에도 몇 번이나 식탁에 이마를 대고 어깨를 들썩거렸다. 라히루는 그 틈을 놓치지 않고 막의 보온병을 낚아챘다. 막이 웃음에 취한 사이 공용 냉장고 문을 열고 가장 아래 칸에 놓여 있던 소주 몇 모금을 보온병 안에 부었다.

그날 막은 소주가 섞인 커피를 세 모금 정도 마셨다. 네 모금째 마신 쓴맛을 입안에 머금고 어리둥절하던 중 라히루와 눈이 마주쳤다. 라히루는 참지 못하고 웃음을 터뜨렸다. 막은 곧장 화장실로 달려갔다. 삼키지 않은 커피를 모두 뱉고 입을 헹궜다. 식당에 도로 돌아갔을 때, 라히루는 더는 웃고 있지 않았다. 도리어 안절부절못하는 얼굴로 막을 쳐다보았다.

막은 일부러 표정을 굳힌 채 식탁에 앉았다. 라히루가 물었다.

"너 토했어?"

"응, 토했어."

"미안해."

"이번에는 심했어."

막은 짐짓 서러운 목소리로 말하고 도시락을 열었다. 수지와 영준이 그래, 너 좀 심했다, 하며 한마디씩 거들었다. 막은 건너편을 보지 않았다. 라히루와 한번 더 눈이 마주치면 또다시 웃음을 터뜨릴 게 뻔했으므로, 내내 반찬통만 내려다봤다. 비죽거리는 입술을 참고자 한 손으로 여러 차례 무릎을 꼬집었다.

마침내 라히루가 말했다. "내가 보상할게."

슬쩍 눈을 들자 풀죽은 낯이 보였다. 막은 한번 더 무릎을 꼬집고 물었다. "어떻게 보상할래?" 라히루가 등허리를 반듯이 폈다. 직전보다 한층 당당한 얼굴을 하고서 말했다.

"내일 도시락 싸올게."

"내 거?"

"응. 달걀말이도 하고."

이튿날 점심이 되자, 막은 라히루가 왜 그토록 자신만만했는지 알 수 있었다. "너 달걀말이 왕이구나." 달걀말이를 한 입 먹은 다음 막은 소리쳤다. 라히루가 다른 도시락통을 열며 말했다. "넉넉히 해왔지." 뚜껑을 연 통에는 반들반들한 흰쌀밥과 얼마 전 담갔다는 김치가 들어 있었다. 막은 두 통을 금세 비웠다. 부른 배를 양손으로 두드리며 말했다.

"아, 행복해. 바랄 게 없어."

"맛있지?"

"너 요리 진짜 잘한다."

막은 마지막 달걀말이에 김치를 얹어 입에 넣었다. 달걀과 김치는 적당히 부드러웠고, 즐거울 정도로만 맵고 달았다. 막이 물었다.

"김치도 네가 담근 거라고?"

"그럼. 여자친구랑 같이 담갔어."

막은 입속에 남은 것을 꿀꺽 삼켰다. 채 씹지 않은 김치가 목구멍을 넘어가자 코가 막히고 눈물이 났다. 라히루가 떠온 물을 마신 뒤에도 사레가 가라앉기까지 한참이 걸렸다. 목구멍에 꽉 막힌 덩어리가 얼마간 내려가고 나서야 막은 말했다.

"여자친구 있었구나."

"응. 내가 말 안 했나? 이 공장에서 일해. 야간반이야."

막은 물을 마시고 또 마셨다. 목을 힘겹게 넘어간 달걀과 김치가 이제는 갈비뼈 안쪽에 걸린 듯했다. 라히루가 의자 뒤로 몸을 돌리더니 맞은편 벽의 달력을 쳐다보았다. 그러곤 형광펜으로 그어진 셋째 주간을 가리키며 말했다. "파우더 주간에는 가끔 도와주러 낮에 오기도 해." 그가 막과 눈을 마주쳤다. 이내 씩 웃었다.

형광펜으로 그어진 주간은 금세 찾아왔다. 파우더 주간이 끝나기 이틀 전에 보조 인력들이 왔다. 그중에 서영이 있었다. 그는 두번째 노선의 컨베이어 벨트 앞에 서서 재빠른 손길로 파우더를 담았다. 서영은 키가 컸고, 머리가 길었으며, 말수가 적었다. 그리 미인은 아니었다. 막이 보기에는 그랬다. 라히루는 다르게 느끼는 듯했다. 그게 중요했다.

서영.

막은 혼자 그 이름을 몇 차례나 되뇌어보았다.

그날 막은 단 한 번도 라히루와 눈을 맞추지 못했다. 막의 의지는 아니었다. 외려 몇 번이나 용기를 내 정면을 보았었다. 그때마다 바로 옆방에 시선이 박힌 라히루의 얼굴을 볼 수 있었다. 그는 평소보다 훨씬 더 들떠 있었다. 웃을 때면 빙판에 금이 가듯 온 얼굴에 주름이 졌다. 쉬는 시간이 되자 라히루는 잽싸게 파우더 통을 내려놓고 유리벽을 지나 두번째 노선으로 갔다. 서영에게 물병을 건넸고, 그의 소맷자락을 만지작거렸다. 양옆을 살핀 뒤 재빠르게 서영의 손등에 입을 맞췄다. 몹시 짧은 순간이었다. 막만이 보았을 것이다.

보조 인력 덕택에 그날의 업무는 평소보다 일찍 끝났다. 막은 거의 달리다시피 탈의실로 갔다. 재빨리 방진복을 벗고 마스크와 머리망을 쓰레기통에 쑤셔넣었다. 물품보관실의 쿰쿰한 냄새가 밴 패딩을 걸치고 통근버스 정거장까지 뛰었다. 버스의 맨 뒷좌석을 차지한 뒤에는 줄곧 창밖만 보았다.

낮은 막이 모르는 새 슬그머니 길어져 있었다. 서울에 들어섰을 즈음에야 하늘은 완전히 깜깜해졌다. 버스는 새벽의 어스름을 통과했을 때와 마찬가지로 밤의 어둠을 헤쳐가며 달렸다. 나선형 도로를 지나 한강을 긴 채로 도심을 향했다. 막은 차창을 열었다. 도로의 소음이 버스 안으로 몰려들었다. 창 너머로 번쩍거리며 지나가는 가로등 불빛과 윙윙거리는 소음 속에서 한 얼굴이 솟아올랐다. 꽤 오랫동안 기억에 파묻어둔, 그리하여 효과적으로 잊었던 얼굴이었다. 텅 빈 교실 안에 서서 막에게 한 가지 비밀을 주겠다고 말하던 얼굴. 자신이 은단에게 건넸던 말도 떠올랐다. 은단의 붉어진 얼굴이며 떨리는 손끝 같은 걸 얼마나 모른 척하고 싶었는지도 생생했다.

기억들은 차츰 선명해졌다. 그날의 은단은 참으로 미련해 보였다. 누구도 강요한 적 없는데 구태여 아랫자리로 들어가 절절맸다. 자연스레 윗자리에 올라앉은 막은 그의 정수리를 보며 궁금해했다. 왜 저렇게까지 구는 거지? 왜 자신을 저토록 비굴하게 만드는 거야?

막은 몸을 옹송그렸다. 눈살을 찌푸리고 콧잔등도 찡그렸다. 헛구역질하듯 목 안쪽에 힘을 주기도 했다. 그럼에도 눈물은 나오지 않았다. 흐느낌이 목과 명치 사이 어딘가에 꽉 막혀 있는 것 같았다. 대신 얼굴이 차차 붉어졌다. 막은 우는 대신, 작은 목소리로 욕을 내뱉기 시작했다.

3

　파우더 주간이 끝났다. 막은 다시 선별실로 돌아갔다. 라히루가 일층을 도우러 오는 일도, 그의 연인이 낮에 공장을 찾아오는 일도 더는 없었다.

　하루하루가 커다란 변화 없이 굴러갔다. 표면적으로는 그랬다. 막은 여전히 수지와 영준 그리고 라히루와 함께 점심을 먹었다. 다만 전처럼 그의 물건을 훔치거나 도시락을 바꿔치기하지 않았다. 막이 장난에 별 반응을 보이지 않자, 라히루 역시 막의 보온병을 엉뚱한 사물함에 갖다두는 식의 행동을 관두었다. 달걀말이만은 계속해서 싸왔다. 막은 다른 사람들과 함께 달걀말이의 촉촉함과 부드러움, 알맞은 단맛에 관한 칭찬을 늘어놓았다. 식사를 한 뒤에는 양치질을 해야겠다며 재빨리 식당을 나섰다.

　그런 날들이 한 달쯤 이어졌을 때, 라히루가 물었다.

　"뭔가 좀 이상하지?"

　가슴속에 허술한 고리로 매달려 있던 선반이 쿵 소리와 함께 내려앉았다. 막은 부르르 떨리는 바닥을 들키지 않으려 애쓰며 말했다. "뭐가?" 라히루가 눈짓으로 등뒤를 가리켰다. 수지와 영준이 나란히 서서 설거지를 하고 있었다. 싱크대 맞은편 벽에 물방울들이 꾸준히 튀었다. 라히루가 속삭였다.

"둘이 언젠가부터 말을 별로 안 나눠."

막은 잠시 서러워졌다. 그러니까 너는 내 변화는 잘 몰라도, 저 둘의 침묵은 기가 막히게 알아챈단 말이지. 그러나 점심을 먹고 수지와 같이 선별실로 돌아갈 즈음, 막은 라히루의 말이 정말로 맞다는 사실을 깨달았다.

언젠가부터 수지와 영준은 막 또는 라히루를 거쳐서만 말을 주고받았다. 서로 눈을 마주치는 일도, 비슷한 순간에 코맹맹이 소리로 웃는 일도 드물어졌다. 이토록 선명한 변화가 코앞에서 벌어지고 있었는데, 라히루를 어색하지 않게 대하는 데만 눈이 팔려 무엇 하나 눈치채지 못하고 있었다. 막은 윗니와 아랫니를 세차게 다물었다. 열기가 뺨 안쪽을 서서히 데우다가 곧 이마까지 치솟았다.

그날 일을 마친 막은 통근버스 정거장으로 가는 대신 후문 앞에 서서 수지를 기다렸다. 수지는 한참이 지난 후에야 공장을 나왔다. 날씨에 비하면 한참 얇은 회색 재킷 차림이었다. 절기와 상관없이 늘상 들고 다니는 크로스백을 대각선으로 메고 있었다. 가방끈에 달린 사원증에서 단발머리 시절 수지의 얼굴이 흔들흔들 움직였다. 막은 펄쩍 뛰어 수지의 앞을 가로막았다.

"깜짝이야!"

"오늘 저녁에 뭐해요?"

"갑자기 왜?"

"별일 없음 저랑 술 마셔요."

"둘이서만?"

막은 고개를 끄덕였다. 수지가 막의 얼굴을 몇 초간 바라보더니 웃음을 터뜨렸다. 그가 막의 팔짱을 꼈고, 두 사람은 장난감 병정처럼 걸음을 맞춰가며 뒷마당을 가로질러 철조망 앞으로 갔다. 수지는 철조망 복판에 달린 철문을 열어젖혔다. 막이 한 번도 열어본 적 없는, 애초에 열어볼 생각도 하지 않은 문이었다. 놀란 막이 물었다.

"여기로 드나들어도 돼요?"

"열리면 그냥 쓰는 거지, 뭐."

저물녘의 땅은 평소보다 배로 불그스름한 빛깔을 띠었다. 건조하고 퍼석퍼석한 흙은 밟을 때마다 눈밭처럼 발자국이 남았다. 겨울이 거의 끝났음에도 군데군데 보이는 물웅덩이 모두 얇게 얼어붙어 있었다.

두 사람은 다시 한번 병정 걸음으로 빈 땅을 지났다. 십여 분쯤 걷자 사방으로 눅진한 땅거미가 내렸다. 수지가 공터 너머, 막 불이 켜진 가로등들 사이를 가리켰다. 오층짜리 회색 건물이 서 있었다.

수지가 말했다. "저기를 유령 상가라고 부르거든."

건물 층층마다 색이 거의 다 지워진 간판들이 붙어 있었다. 통유리 벽 위로 '임대합니다' 또는 '세입자 구함'이라고 적힌 종이들이 펄럭였다.

"이층에 식당이 하나 있어."

"술도 팔아요?"

"와인까지 팔아."

막은 그림자로 얼룩진 건물을 천천히 살폈다. 노랗게 빛나는 창문 하나가 눈에 띄었다.

상가에 들어서자 텅 빈 복도가 펼쳐졌다. 영업중인 가게가 거의 없어서인지 절반가량은 어두컴컴했다.

복도 한가운데에 난 계단을 따라 오르자 불 켜진 유리문이 나타났다. 문을 열자 바깥과 확연히 다른 온열이 쏟아졌다. 백열등의 노란 불빛 아래 원탁과 소파들이 놓여 있었다. 한눈에 봐도 막보다 배로 늙은 가구들이었다. 막이 초등학생이던 시절 유행한 드라마 주제가를 피아노로 연주하는 배경음악이 그 사이사이로 흘렀다.

수지가 창가 바로 옆자리에 앉았다. 막은 맞은편에 앉으며 이 식당이 얼마나 오랫동안 여기에 있었을지 가늠해보았다. 나무 탁자는 끈적끈적했고 소파는 가운데가 푹 꺼져 엉덩이가 깊숙이 들어갔다.

셔츠를 입은 노인이 그들에게 다가왔다. 식당에 들어와 자리에 앉을 때까지도 보이지 않던 남자였다. 그가 건네주고 간 메뉴판에는 '오늘의 백반'이라는 글자와 함께 색 바랜 돈가스와 오븐스파게티, 수프 등의 사진이 실려 있었다. 막이 속삭였다.

"이 가게 이상해요."

"맞아, 그래도 돈가스는 맛있어."

주문한 지 몇 분 되지 않아 두 사람 앞으로 김이 모락모락 피어오르는 쌀밥과 포도색 소스에 뒤덮인 돈가스, 수프와 양배추샐러드가 놓였다. 노인은 손잡이가 달린 잔에 와인까지 따라주고 다시 사라졌다. 막은 한번 더 속삭였다.

"진짜 이상한 가게네요."

"얼른 먹어."

막이 고개를 돌렸다. 자리와 맞닿은 유리창 너머로 펼쳐진 논밭과 비닐하우스, 서울 또는 경기도를 향해 달리는 차들을 응시했다. 모든 것이 어슴푸레한 밤 속에 파묻혀 있었다.

막은 다시 한번 천천히 식당을 둘러보았다. 이곳은 유년기의 막이 가족과 함께 가던 오래된 레스토랑을 연상시키기도 했고, 막이 갓스물에 들어선 무렵 각종 술친구들과 다니던 대학로의 술집을 떠올리게도 했다. 눈을 감았다 뜨면 공장에서 겪은 시간이나 그 사이사이를 채운 사건과 대화, 얼굴과 몸짓 모두가 삽시간에 사라진 매끈한 과거 어딘가에 우두커니 앉아 있게 될 것 같았다. 막은 공장에서의 나날을 애초부터 겪지 않은, 아무것도 모른 채 웃고 떠드는 자신을 상상했다. 라히루와 수지, 영준과 곽반장, 캡슐들과 거대한 기계 따위는 모두 알지 못하는 자신의 모습을.

막은 자신이 그걸 원치 않는다는 사실에 조금 놀랐고, 왜인지 뿌듯해졌다. 마른 눈 안쪽이 따끔거리더니 곧 눈물이 고였다. 저도 모르게 눈을 부릅뜨고 있었던 것이다. 막은 감았다가 뜬 눈으로 건너편에서 돈가스를 써는 수지를 보며 거듭 되새겼다. 여긴 공장 앞이고, 오늘의 나는 일하는 사람이며, 마찬가지 신세인 동료와 함께 밥을 먹는 중이야.

"얘, 이제 말해봐."

수지는 먹기 좋은 크기로 썬 돈가스를 막 앞에 놓아주곤 막의 접시를 가져가 다시 칼질을 시작했다. 그가 말했다.

"왜 갑자기 데이트를 신청했어?"

"그냥……"

"걱정돼서?"

"네."

막은 수지가 썬 조각들을 보다가 고개를 들었다. 칼질하는 수지의 얼굴이 전보다 한층 야윈 것 같았다. 매일 보는 사이임에도, 불현듯 그 변화가 눈에 밟혔다.

"언니랑 영준 오빠, 서로 말을 안 하는 거 같아서요."

"걔랑만 말 안 하는 게 아니야."

칼질을 끝낸 수지가 와인 잔을 쥐었다. 막 앞에 놓인 잔에 챙 부딪치더니 절반 넘게 벌컥 들이마셨다.

"곽반장님이랑도 요새 좀 그래."

"무슨 일 있어요?"

"무슨 일 있긴. 노조 들어간 게 다야."

"노조?"

"노동조합."

"뭔지 알아요. 근데 우리 공장에도 있는 줄은 몰랐어요."

"규모가 작거든. 그래도 사람이 점점 늘고 있어."

수지가 다시 한번 부딪친 잔 속에서 빨갛고 반투명한 술이 위아래로 출렁였다. 막은 잔을 들어 한 모금 마셨다. 씁쓸한 기운이 입안을 훅 돌다가 미미한 단맛을 남겼다. 막이 물었다.

"근데 그게 왜요?"

"영준이는 노조 사람들이 싫대."

수지가 어깨를 으쓱였다.

"너무 유난이라는 거야. 그냥 두루두루 잘 지내면 될 것을 왜 굳이 싸우려고 드는지 모르겠다고, 이해가 안 간대. 나도 걔 이해가 안 가. 다 먹고살자고 하는 거면서."

"노조 안 들어가도 먹고살 순 있잖아요."

"그래, 그렇지."

수지는 와인을 한 모금 더 들이켰다. 등뒤에서 노인이 외쳤다.

"밥부터 먹어. 안 먹으면 금세 식어요."

깜짝 놀란 막이 뒤를 돌아보았다. 주방과 계산대 사이에 선 노인이 재촉하듯 양손을 흔들었다. 수지가 소리 내어 웃었다.

두 사람은 식사를 시작했다. 막상 밥을 먹으니, 입에 들어가는 모든 게 향긋하고 따뜻해서 딴 데 신경쓸 겨를이 없었다. 밥알이 달았고 돈가스 소스는 적당히 짭짤했다.

그릇을 반쯤 비웠을 때, 수지가 다시 입을 열었다.

"근데 막아."

"네."

"나는 보호를 좀 받고 싶어."

수지는 이층에서 일하는 위현택 반장의 이야기를 먼저 꺼냈다. 재작년 이맘때, 그의 발등 일부가 지게차 바퀴에 깔려 으스러졌다. 산재보험만으로는 수술 비용을 모두 보상받을 수 없었다. 위반장은 공장에 손해배상을 청구했으나 공장은 그의 과실이 크다며 책임 경감을 주장했다. 위반장이 공장에서 권고한 안전화를 신지 않았다는 이유에서였다. 지게차의 감지 센서가 종종 문제를 일으킨다는, 모두가 아는 사실은 쉬쉬하는 분위기 속에서 넘어갔다. 복직한 후에도 위반장은 종종 발을 절룩거렸다.

그뿐이 아니라고 수지는 말했다.

본래 포장실의 '이모'였던 명신은 한 해 전 가을부터 숨쉴 때마다 늑골 부근에서 쌕쌕대는 소리가 나는 것을 알게 되었다. 곧 기침과 통증이 뒤따랐다. 명신은 포장실의 분진과 신상품으로 출시된 파우더가 원인으로 보인다고 전했으나, 공장은 그 인과를 어떻게 증명할 수 있느냐고 되물었다. 계약 갱신을 몇 주 앞둔 명신은 산재 처리를 신청하는 대신 선별2반으로의 이동을 택했다. 막은 그의 뒤에서 일하던 명신이 종종 터뜨리던 기침을 떠올렸다.

"사실 다른 사람 얘기할 필요도 없어. 우리 랩 감느라 손목 나가는 거, 그것도 다치는 거야. 막아, 너도 여기 오고 결절종 생겼잖아."

막은 볼록하게 솟아오른 오른쪽 손목을 보았다. 실제로 선별실에 들어가고 두어 달까지는 바닥에 손을 짚을 때조차 아팠다. 통증은 막의 양 손목을 타고 어깨까지 올라왔다. 곽반장의 조언대로 손목 보호대를 사서 두르자 얼마간 가라앉았으나, 그 대신 동그랗게 튀어나온 혹이 생겼다.

수지와 곽반장, 명신 모두 비슷한 혹을 가졌었다고 했다. 결절종이라고 했나, 생김새에 비해 지나치게 심각하게 들리는 이름이었다. 관절을 많이 쓰다보면 그것을 둘러싼 막이 닳아 얇아지고, 그 안에서 새어 나온 관절액이 고여 만들어지는 종양이라고 했다. "종양이요?" 화들짝 놀라는 막에게 곽반장은 말했다. "막내야. 요령이 생기잖아? 손목을 덜 쓰게 되면 그건 알아서 사라져. 자연스레, 없던 것처럼 들어가."

"요령이 있든 없든 보호는 받아야 하는 거야. 너도 그렇고 나도 그래."

수지는 말을 멈추고 숨을 깊이 들이쉬었다. 와인 탓인지 쉼 없이 말해서인지 얼굴이 살짝 붉었다. 취한 수지의 얼굴은 여러 번 보았지만, 슬픈 수지의 얼굴은 처음 본 것이었다. 막은 어쩐지 겸연쩍어져 밥만 깨작거렸다. 그 사실을 눈치챈 듯, 수지는 한결 가벼운 어투로 말을 건넸다.

"본사 직원들 식당 규모가 우리 네 배인 거 알아? 휴게실에는 당구장도 있대. 그게 다 노조가 받아낸 거라잖아. 우리도 받아낼 거야. 너 포켓볼 가르쳐주려고."

"저 포켓볼 잘 쳐요."

그들은 교차로 웃었고, 한 차례 건배했으며, 잔과 그릇을 모두 비웠다. 돈가스를 모조리 먹은 배가 불룩해졌다. 막과 수지는 헐떡대며 상가를 나왔다. 수지는 막의 집으로 가는 버스가 오기 전까지 정거장을 떠나지 않았다. 막이 극구 거절해도 소용없었다. 막이 마침내 나타난 빨간 버스에 올라탔을 때 수지는 발갛게 취한, 또 얼어붙은 얼굴로 손을 흔들었다.

위아래로 덜컹이는 버스 안에서 막은 수지의 얼굴과 입안에서 맴돌던 쓰고 단 맛을 떠올렸다. 꿀꺽 침을 삼킨 막은 혼잣말했다.

"금의환향해야 돼."

무슨 논리에서 비롯된 결론인지는 스스로도 명확히 알 수 없었으나, 창밖으로 서울이 보일 무렵 막은 결심했다. 더는 라히루를 신경쓰지 않겠다고. 그러려면 그와 만나는 순간 자체를 줄여야 했다. 우연히 마주치는 일이야 통제 바깥의 영역이니 어쩔 수 없지만, 전처럼 어설프고 부끄러운 장면들을 더는 만들지 않을 것이다. 이 이상 비굴해질 수는 없었다. 막은 자신이 충분히 자랐다고 느꼈다. 이제 그는 유년기의 레스토랑이나 대학로의 술집과 아주 먼 장소에 와 있었다. 새로운 장소에 걸맞은 결정 혹은 단절이 필요했다.

이튿날 막은 공장 이층에서 한참을 서성였다. 복도로 나온 라히루를 보자마자 성큼성큼 다가가 말했다.

"언니랑 오빠가 서로 좀 불편한 시기인 것 같으니까, 한동안 따로 점심을 먹자."

라히루는 눈썹을 긁적였고 눈을 깜빡였다. 연필로 짙게 칠한 듯한 눈썹이나 쌍꺼풀이 짙은 눈 모두 무척 예뻤다. 막은 얼른 돌아서서 일층으로 내려갔다.

그 결정이 옳은지, 하다못해 적절한 것인지는 알 수 없었으나, 단절은 매우 빠르게 이뤄졌다. 이제 점심때면 막은 수지와, 라히루는 영준 그리고 이층 사람들과 함께 식사했다. 가끔 건너편 식탁의 라히루와 눈이라도 마주치면 얼른 고개를 숙이고 남은 반찬을 먹어치웠다.

장난도, 함께하는 식사도 사라지자, 공장에서 라히루를 보는 시간은 확연히 줄어들었다. 어쩌다 한 번씩 복도나 식당에서 마주치면 턱짓으로 인사하고서 지나쳤다. 등뒤에서 이름을 부르는 것 같으면 걸음의 속도를 높였다.

"우리 무슨 문제 있어?"

오렌지색 후문 앞에서 저를 기다리는 라히루와 맞닥뜨린 저녁, 막은 수지가 그랬듯 화들짝 놀랐다. "깜짝이야." 질겁한 순간 심장에서 퍼진 열기가 금세 얼굴로 번졌다. 막은 머리를 폭 숙이고 라히루를 지나쳐 걸었다. 곧 막을 따라잡은 라히루가 보폭을 넓혔다. 그는 막보다 한 발 앞서 걸으며 재차 질문했다.

"무슨 문제 있지?"

"아니야."

"근데 갑자기 왜 나를 모른 척해?"

"그런 적 없어."

"그랬잖아. 몇 주 내내 그랬어."

그 몇 주 사이 해는 꾸준히 길어져서, 이제는 퇴근 시각에도 퍽 밝은 하늘을 볼 수 있었다. 밝은 연분홍빛 하늘 아래 통근 버스를 기다리는 사람들이 줄지어 서 있었다. 막은 발걸음을 멈췄다. 라히루와 함께 있는 모습을 아무에게도 보여주고 싶지 않았다.

막은 창고 쪽으로 방향을 틀었다. 운송 트럭이 오가도록 활짝 열어둔 셔터 문 옆에 섰다. 선별실 사람들이 오전과 오후 내내 골라낸 약들이 한쪽 구석에 더미째 쌓여 있었다. 라히루가 막과 약 더미 사이를 가로막고 섰다.

"왜 그러는데?"

"아니, 뭐가 왜야……"

"속상해서 그래."

막은 입을 다물고 라히루를 바라보았다. 찡그린 눈과 꽉 다문 입술을 가능한 한 오래 보고 싶었다. 한 계절을 알았을 뿐인데 그 얼굴의 모든 것이 친밀하게, 그리하여 무척 가깝고도 소중하게 느껴졌다.

인상을 쓴 라히루를 보자 막은 훌쩍 기뻐졌고, 그 사실이 창피스러웠다. 이번에도 라히루의 말이 맞았다. 막은 몇 주 내내 그를 피해 다녔다. 그러던 중 불쑥 나타난 라히루를 마주하자 단박에 알 수 있었다. 라히루는 모르겠지만, 그는 막의 마음의 주인이었다. 그 앞에 설 때마다 막의 마음은 곤두박질치거나, 천장 없이 솟아올랐다. 눈앞의 라히루를 힘껏 끌어안고 싶었고, 가슴이나 등 복판에 이마를 기댈 수 있길 바랐다. 그 와중에도 서영의 손등에 입을 맞추던 라히루의 옆얼굴이 누차 떠올랐다.

막은 깊이 심호흡했다. 그다음 통근버스 정거장을 가리켰다.

"나 줄 서야 해."

"오늘 버스 늦게 와. 영이가 말해줬어."

서영의 이름을 듣자, 후문에서 창고로 오는 내내 쿵쿵 울리던 가슴이 차게 가라앉았다. 막은 창고 벽에 등을 기댔다. 온 얼굴을 채웠던 열기 역시 멀미와 비슷한 울렁임으로 변하고 있었다.

퇴근 시각에 오는 통근버스는 야간 출근자들을 먼저 부려놓은 후 퇴근자들을 실었다. 서영은 버스 안에 앉아 라히루에게 문자를 보냈을 것이다. 오늘 길이 막히니 기다리지 말라고. 막은 탈의실에서 방진복을 벗던 서영을 기억했다. 초원에 사는 동물처럼 긴 팔다리와 학생처럼 치렁치렁 늘어뜨린 머리카락을 가진 여자. 라히루가 한번 더 물었다.

"막아, 말해줘. 요새 왜 그래? 나한테 화난 게 있어?"

말하는 동안 라히루의 얼굴은 점점 더 일그러졌다. 막은 두어 걸음 물러섰다. 라히루가 왜 이렇게까지 구는지 이해할 수 없었다. 그에게 자신은 몇 달 정도 함께 밥을 먹은, 농담이나 장난질을 주고받은 친구에 불과할 터였다. 그 정도의 관계 가지고 저런 표정까지 지을 필요가 있나. 심장박동과 열기가 가라앉은 자리 위로 불쑥 짜증이 솟았다. 무엇보다 이토록 집요하게 자신을 쫓고, 붙들고, 이것저것 캐묻는 라히루를 보며 기뻐하는 스스로에게 분이 치밀었다. 분하다고 해야 하나, 아니면 역시 부끄럽다고 해야 할까. 지금의 나는 그때의 은단만큼 애처롭게 보일까? 막이 질문들 사이에 갇혀 옴짝달싹 못하는 사이 라히루는 계속 말을 이었다.

"뭐가 서운했던 거야? 내가 실수했어? 말해봐, 말해야 나도 알지."

"아냐, 그런 게 아냐."

막은 머뭇거렸다.

"그냥 네 음식이 맛없어서 그래."

"뭐?"

"네가 가져오는 음식들이…… 너무 맛없다고. 특히 김치가 존나 맛이 없어."

라히루의 입술이 미묘하게 휘어졌다. 웃음을 지으려다가 실패한 표정으로 보였다. 어쩌면 막이 장난이야, 내지는 농담이야, 하고 말할 타이밍을 기다리는지도 몰랐다. 막은 아무 말도 하지 않았다. 양 주머니에 손을 넣고 정거장 쪽만 바라보았다. 마침내 라히루가 말했다.

"그래…… 뭐, 알겠어."

그는 막을 지나쳐 창고 안으로 들어갔다. 움츠러든 뒷모습이 천장까지 쌓인 선반과 층층을 채운 약 더미 사이로 사라졌다.

막은 한동안 창고 앞에 서 있었다. 눈앞의 그림자가 조금씩 늘어지고 또 진해졌다. 막은 마른 얼굴을 문지르고 퇴근자들의 줄을 향해 걸었다. 라히루의 말대로 그날의 버스는 평소보다 늦게 왔다. 기다림을 견디는 내내 막은 몇 번이나 창고 쪽을 돌아보았다. 라히루는 보이지 않았다. 이후로도 마찬가지였다. 막은 아주 오랫동안 라히루를 다시 보지 못했다.

변화는 그다음 주 월요일 아침부터 느껴졌다. 퀴퀴한 냄새가 들이찬 물품보관실 안에서 수군거리는 얼굴들을 본 순간부터.

막은 전날 잠을 설쳤다. 버스에서 졸다 깨기를 거듭했다. 공장에 도착해 옷을 갈아입을 때까지도 반쯤 꿈을 꾸는 기분이었다. 양 벽에서 쏟아지는 굉음 속에서 에어샤워를 해도 졸음은 가시질 않았다. 선별실에 들어서 수지와 곽반장을 마주쳤을 때에야 막은 차게 식은 공기를 알아차렸다.

"다들 왜 그래요?" 그가 물었다. "무슨 일 생겼어요?"

수지가 입을 벌렸다. 그게 전부였다. 열린 입술에서 아무런 소리도 나지 않았다. 막은 수지의 해쓱한 뺨을, 반대로 불그레하게 물든 눈을 보았다. 그 순간 막은 감당할 수 없으리만치 큰 변화가 벌어졌음을, 그것도 자신이 절대 원치 않는 방향으로 벌어졌음을 알았다. 당장 귀를 막고 눈을 감을 수는 있겠지만 영영 그럴 수는 없을 터였다. 한때 막이 삼촌이라고 부르던 그 남자가 달아나며 삶 곳곳에 뚫어놓은 구멍들을 결코 메울 수 없듯이.

한참이 지나서야 수지가 말했다.

"라히루가 다쳤어. 어제 공장에서 잘렸대."

수지가 몇 마디를 더 했지만, 막은 알아듣지 못했다. 실은 그가 처음 한 말부터 이해할 수 없었다. "걔가 다쳤는데, 왜 잘려요?" 막이 질문했다. 수지는 입을 다물었다.

막은 등 돌려 선별실을 나갔다. 곳곳에 모여 웅성대는 사람들을 지나 곧장 이층 혼합실로 향했다. 쇠문 앞에 서 있는 남자들이 보였다. 그중에 라히루는 없었다. 라히루가 아닌 이들의 얼굴은 수지와 마찬가지로 해쓱했고 또 일그러져 있었다. 막은 그 사이에 있는 위현택 반장을 알아보았다. 한때 발등이 으스러졌다던 남자였다.

막은 남자들 틈을 비집고 들어갔다. "어이쿠" 또는 "뭐야" 하는 목소리가 연이어졌다. 등뒤에서 위현택 반장의 목소리가 들렸다.

"라히루랑 친한 애야."

막은 혼합실 문의 붙박이창으로 안을 들여다보았다. 납빛 방 정중앙에 놓인 기계가 보였다. 쇠기둥 같은 두 개의 프레임

사이에 브이 자 형태의 드럼이 달려 있었다. 막은 그 기계의 이름을 알았다. V-블렌더였다. 파우더를 비롯해 분말이나 과립을 혼합할 때 쓰는 기계였다.

기계 오른편 프레임에 붙은 스티커는 막이 선별하는 영양제만큼 진한 빨간색이었다. 복판에는 흰 글자가 적혀 있었다.

'사용 금지.'

막은 창유리에 바싹 코를 붙였다. 코가 찌그러질 정도로 얼굴을 디밀고 혼합실 곳곳을 둘러보았다. 핏자국이나 찢어진 옷 조각 따위는 일절 보이지 않았다. 빨간 스티커를 제외하면 평소와 다를 것 없는 정경이었다.

막은 뒤돌아섰다. 위현택 반장이 맞은편 벽에 기대서 있었다. 막은 잠시 그의 발등을 바라보다가, 몇 걸음 다가가 저 안에 있던 파우더가 어디로 갔느냐고 물었다. 위반장이 매우 느리게 복도 끝을 가리켰다. 열린 문은 비상계단실로 이어졌다. "창고로 내려가면 돼." 위반장이 말했다. 막은 발을 헛디디지 않으려 애쓰며 계단실로 향했다.

층계를 내려가며 막은 수지의 말들을 하나씩 곱씹어보았다. 어제…… 더 정확히 말하면 그제에서 어제로 넘어오던 새벽에 라히루는 손끝을 잃었다. 몸의 일부를. 어제까지는 라히루의 일부였던 것을. 방금 보았던 블렌더 안에서 벌어진 일이었다. 라히루는 그의 일부를 잃었고, 공장은 라히루가 일터까지

잃도록 만들었다. 막이 침대에 누워 있던 일요일 새벽에 벌어진 일이었다.

라히루가 주말에도 종종 공장에 출근한다는 건 막도 잘 아는 사실이었다. 토요일에서 일요일로 넘어가는 밤에 일하면 휴일 근로 수당에 야간 근로 수당까지 겹쳐 받을 수 있다고 말해준 적도 있었다.

그리하여 지난 일요일 새벽, 라히루는 이층에 있었다. 그는 예정된 시각보다 훨씬 이르게 가동을 멈춘 블렌더를 발견했다. 원래대로라면 우주를 유영하듯 빙글빙글 돌아가야 할 드럼이 멈춰 있었다. 제어반에는 붉은 등이 켜진 상태였다. 라히루는 홀로 혼합실에 들어가 기계의 앞뒷면을 살폈다. 별다른 이상은 없어 보였다. 그는 기계 아래로 몸을 수그리고 들어갔다. 배출 밸브를 열어 이물질이 들어 있는지 확인할 생각이었다. 인터록interlock이 설치되어 있으니 밸브 덮개가 열린다면 재가동은 되지 않을 것이었다.

라히루는 플래시를 켠 휴대전화를 입에 물었다. 수동 전환 레버를 당기고 핸드 휠을 돌려 밸브 덮개를 열었다. 드럼 속은 몹시 어두웠다. 그의 손가락이 밸브의 안쪽을 더듬던 그 순간, 기계가 다시 움직이기 시작했다. 덮개가 빠르게 닫혔고 드럼이 회전했다. 기계는 끈질긴 사냥개처럼 손끝을 물고 놓아주지 않았다.

라히루는 다른 손을 뻗어 비상 정지 버튼을 누르려 했다. 몇 번이나 손이 미끄러진 끝에 버튼을 눌렀지만, 드럼의 회전이 멈추기까지는 몇 초가 더 걸렸다. 라히루의 검지와 중지 두 마디가 사라지는 동안에도 기계는 가열하게 돌아갔다.

이후 아주 오랫동안 또 여러 차례, 막은 그 순간 벽 너머에서 들끓었을 전류를 상상했다. 공장의 가장 깊숙한 바닥, 즉 지하 전기실에서 시작되어 블렌더에 이르기까지, 젊은 몸의 피처럼 들끓었을 전류의 흐름을. 기계들을 박동하게 하고 라히루의 손끝을 조각냈을 그 빠르고 활기찬 움직임을.

라히루는 소리를 질렀다. 공장의 금속 문은 두꺼웠고 각방의 기계들은 저마다의 소리로 시끄러웠다. 사람들이 도착했을 때 라히루는 벽에 기대앉아서 한쪽 팔을 치켜들고 있었다. 오른손 전체가 피투성이였고, 더는 아무 소리도 내지 않았다.

일층 복도에 다다르자마자 막은 몸을 굽히고 달리기 시작했다. 바통을 받아든 마지막 주자였을 때처럼, 낼 수 있는 가장 빠른 속도로 복도를 지나갔다. 탈의실과 식당, 물품보관실을 연이어 지나쳤다. 라히루와 서로의 물건을 빼돌리고 감추던 갖가지 장소들을 스쳐 회색 문 앞에 섰다. 창고로 향하는 문이었다.

오전의 빛이 창고를 가득 채우고 있었다. 정면의 셔터를 활짝 열어둔 덕이었다. 주차장과 논밭 너머로 보이는 하늘은 태풍이 지나간 후처럼 맑은 파란색이었다.

아침마다 찾아오는 납품 트럭이 막 들렀다 간 모양이었다. 전동 지게차들이 금속 포크를 치켜든 채 선반 사이사이를 누비고 있었다. 천장까지 닿는 선반에는 각종 약이 든 팔레트가 가득했다. 막은 정면의 선반 사이로 난 통로에 들어섰다. 랩으로 둘둘 감기고 라벨이 붙은 각종 팔레트를 등지고 지하실로 이어지는 계단을 지나쳐 창고 가장 안쪽에 도착했다.

창고 모퉁이에 투명하고 큼직한 비닐봉지 하나가 놓여 있었다. 네 살배기 아이만한 크기의 봉지는 어제 블렌더에서 혼합된 흰 가루로 꽉 차 있었다. 봉지 한가운데 매직으로 그린 엑스 자는 역시 빨간색이었다.

막은 엑스 자가 그려진 비닐봉지를 가득 채운, 희디흰 파우더를 물끄러미 들여다봤다. 응시하기만 해도 옅은 우유 냄새와 단맛이 느껴지는 듯했다. 지난달 수지와 영준 그리고 라히루와 그의 애인까지 모두 동원되어 통에 옮겨 담았던 파우더와 같은 종류였다. 고운 가루째 섭취하거나 물에 타 먹을 수도 있었다. 한 통에 들어가는 정량은 구백구십 그램. 성장기 어린이부터 노인에 이르기까지 다양한 연령대의 영양분을 보충하는 데 쓰인다고 했다.

막은 몸을 숙이고 봉지의 매듭을 풀었다. 희미한 단내가 서서히 올라왔다. 그 안에 오른손을 넣어 마구 휘저었다. 여기 어딘가에 라히루의 손가락이 있을 것이다. 검지와 중지 끝 두 마디. 밸브 덮개가 닫힌 순간 산산히 찢겼을지, 원래의 형체를 어느 정도 유지하고 있을지 몰라도, 우선 찾아내야 했다. 막은 거의 머리끝까지 봉지 안에 집어넣은 채 양손을 휘저었다. 파우더가 입과 콧구멍으로 밀려들어 몇 번이나 얼굴을 빼내고 재채기했다. 눈이 따가웠다.

금방 찾을 수 있을 거야. 막은 파우더가 들어가지 않게끔 속으로만 중얼거렸다. 왜냐하면 네 손가락은 내 손가락보다 훨씬 짙은 색깔이잖아. 밀크 파우더 안에서라면 더더욱 눈에 띌 거야.

파우더를 파헤칠수록 가루는 허공으로 피어올라 안개처럼 흩날렸다. 손에 잡히는 건 고운 분말뿐이었다. 막이 찾는 것은 그와 사뭇 다른 형태와 밀도를 갖고 있었다.

함께 말장난을 만들 때, 라히루는 몇 번이나 쉰 목소리로 웃었다. 웃음이 멎지 않을 때면 막의 어깨를 두드리거나 팔을 붙들기도 했다. 그 손가락의 힘과 모양새 모두 생생했다. 이제 막은 알 수 있었다. 라히루는 막과 같은 처지가 아니었다. 라히루의 손가락 색은 막보다 더 짙었고, 라히루의 주말은 막의 주말보다 더 분주했다. 막은 가루 속으로 더 깊이 들어갔다. 물속에 잠긴 양 이제 눈앞까지 부옜다.

하나라도 나와라.

막은 여러 차례, 소리 없이 중얼거렸다.

손톱 끄트머리라도, 하다못해 핏자국이라도 좋으니까……

그때 한 손이 막의 어깨를 붙들더니 비닐봉지 바깥으로 끌어냈다. 정수리부터 가슴팍까지 파우더로 범벅이 된 막이 뒤를 돌아보았다. 영준이 서 있었다. 아까의 수지만큼이나 새파랗게 질린 얼굴이었다.

"너 뭐해?"

막은 입만 벙긋거렸다. 목까지 메운 가루 때문에 말이 잘 나오지 않았다. 코를 풀던 막은 곧 영준의 작업복에 묻은 핏자국을 발견했다. 불현듯 재채기가 터져나왔다. 콧속과 입속의 가루를 모두 쏟아내듯 재채기한 뒤에야 막은 말했다.

"옷에 피 묻었어요."

영준이 제 앞섶을 내려다봤다. 그가 말했다.

"나랑 다른 아저씨들이 아침에 청소했어. 핏자국이랑 라히루 옷 전부."

막은 영준의 앞섶과 소매, 어깨 부분에 말라붙은 갈색 자국을 뚫어지게 보았다. 영준이 무어라 말할 듯 지칫거리다가, 곧 양손으로 핏자국을 가렸다. 막이 물었다.

"손가락은요?"

"없어. 다 치웠을 거야."

"라히루한테 돌려줘야죠."

핏기 없이 파리하던 영준의 얼굴이 순간 붉어졌다. 그가 작은 목소리로 말했다.

"돌려줄 수 있는 게 없었어. 막아. 만약 작은 조각이 남았더라도, 저 안에 다 섞였을 거야."

또 한번 비닐봉지 안으로 달려드는 막을 영준이 붙들었다. "그러지 마." 그의 목소리가 얇게 떨렸다. 잠시 후 영준은 주머니 안에 든 작은 지퍼백을 꺼냈다. 선별한 약 가운데 샘플용을 담을 때 쓰는 봉투였다.

"조금만 가져가."

"근데, 손가락을 찾아야 하는데요."

"없어, 막아. 있더라도 다 섞였을 거야. 그냥 가루만 좀 가져가."

막이 코를 훌쩍였다. 여전히 숨에서 쌕쌕대는 소리가 났다. 막이 움직이지 않자 영준이 대신 비닐봉지를 열었다. 파우더를 한 움큼 퍼내어 지퍼백에 넣더니 입구를 꼼꼼히 또 느리게 닫았다. 영준이 지퍼백을 건넸고, 막은 받아들었다. 침을 삼키자 달고 부드러운 맛이 혀 전체에 퍼졌다.

"이게 뭐예요." 막이 말했다. 왜인지 웃음이 나왔다. "죽은 것도 아니고."

그리고 막은 한동안 침묵했다. 파우더 대신 얼음덩어리라도 삼킨 양 온몸에 냉기가 돌았다. 막은 양팔을 붙들었다. 떨림은 오래도록 멎지 않았다.

막은 라히루에게 전화를 걸었다. 연결음만이 이어졌다. 응답하는 목소리는 없었다. 몇 주가 지나도 마찬가지였다. 두어 차례 문자를 보내려다가 관뒀다. 답 문자를 쓰기 위해서는 손끝을 동원해야 할 것이다. 막은 라히루의 손이 쉬고 있기를 바랐다.

지금도 그 여자와 같이 있을까?

가끔 발을 헛디디듯, 그 질문에 걸려 넘어지기도 했다. 그때마다 막은 양손으로 질문의 정수리를 꽉 눌렀다. 땅속으로 들어가 영영 보이지 않도록.

공장에서도 라히루에 대한 이야기는 계속 오갔다. 막은 수지 그리고 식당이나 탈의실의 목소리들을 통해 어떤 일이 벌어지고 있는지를 알아냈다. 노동조합측에서 본사에 직접 이의를 제기했다고 했다. 공장측이 기계 점검을 소홀히 했고, 누적된 사고로 인한 노동청의 근로 감독 조사를 피하고자 라히루의 계약을 해지했다는 내용의 이의였다. 노동조합에서는 라히루를 복직시키고 노후한 기계들을 다시 확인하길 요구했다. 어쨌든 그것은 라히루를 내보내는 것보다 더 큰 돈을 요구하는 일이었다.

그달의 대청소 날, 위층에 대걸레를 가지러 올라간 막은 복도 모퉁이에 모여 선 이층 직원들을 보았다. 다들 팔짱을 끼거나 허리춤에 손을 짚은 채로 소리를 지르고 있었다. 좀더 가까이 다가가자, 이층 직원들과 마주서 있는 두 남자가 보였다. 정장 차림으로 보건대 본사측 직원들이었다.

"전부터 말했잖아요. 인터록이 계속 불안정했다니까요."

이층 직원들이 교차로 소리쳤다. 애초 2인 1조로 돌려야 할 업무를 주말 근무 직원 한 사람에게 맡긴 이유가 무엇이냐 따지는 사람도 있었다. 본사 직원들은 아무 말도 하지 않았다. 막은 그들 중 한 사람이 손거스러미를 재차 뜯는 모습을 지켜보았다. 그의 손끝은 이미 짙붉고 너덜너덜했다.

본사는 끝내 라히루와의 계약 해지를 철회하지 않았다. 매니저는 창고 한구석으로 직원들을 불렀다. 막이 라히루와 마지막 대화를 나눴고 그의 손가락을 찾고자 파우더를 뒤지던 그 자리였다. 매니저는 허리춤에 손을 얹고 다닥다닥 붙어 선 주간반 직원들을 바라보았다. 그의 귓바퀴는 차차 붉어졌고, 목소리는 조금 떨렸다.

매니저는 사고의 가장 큰 원인은 전원을 제대로 확인하지 않은 라히루의 부주의이지만, 그럼에도 공장측이 앞으로의 사고 방지를 위해 새로운 안전 교육 프로그램을 짜고 있다고 이야기했다. 공장에서는 라히루와의 합의하에 계약을 해지하는 과정에서 그의 치료비를 도맡아 내주었다. 그것은 공장이 할 수 있는 가장 인도적인 처사였다.

말하는 동안 매니저는 아무와도 눈을 마주치지 않았다. 종내에는 품속을 한참 부스럭거리더니 구겨진 서류 하나를 꺼냈다. 라히루의 서명이 들어간 계약서 사본이었다. 매니저가 계약서를 앞으로 내뻗었다.

"나한테만 뭐라고 하지 말고…… 봐요, 이미 계약서에 다 적혀 있잖아요."

이제 매니저의 눈에도 핏발이 서 있었다. 입가는 얕게 실룩였다. 그의 말에 따르면 공장은 라히루의 '입장'으로 인한 '위험 부담' 때문에 계약 시 몇 가지 특약 사항을 추가했다. 모두 '합의하'에 벌어진 일이었다. "이 정도도 안 해주는 공장이 얼마나 많은지 알아요?" 매니저는 특약 사항이 적힌 장을 손끝으로 가리켰다. 라히루는 비슷한 상황에서 이러한 결과가 생길 수 있음을 모두 이해했고, 직접 받아들였다고도 말했다.

"이번 달 주말 내내 내가 걔 병원으로 데리고 다녔어요." 매니저가 말했다. "여기서 그렇게까지 해준 사람 있어요?"

얼마 후 라히루에 관한 기사가 나왔다. 수지가 말해준 바로는 노동조합원 중 한 명의 딸이 기자라고 했다. 유명한 언론사는 아니었지만, 어쨌든 기사가 떴다. 막은 수지가 링크를 보내주기도 전에 기사를 확인했다. 언론사 사이트를 수없이 새로

고침한 결과였다.

기사에서 라히루는 '비전문취업(E-9) 비자를 취득해 한국에 온 이주노동자 A씨(23세)'로, 스리랑카에서 기계공학과를 전공한 유망한 청년으로, 타지에서 혼합기 사고에 휘말려 산업재해를 입었음에도 보상은커녕 일자리를 잃은 비극의 주인공으로 묘사되어 있었다. 거기에는 막이 잘 아는 정보도 있었고, 모르는 정보도 있었다. 막은 휴대전화 화면에서 크게 확대한 'A씨'라는 글자를 문질렀다. 기사 속 A씨의 삶은 서글픈 결말을 향해 필연적으로 달려가는 양 묘사되어 있었다. 문장들을 핥으면 비리고 쓴 맛만이 가득할 것 같았다.

이게 다가 아닌데. 막은 생각했다.

애는…… 이렇게 어두침침하고 서글프기만 한 사람이 아냐.

더 넓고 많은 애야.

번개처럼 돌연 들이닥친 생각이었으나, 막은 그 생각이 진실임을 알 수 있었다. 누군가 갑자기 막에게 묻더라도 아무 망설임 없이 말할 수 있었을 것이다. A씨가 아닌 라히루가 누구인지, 그가 얼마나 더 넓고 많은 사람인지, 그의 습관부터 말투 그리고 잘하는 일과 못하는 일 또 저도 모르게 짓는 표정까지 구구절절 묘사할 수 있었다. 몇 장이 넘게 쓸 수도 있었다. 그러나 기사의 댓글 기능은 막혀 있었다. 수지가 전해준 바에 따르면 그런 주제의 뉴스에는 너무 많은 악성 댓글이 올라오므로 일정 기간 동안 댓글을 막아둔다고 했다.

  매니저가 라히루와의 '특약'과 이에 따른 '합의'에 대해 연설한 날, 막은 누구보다 빨리 컨테이너를 나왔다. 창고 건물이 드리우는 그늘 속에서 무릎을 짚고 선 채 생각했다. 여기서 토하면 다들 내가 얼마나 화났는지 알지 않을까? 그렇다면 이 일이 얼마나 심각한 것인지, 그런 깨달음이 하품처럼 이 사람 저 사람을 타고 전해지지 않을까? 이왕 토한 김에 피라도 쏟아진다면 얼마나 좋을지 상상하기도 했다.

  막은 손가락을 입안 깊숙이 넣었다. 혀 안쪽에 짠맛이 맴돌았다. 몇 차례 욕지기가 나왔지만 끝내 무엇도 게우지 못했다. 피는커녕 우윳빛 침만 축 늘어졌다. 막은 입가를 훔치고 뒤편을 돌아보았다. 컨테이너에서 이층 직원들이 나오고 있었다. 그 사이에 영준이 서 있었다. 지난번 보았을 때와 마찬가지로 푸르죽죽한 얼굴이었다. 막과 눈이 마주친 영준이 고개를 저었다. 그만, 하고 말하는 듯했다. 내게 말을 걸어봤자 소용없어, 네가 바라는 어떠한 변화도 생기지 않을 거야, 라고 말하는 것 같기도 했다.

  막은 여전히 그늘 속에 있었다. 컨테이너를 나온 직원들이 창고로 들어섰다. 몇몇은 방진복도 채 벗지 않아 여전히 마시멜로 맨 차림이었다. 어깨를 내리고 등을 구부린 채 창고 안으로 들어가는, 부연 유령 같은 뒷모습들. 막은 그들이 지게차에 올라타는 모습을, 그들이 다시 공장 안에 들어가는 모습을, 일로 복귀하는 모습을 바라보았다.

막이 한 손으로 바지 주머니를 더듬었다. 지퍼백의 두툼한 감촉이 느껴졌다. 라히루의 손끝을 머금은, 혹은 머금었을지도 모르는 가루로 가득찬 봉투였다. 막은 지퍼백 입구를 한번 더 세게 잠근 뒤 셔츠 앞주머니에 넣었다.

이윽고 막은 공장 안으로 돌아갔다. 오렌지색 후문을 열고 물품보관실을 지났다. 복도를 통과해 탈의실에 서서 방진복으로 갈아입었다. 머리망과 마스크를 쓴 뒤 에어샤워실에 들어섰다. 바람이 몰아치는 내내 소리를 질렀다. 눈이 빨개질 때까지 고함을 치자 목이 따끔거렸다. 클린룸에 발을 딛자마자 전면 유리벽 너머, 사방으로 파이프 다리를 내뻗은 기계가 보였다. 기계는 방금 전의 막보다 훨씬 큰 소리를 내지르며 진동하고 있었다.

막은 선별실로 갔다. 어느새 모든 직원이 돌아와 다시 작업대를 마주하고 있었다. 각자 귀마개를 끼고 쇠 접시 위에서 빨간 캡슐들을 굴렸다. 막은 그중 한 명의 손을 잡아 힘껏 당겼다. 손이 잡힌 수지는 물론, 그 뒤에 서 있던 곽반장과 다른 이모들도 눈을 흡떴다. 막은 개의치 않았다. 수지는 찌그러진 캡슐 하나를 손에 쥔 채 복도로 끌려나왔다. 그가 마스크를 벗고 물었다.

"다짜고짜 뭐하는 거야?"

"언니."

막은 수지의 눈 대신, 그의 손에 들린 찌그러진 캡슐을 바라보았다.

"저도 노조 들어갈래요."

찌푸려진 수지의 미간이 차츰 풀렸다. 소리를 지를 듯 벌어졌던 입술도 다물렸다. 수지는 선별실의 붙박이창을 곁눈질하고 한숨을 내쉬었다. 그가 막의 어깨를 붙들고 복도 끝으로 데려갔다. 비상계단실로 이어지는 문 앞이었다.

"그래도 이런 행동은 너무 막무가내야. 그러면 안 돼."

"죄송해요."

"노조에 들어간다고 다 해결되는 건 아니야. 이번 일도 아마 그냥 지나갈 가능성이 크고……"

말을 멈춘 수지가 입술을 안으로 말았다. "아니다, 방금 말은 잊어." 막이 고개를 끄덕였다. 두 사람은 기계의 굉음 속, 스테인리스강이 마주 반사하는 빛 속에 말없이 서 있었다. 잠시 후 막이 입을 열었다.

"그래도 전 뭐라도 좀…… 보호하고 싶어요."

막은 방진복 앞섶 사이로 손을 넣었다. 며칠 전부터 체한 것처럼 명치 위쪽이 꽉 막혀 있었다. 가슴팍을 문질렀더니 앞주머니의 지퍼백이 다시 잡혔다. 지퍼백을 쥘 때마다 막은 소리 없이 되뇌었다. 너는 괜찮아. 몇 번이나 그 말을 거듭하다가 한 마디씩 덧붙였다. 아, 거봐, 별것 아니야…… 금방 낫겠다. 누가 들어도 믿음이 가지 않는 투였으나, 막은 상관하지 않았다.

수지가 막의 얼굴을 살피더니 말했다.

"얘, 막내야, 심호흡해."

막은 그 말대로 했다. 숨을 깊이 들이마시고 오래도록 내쉬었다. 그러나 여러 차례 심호흡하고, 힘주어 가슴을 눌러도 목구멍까지 들어찬 것은 녹아내릴 기미가 보이지 않았다. 막은 다시 말했다.

"진짜 뭐라도 좀 하고 싶어요."

그날도 울음은 나오지 않았다. 대신 막은 여러 차례 헛구역질을 했다. 종내에는 납빛 바닥에 먹은 것을 모조리 토해냈다.

2 부   은단

1

　막이 공장 안에서 조합원으로 활동한 기간은 얼마 되지 않았다.

　노조 가입을 선언하고 네 달도 채 되지 않아 막은 공장에서 쫓겨났다. 공장의 표현대로라면 '기간 만료에 따른 계약 종료'였다. 매니저는 막에게 그 사실을 알리며 손끝에서 한참 펜대를 굴렸다. 그의 눈언저리가 떨리고 있었다. 그는 매우 피로해 보였고, 한편으로는 겁에 질린 사람처럼 보였다. 매니저는 말했다.

　"여섯 달을 약속했잖아. 그 약속이 끝난 거야. 그게 다야.

이상한 의미 부여하지 마."

실연을 당할 때와 비슷한 느낌이었다. 피구 시합에서 매우 매섭게 날아온 공이 얼굴에 맞았을 때 드는 감각과도 흡사했다. 공이 바닥으로 굴러가고 통증이 얼굴을 새빨갛게 뒤덮을 때면 왜인지 모를 수치심에 사로잡히곤 했었다. 아프다는 사실이 부끄러운 것처럼. 얻어맞은 일이 더없는 창피인 것처럼.

매니저는 의미를 부여하지 말라고 했으나 막은 그럴 수 없었다. 비슷한 시기, 막을 비롯해 잇따라 계약이 종료된 네 사람은 모두 노동조합원이었다. 계약직이 노조 활동을 해보았자 무얼 하느냐는 만류에도 불구하고 이름을 실은 사람들이라고 했다. 정규직 전환을 코앞에 두고 있던 명신은 그 말을 느리게 반복했다. 뒤따를 말, 아마 후회나 자책이 담겨 있을 말을 참아내기 위해 가능한 한 느린 어조로 말하는 성싶었다.

"사실 예견된 일이었지." 명신은 말했다. "얼마 전에 잘린 사람들 생각해봐."

명신의 말이 맞았다. 막의 계약이 종료되기 두 달 전 벌어진 사건은 앞으로 일어날 일을 충분히 예견하고 있었다.

아직 늦봄일 때였다. 기후에 알맞게 자라난 신록들이 녹색으로 짙어지던 무렵, 수지와 위현택 반장 그리고 포장팀 반장인 조안이 쫓겨났다. 해고 사유는 '불법집단행동'과 '근태불량'이었다.

그날 막을 찾아온 수지는 빨개진 눈을 굴리며 말했다. 상급 단체, 그러니까 전국 제약노조에서 진행하는 집회에 가기 위해 노동조합원 여럿이 연차를 냈다고. 매니저는 그 주간에 납품 일정이 밀려 있다며 연차 승인을 거부했다. 이를 거부하고 집회에 간 이들에게 해고통지서가 날아온 것이었다. 본사측에서 오랫동안 각 지부에 흩어진 노동조합원들을 옥죄려 준비했다는 소문이 돌았다. 라히루의 산재를 은폐한 것이 바깥에 드러날까 두려워하고 있다고도 했다.

물론 해고당한 이들이 받은 통지서에는 그런 말들이 적혀 있지 않았다. 대신 몇 해에 걸쳐 기록된 그들의 지각, 자잘한 실수, 본사 직원 등과 벌인 '갈등' 등이 빼곡하게 적혀 있었다.

"그렇지만 이건 말도 안 되는 일이야." 수지는 눈을 세차게 비비고 말했었다. "걱정하지 마, 막아. 바로잡을 거야. 우리 금방 다시 같이 일하게 될 거야."

하지만 이제 어쩌지. 막은 생각했다. 수지 언니가 돌아와도 내가 공장에 없을 텐데.

그 주 주말에 막은 거실 식탁에 앉아 모든 이야기를 털어놓았다. 어머니와 아버지는 눈썹을 찡그리거나 얕은 한숨을 쉬어가며 그의 말을 들었다. 아버지는 발코니에 가 담배를 피우고 온 다음 말했다.

“차라리 잘됐어.”

“뭐가요?”

“다음 학기에 도로 복학하는 걸로 하자.”

어머니가 말을 받았고 아버지가 고개를 끄덕였다. 등록금도 어느 정도 모으지 않았느냐고, 여태 한 것만으로도 충분하다고도 말했다. 계약 종료를 알리던 매니저가 하던 말과 똑 닮은 말이었다.

막의 계약 종료를 선언하던 매니저는 펜대의 뭉툭한 지점으로 눈 밑을 누르며 말했었다. “차라리 잘됐지. 너는 돌아갈 곳이 있잖아. 여섯 달이면 충분히 일했지. 이제 다시 학교 다니면서 공부도 하고 그래. 등록금도 얼추 모으지 않았어? 그거 때문에 여기 들어온 거 아녔어?”

막은 더듬거렸다.

“하지만.”

이번에 계약이 종료된 다른 사람들은 이전까지 아무 문제 없이 계약을 갱신했다. 수지를 포함하여 해고당한 이들이 저질렀다는 ‘근태불량’은 공장에 다니는 사람이라면 누구나 한 번쯤 겪었을 일들로 이뤄져 있었다. 통근버스가 예고 없는 폭설이나 폭우 또는 공사에 발이 묶일 때면 모두가 함께 지각했고, 전날 잔업을 한 사람이 졸면 짐짓 모른 척 눈감아주었다. 막은 물론 오래 일한 직원도 손목이 아프거나 눈이 욱신거릴 때면 일하는 속도가 현저히 느려졌다.

"하지만 그게 태만하다거나, 불량한 건 아니잖아."

막은 말했다. 어머니와 아버지는 대답하지 않았다.

해고당한 사람들이 공장에서 '갈등'을 일으켰다는 대목 역시 쉽게 이해할 수 없었다. 공장 안에서 사람들은 자주 싸웠다. 대체 누가 알약 색깔을 배합했느냐, 잔업을 대체 며칠째 하는 것이냐, 기계 점검은 언제 해줄 것이냐며 언성을 높였다. 함께 나가 담배를 피우고 나지막한 목소리로 화해 또는 합의를 한 뒤 돌아오기도 했다. 막조차 곽반장에게 대든 적 있었다. 라히루가 사라진 뒤로 그가 지나치게 넋을 놓고 있다며 혼냈던 날이었다. 이층에서 라히루를 만나기 위해 너무 느릿느릿 움직이는 그에게 수지가 눈치를 주기도 했었다. 그 모든 게 그토록 큰 잘못이었나? 큰 갈등 또는 문제라고 부를 만한 건가? 막은 헷갈리기 시작했다. 지금 내가 뭘 몰라서, 그래서 이런 걸까?

"됐어!" 어머니가 말했다. "이 정도면 정말 할 만큼 했어."

막은 건너편에 앉은 두 사람을 보았다. 거실의 발코니로 새어든 옅은 햇빛이 두 얼굴을 나란히 가로질렀다. 빛이 파헤친 자리마다 미세한 잔주름과 옅게 남은 흉터들이 드러났다. 어머니는 막이 준 영양제를 끝내 먹지 않았다. 아무리 말짱해 보여도 결국은 불량품 아니냐고 했다. 아버지는 저녁을 먹기 직전까지도 누군가와 통화를 했다. 삼촌과 비슷한 목소리를 가졌으나, 삼촌은 아닌 남자들과 통화하며 지나치게 밝은 목소리를 냈고 연거푸 추임새를 넣었다.

막은 어머니와 아버지가 공장에서 일한다면 어떤 모습일지 생각했다. 정제를 선별하고 기계 옆을 지키거나 제조 기록을 적고 있겠지. 퍼뜩 막은 마주앉은 두 사람이 일하는 모습을 제대로 본 적이 없다는 사실을 깨달았다.

어머니가 자리에서 일어나 식탁을 빙 둘러 막에게 왔다. 막은 주춤 물러섰다. 어머니는 개의치 않고 그를 끌어안았다. "그동안 너무 고생 많았지." 그 말은 문을 닫는 동작 같았다. 막은 몇 초 정도 포옹을 견디다가 말했다. "숨막혀, 숨막혀요."

어머니가 팔을 풀고 몇 걸음 물러섰다. 그가 말했다.

"오늘은 외식하자."

아버지가 고개를 끄덕이고 자리를 떴다. 막은 식탁에 홀로 남아 씨근덕거렸다. 그리 큰 압박도 아니었건만, 포옹 내내 눌린 갈비뼈가 아팠다. 심호흡할수록 흉곽의 통증은 더 짙어졌다.

수지의 연락은 그날로부터 일주일 뒤에 왔다. 처음에는 문자가 왔다. 막내야, 하고 부르는 문자였다. 채 답하기도 전에 휴대전화가 울렸다. 수지의 목소리는 여전히 쨍하고 힘이 있었다.

"시간 되면 잠시 나올래?"

막이 알겠다고 말하자 수지는 바로 주소를 불렀다. 막은 되는대로 옷을 걸치고 나섰다. 거의 일주일 만의 외출이었다.

문밖으로 나서자 어느새 묵직해진 태양열이 몸을 에워쌌다. 늦봄인데도 벌써 만만찮은 더위가 거리를 뒤덮고 있었다. 막은 땀에 푹 젖은 채로 간선버스를 탔다.

수지가 알려준 주소는 서울 외곽의 동네에서도 가장자리에 있었다. 버스는 한강 하류로 죽 내려가다가 강줄기가 갈라지는 부분에서 굽이를 돌았다. 역전 정거장에서 내린 막은 잇따라 도착한 마을버스에 올라탔다. 버스는 넘실대는 언덕을 두어 번 넘었고, 좁은 비탈길 중턱에 멈춰 섰다. 둥그스름한 물건이 떨어지면 순식간에 데굴데굴 굴러가 저편으로 사라질 듯한 비탈이었다.

막은 얼굴이 그을리고 등산모를 쓴 노인들과 함께 버스에서 내렸다. 눈앞으로 강파른 경사의 오르막이 펼쳐졌다. 막은 팔자걸음으로 비탈을 올랐다. 언덕 정상에 이르자 막의 집과 비슷한 생김새의 구옥 빌라들이 줄지어 서 있었다. 막은 그중 세 번째 빌라에 들어섰다. 갖가지 양념 냄새가 밴 계단을 올랐다. 오층 문이 활짝 열려 있었고 그 너머에서 와글와글 말소리가 들려왔다. 가장 높은 목소리는 분명 수지의 것이었다.

막은 안전화와 워킹화로 가득한 현관에 섰다. 거실에 둘러

앉은 얼굴들이 동시에 그를 돌아보았다. 막은 움츠러든 티를 내지 않기 위해 일부러 더 요란한 소리를 내며 집안에 들어갔다. 거실의 얼굴 중 몇몇은 낯익었고, 몇몇은 완전히 낯설었다. 식당이나 복도에서 지나친 듯 애매하게 떠오르는 얼굴들도 있었다. 막보다 스무 살 혹은 그 이상 나이를 먹은 양 보이는 이가 여럿이었다.

"선별실 막내 맞지?"

현관 바로 앞에 앉아 있던 남자가 물었다. 이층에서 몇 번 본 얼굴이었다. 그가 본인이 깔고 있던 방석을 밀어주며 말했다.

"앉아요."

막은 엉거주춤 자리에 앉았다. 수지가 막에게 눈인사를 건넸다. 그게 신호라도 된 듯, 사람들이 연이어 말을 걸었다. 짜장이 좋으냐 짬뽕이 좋으냐, 탕수육에 군만두가 낫냐 아니면 양장피를 크게 하나 시키는 게 어떻겠느냐, 술 잘 마시냐, 아니면 콜라를 시켜줄까…… 막은 더듬더듬 답했다. 수지가 휴대전화 앱으로 주문을 하는 중에도 거실에 앉은 이들은 어딘가 겸연쩍은, 또 수줍어하는 미소를 띤 채 막을 응시했다. 한둘은 질문인지 아닌지 모를 어투로 말을 걸었다.

"스물한 살이라며."

"수지가 막내도 꼭 불러야 한다구 그랬어. 그리고……"

"막씨가 라히루랑 친하다며."

라히루의 이름을 듣자 턱과 배에 힘이 들어갔다. 막은 입술을 앙다물지 않으려 애쓰며 거실을 둘러보았다. 대여섯 명 이상 앉기에는 좁은 거실이었으나 다들 솜씨 좋게 모퉁이며 틈새를 찾아 빼곡히 앉아 있었다. 그런데도 크게 답답한 느낌은 들지 않았다.

발코니 통창으로 쏟아지는 흰 볕 덕택인지 공간이 묘하게 넓어 보여서였다. 천장 곳곳에 매달아둔 덩굴식물이 정원 같은 분위기를 주어서인지도 몰랐다. 막은 덩굴식물의 이파리 아래 앉은 사람들의 수를 하나씩 세보았다. 자신과 발코니 창에 기대어 선 여자까지 합하면 모두 여덟 명이었다.

창에 기대어 선 여자와 눈이 마주쳤다. 그가 눈짓으로 인사를 건넸다. 막은 고개 숙여 인사했다.

"됐어요, 주문 끝."

수지가 휴대전화를 내려놓으며 말했다. 엉거주춤 앉은 막을 발견하고서는 씩 웃더니 무릎걸음으로 다가왔다. 수지는 막의 양어깨를 붙들고 사방에 앉은 이들을 하나씩 가리켰다.

"여기는 생산1반 위현택 반장님, 저쪽은 생산팀 준희 오빠랑 포장팀 팅…… 명신 이모는 잘 알지? 서조장님이랑도 이층에서 몇 번 인사했을 거고."

수지가 이름을 부른 얼굴들이 막을 쳐다보았다. 분명 서로 다르게 생겼음에도 모두 닮아 보여 구분하기 어려웠다. 이십대에서 사십대, 어쩌면 오십대, 희거나 누르스름하며 우둘투둘하거나 포동포동한 모든 낯이 흐릿한 피로에 잠겨 있었다. 수지는 막의 양어깨를 연달아 두드렸다.

"그리고 얘가 우리 막이에요."

발코니에 기대서 있던 여자가 다가와 막 옆에 앉았다. 그에게서 마른빨래에서 남직한 냄새가 풍겼다.

"우리는 예전에 통성명했지?"

그가 물었고 막은 답했다.

"네, 조안 이모잖아요."

조안이 언제부터 한국에 살게 되었는지 정확히 아는 사람은 거의 없었다. 막이 들은 건 진위가 불투명한 몇 가지 소문뿐이었다. 수십 년 전에 한국인 남편을 따라 서울에 정착했다고도 했고, 결혼 이후 한국인 남자에게 본부인이 있음을 알게 되어 이혼하고 공장에 취직했다는 이야기도 있었다. 약사이던 한국인 아버지를 찾기 위해 서울까지 왔으나 끝내 아무 결실도 얻지 못하고 제약공장에 취직해 마음을 달랬다는…… 엉터리 설화 같은 소문도 두어 차례 들었다.

그중 무엇이 맞는지, 혹은 맞는 게 있기라도 한지는 알 수 없었으나, 조안이 십 년이 넘도록 공장에서 일했다는 사실만은 확실했다. 십 년간 그는 포장팀에서 잔뼈를 키웠다. 그의 일머리를 눈여겨본 선임 덕에 조장직을 얻었고, 나아가 반장 자리를 꿰차기에 이르렀다. 그후에도 사람들은 조안을 반장이나 리더라는 직책 대신 이름 그대로 불렀다. 의도적인 행위라기보다는, 첫 외국인 반장을 어떻게 대해야 하는지 얼떨떨해하는 듯 보였다.

막이 조안의 이름을 처음 들은 곳은 선별실이었다. 갓 노조에 가입한 수지와 곽반장 사이에 미묘한 긴장감이 오가던 무렵이었다. 평소와 다름없이 어마어마한 속도로 약들을 뒤섞고 헤집던 곽반장이 물었다. "그래서, 노조위원장은 누구야?" 그 맞은편에서 종이에 남은 얼룩들을 확인하던 수지가 말했다. "조안 이모요." 그때 막은 뒤돌아 있었으나, 곽반장이 숨죽여 웃는 소리는 들을 수 있었다.

"살다 살다 외국인이 노조 감투 쓰는 꼴도 다 보네……"

수지가 그 말에 뭐라고 대답을 했었나? 하지 않았을 것이다. 주변이 꽉 막힌 듯한 적막 속에서 부스럭부스럭 약 섞는 소리가 이어지고, 어색함 속에 업무가 마무리되었을 테다.

처음으로 노동조합 모임에 나간 날, 막은 식당 구석에 턱을 괴고 앉아 있던 조안을 마주했다. 흰머리가 절반 넘게 섞인 머리채를 틀어 묶고, 알이 두툼한 안경을 쓴 모습이었다. 그는 공책에 무엇인가 적고 있었다. 이미 한쪽 장은 손글씨로 빼곡했다. 막이 잘 아는 언어와 모르는 언어가 뒤섞여 있었다.

모임이 끝나고 나서 막은 몇 번이나 수지에게 물었다. "근데 진짜 외국인이에요?" 수지는 마주 질문했다. "한국어 진짜 잘하시지?" 막은 "네, 그냥 한국 사람 같아요" 말하고 잠깐 입을 다물었다. 명확한 이유는 알 수 없었으나, 왜인지 조안이 방금 자신이 한 말을 몰랐으면 좋겠다는 마음이 들었다.

"어서 와, 막아."

조안은 막의 근황을 몇 가지 묻더니 곧 다시 일어났다. 오르막을 걸어오느라 힘들었을 테니 물부터 한 잔 가져다주겠다고 했다. 막은 사방에 앉은 몸들을 능숙하게 피해 걷는 조안의 등을 응시했다. 그가 푸르게 그늘이 진 주방에서 물병과 유리잔을 착착 꺼내는 모습을 보면서, 이곳이 조안의 집임을 깨달았다.

막은 조안이 건네준 물잔을 오래 살폈다. 슬쩍 고개를 틀어 벽시계나 덩굴식물을 담은 화분 따위도 꼼꼼히 훑었다. 그런 사물들이 조안의 고향에 대한 힌트를 줄 수 있을지도 몰랐다. 허나 나뭇잎 무늬가 새겨진 유리잔이나 갈색 괘종시계 모두 지나치게 친숙했다. 할머니의 집이나 유년기 시절 놀러간 친구들의 집에서 봤을 법한 물건들. 이곳에서 이국의 흔적이라곤 찾아볼 수 없었다.

거실의 새하얀 햇빛 안에서 사람들이 홀짝홀짝 물을 마셨다. 조안은 그들에게 종이를 한 장씩 나눠주었다. 구제 신청을

위해 필요한 서류라고 했다. 막은 양옆에 앉은 이들을 곁눈질
하다 손을 들었다. 사람들의 시선이 모이자 절로 모기만한 목
소리가 나왔다.

"구제 신청이 뭐예요?"

원으로 앉은 사람들이 서로 힐끗거렸다. 그냥 있다가 휴대
전화로 검색해볼걸, 막은 후회했다. 모두의 앞에서 본인이 얼
마나 아는 게 없는지 큰 소리로 실토한 셈이었다.

조안이 말했다.

"우리가 부당 해고를 당했으니까, 우리를 좀 보호하고……
해결하게 도와달라고 신청하는 거야."

막은 고개를 들었다. 맞은편의 수지가 고개를 끄덕였다. 막
은 생각했다. 보호받고 싶다고 한 말은 비유 같은 게 아니구
나. 정말 도와달라고 말할 수 있는 장소가 있는 거야. 막은 움
츠러든 어깨를 펴고 조안이 건넨 종이 뭉치를 훑었다.

첫 장에는 '부당 해고 등 구제 신청서'라는 제목과 칸칸이
빈표가 실려 있었다. 이름과 주소, 공장의 정보들을 적는 칸이
었다. 막은 조안이 건네준 참고용 서류를 훑었다. '신청 취지'
라고 적힌 칸 안에는 세 개의 선택지가 적혀 있었다.

① 원직 복직

② 임금상당액 지급

③ 기타

막은 참고 자료 속 조안의 글자와 자신의 빈 표를 번갈아 보았다. 뒤이어 팅과 명신 쪽을 흘끗거렸다. 그들은 별다른 망설임 없이 칸을 채우고 있었다.

'원직 복직.'

명신은 이미 세 차례 계약을 갱신했고, 팅도 공장에 들어온 지 일 년이 넘었다고 들었다. 여기서 한 번도 계약을 갱신한 적 없는 사람은 막뿐이었다. 그런 입장임에도 공장에 돌아가는 일이 과연 가능할까? 아니, 애초에 나는 공장에 돌아가고 싶은가? 실연을 당한 듯 혹은 세차게 뺨을 얻어맞은 듯 얼얼한 수치심은 여전히 그의 속에 새겨져 있었다. 동시에 꿈틀거리는 마음이 그 위를 가로질렀다. 막은 조금 더…… 편안하고 따뜻한 곳에 있고 싶었다. 햇볕이 잘 들고, 종일 약을 들여다볼 필요가 없으며, 찬바람을 맞으며 출퇴근할 일 없는 곳에.

신청서를 넘기자 '이유서'라는 제목이 적힌 종이가 나타났다. '부당 해고'를 '구제 신청' 하는 이유를 줄지어 적어야 하는 양식인 성싶었다. 막은 그 아래 적힌 문장들을 훑었다. 당사자 관계, 사건 경위, 이 사건 해고의 부당성…… 이 모든 사항 아래 나름의 답을 해야 한다는 사실이 당혹스러웠다.

조안이 건넨 참고 자료에는 도움을 청하기 위해 필요한 문장들이 구구절절 적혀 있었다. 구질구질해. 제대로 곱씹기도 전에 그런 말이 먼저 떠올랐다. 이렇게까지 써야 해? 어떤 시련을 겪고 그래서 창피를 당했는지 하나하나 곱씹고 적어야 하는 일은 공장의 어떤 업무보다도 힘겨워 보였다.

다행히 조안의 말에 따르면, 오늘 모든 서류를 작성해야 하는 건 아니었다. 오늘은 그저 앞으로 어떤 일을 벌일지 공유하는 자리라고 이야기했다. 우선 신청서 정도만 적은 뒤 조만간 노무사 사무실에 모여 자세한 절차를 알아볼 예정이라는 것이었다.

막은 이름과 주소만 적은 종이를 맞둔 채 주변을 두리번거렸다. 이유서에 거침없이 몇 줄의 문장을 적는 사람들을 보며 다시 한번 깨달았다. 이 조그만 거실에 모인 이들 중 막은 공장과 가장 희미하게 엮인 사람이었다. 막이 공장에 더 나가지 못한다는 사실을 알았을 때 아버지도 말하지 않았던가.

차라리 잘됐다.

어머니 역시 각본을 짜둔 듯 말을 받았다. 다음 학기에 복학하자고, 지금껏 고생 많았다고, 이만하면 충분히 했다고. 그때 아버지의 입꼬리가 미세하게 기울어지는 것을 막은 보았다. 곧 울음을 터뜨리기 직전의 얼굴 앞에서 공장에 돌아갈 계획을 꺼낼 순 없었다.

막은 다른 사람에게 보이지 않도록 깊이 몸을 숙였다. 자신의 그림자로 신청서와 이유서를 가린 채, 원위치로 '돌아간' 자신을 상상했다. 정제와 분말과 캡슐 들로부터 멀리멀리 떨어진, 따뜻하고 밝은 자리에 선 모습을. 정면의 얼굴은 영 그려지지 않았고, 가방을 멘 뒷모습 정도만 겨우 떠올릴 수 있었다.

그 뒷모습은 또다시 주말 혹은 평일 저녁에 사람들을 만나고, 술을 마시면서 게임을 하고, 무지막지하게 큰 소리로 웃거나 소리를 지를 것이었다. 누가 누구를 좋아한다거나 저 패거리는 완전히 파투가 났다는 말, 교양 수업은 무엇이 좋고 학점은 어느 교수님이 따기 좋다느니 하는 말을 늘어놓겠지. 지난 반년 내내 막은 그 풍경이 자신의 원위치라고 생각하며 지냈다. 그곳이 원래 본인이 속한 자리고 또 돌아갈 장소라고.

하지만 이건 금의환향이 아니지. 미래의 교정에 들어선 뒷모습이 말했다. 뒤통수와 등밖에 보이지 않았으나, 매우 분개한 기운이 느껴졌다. 뒷모습은 제자리에서 누차 발을 구르며 교정의 마른 낙엽들을 밟아 으깼다.

이런 식으로 돌아가면 쭉 후회할 거야.

막도 그의 말에 동의했다. 정말로 발을 구른 것도 아니면서, 펄쩍펄쩍 뛴 사람처럼 숨이 찼다. 막은 호흡을 고르며 라히루의 얼굴을 거듭 떠올렸다. 그 얼굴이라면 정면과 뒷면 모두 명확하게 묘사할 수 있었다. 그 얼굴이 지금 어디에 있더라도 상관없었다. 스리랑카의 이름 모를 도시에 있든, 서영의 품안에서 울고 있든, 아무래도 좋았다. 라히루는 돌아와야 했다. 그러지 않으면 막 또한 돌아갈 수 없었다.

막은 다시 서류로 시선을 돌렸다. '원직 복직'을 힘주어 적고 얼른 제출했다.

그날 그들은 짜장면과 짬뽕 그리고 탕수육과 군만두를 나눠 먹고 헤어졌다. 식사하는 동안에도 몇 사람은 분통을 터뜨렸다. 서일선 조장은 춘장이 거뭇하게 묻은 입술로 말했다.

"아니, 오 분 지각으로 트집잡을 거면 은형이부터 자르는 게 맞지 않냐?"

사람들이 와르르 웃음을 터뜨렸다. 나중에야 막은 은형이 매니저의 본명임을 깨달았다.

매니저의 본명 외에도, 거실에 앉은 이들이 하는 말을 알아들으려면 얼마간의 시차가 필요했다. 조안은 앞으로 오늘 본 신청서를 비롯한 서류들을 모아 지노위에 제출할 것이라고 말했다. 뒤이어 계약서에서 본 단어들만큼이나 생소한, 혹은 얼핏 들어본 정도의 단어들이 연달아 나왔다. 심판 회의, 중노위, 노무사, 재심 신청, 어쩌고저쩌고……

식사가 끝날 즈음 막은 완전히 의기소침해졌다. 너무 많은 외국어에 노출된 양 머리가 멍했다. 그 사실을 사람들에게 들키지 않기 위하여 가능한 한 부산스레 움직였다. 빈 그릇을 치우고, 남은 음식을 한데 모아 버리는 데 온 신경을 기울였다.

식사 정리까지 끝나자 자리는 자연스레 파했다. 조안은 대화방에 공지를 올리겠다고 했다. 조만간 다 함께 노무사 사무실을 찾아갈 예정이라고도 말했다. 막은 수지를 곁눈질했다. 시선을 알아챈 수지가 입 모양으로 말했다.

너도 지금 초대할게.

사람들이 짐을 챙겨 일어섰다. 조안은 현관 앞에 서서 떠나는 이들과 하나하나 악수했다. "곧 다시 봐요" "또 연락할게요" 같은 말을 거듭했다. 막이 그 앞에 서자 조안은 양손을 뻗어 막의 손목을 붙들었다. 손마디가 울룩불룩한 손에 옅은 힘이 실렸다.

"막아. 이렇게 와줘서 정말 고마워."

조안은 잠시 주위를 살피더니 품에서 봉투를 하나 꺼내 건넸다. 아무런 글자도 적히지 않은 흰 봉투였다. 봉투를 받아 안쪽을 엿보니 지폐 뭉치가 들여다보였다. 놀라 고개를 든 막에게 조안이 말했다.

"받아, 우리끼리 십시일반 한 거니까."

조안의 목소리는 속삭임에 가까웠다. 이번 해고 대상자 중 유일하게 일 년을 채우지 못한 막이 퇴직금을 전혀 받지 못했다는 소식을 수지를 통해 들었다고 했다. 막은 어찌할 바 모른 채 봉투만 내려다보았다. 모르는 새 손에 힘이 들어간 탓에 지폐까지 구겨졌다.

"편하게 받아줘."

가까이서 본 조안의 얼굴은 몇 달 전보다 훨씬 더 선명하게 느껴졌다. 어째서였을까?

"우린 네가 이렇게 와준 것만으로 너무 고마워. 알지?"

조안의 집에서 나와 도로 마을버스를, 그리고 간선버스를 타고 가며 막은 봉투에서 지폐를 꺼내 하나씩 세어보았다. 한 달 월급 정도 되는 액수였다. 막은 폭탄이라도 다루듯 조심조심 가방 안에 봉투를 넣고서 창밖을 보았다. 조안의 인사말이 몇 차례고 머릿속에서 되감겨 흘러나왔다. 곱씹을수록 그의 말 하나하나가 묘하게 느껴졌다. 대체 뭐가 고맙다는 걸까? 마치 거실에 앉은 이들이 막에게 신세를 진 것처럼, 혹은 구태여 그럴 필요 없음에도 자신들에게 와준 이에게 과장하여 예의를 갖추는 것처럼.

조안은 막과 매한가지로 계약이 만료된 다른 이들에게는 그런 태도를 보이지 않았다. 오로지 막에게만 어떤 선택의 여지가 있음을, 또 그만이 공장과 이 자리를 부끄러워하는 사람임을 알고 있다는 양 막을 대했다.

막은 차창에 머리를 기댔다. 버스가 흔들릴 때마다 턱과 입술이 떨렸다. 덜덜 흔들리는 머릿속에서 조안의 거실을 오가던 눈길과 말들이 차츰 선명해졌다. 거기 앉은 모두가 그를 막내 또는 막아, 하고 부르며 반말을 쓰던 것, 눈이 마주칠 때면 민망해하거나 겸연쩍은 듯 웃던 것, 젓가락과 음료수를 허둥지둥 챙겨주던 것 등…… 막은 다시 가방을 들여다보았다. 봉투는 폭발하거나 불타오르지 않고, 제자리에 얌전히 놓여 있었다.

막은 머리로 창유리를 세차게 한 번 쳤다. 옆에 앉은 이가 놀란 얼굴로 막을 돌아보았다. 막은 재빨리 눈을 감고 잠든 체했다. 눈꺼풀 안의 어둠 속에서도 분한 마음이 치솟았다. 매니저와 마지막으로 만났던 날과 마찬가지로, 이 모든 게 몹시 부당하며 불공평하다는 느낌이 부글부글 끓었다. 허나 이번에는 뭐가 불공평한지, 말하기가 한층 더 어려웠다.

버스에서 내릴 즈음 휴대전화가 윙 하고 울었다. 화면에 수지가 그를 대화방에 초대했다는 알림이 떠 있었다.

막은 대화 상대 목록부터 확인했다. 생소한 프로필 사진들이 우수수 쏟아졌다. 원색 등산복을 입고 산봉우리에 서 있거나, 방진복 차림새로 활짝 웃는 얼굴들을 연이어 넘기며 걸었다.

수지와 팅 정도를 제외하면, 사진 속 사람들 중 대부분은 막보다 그의 부모님 또래에 더 가까워 보였다. 앞으로 이들과 매주 조안의 거실이나 어딘지 모를 사무실에 모여 짜장면을 먹거나 '구제'에 대한 이야기를 나눠야 한다고 생각하니 관자놀이가 뻐근해졌다. 오늘 주고받은 이야기의 내용이 정확히 무엇인지는 몰라도, 프로필 사진 속 이들과 함께할 여러 순간은 스무 살에 벌인 각종 술자리 또는 수지와 영준 그리고 라히루와 같이한 점심에 비하면 무시무시하게 지루할 것이 분명했다.

손끝에 따끔한 통증이 번졌다. 막은 저도 모르게 물어뜯던 손을 내려놓았다. 톱니처럼 우둘투둘해진 손톱과 벌겋게 일어난 거스러미를 내려다보다가 다시 걷기 시작했다.

집으로 가는 동안 막은 문득 깨달았다. 이제 재미 같은 건 중요치 않다고. 적어도 이 대화방에 있는 사람들, 사진 속 얼굴들은 라히루가 누구인지 잘 알고 있었다. 라히루가 어떤 일을 겪었는지도 함께 지켜보았다. 지금 막에게 가장 중요한 건 그런 것이었다. 마주하는 상대가 라히루를 아는지, 그를 위해 무엇이라도 할 용의가 있는지.

막의 휴대전화에는 수십 번 고쳐쓴 문자가 한 통 저장되어 있었다. 아직 보내지 않은 문자였다. 이 일을 모두 마무리하면 라히루에게 전송할 예정이었다. 우리가 마지막으로 만났을 때 내가 한 말은 모두 거짓이었어. 나는 여전히 너와 함께 매일 밥을 먹고 싶어. 네가 돌아오기 위해 온 힘을 다할 거야. 문단을 나눈 다음 막은 이어서 썼다. 야, 무엇보다 난 네 편이야. 그 문장을 반복하여 썼다. 난 네 편이야. 그걸 알리고 싶어……

2

　그들은 매 주말 조안의 거실 혹은 종로의 오래된 노무사 사무실에서 만났다. 책상을 맞대고 마주앉은 두 노무사가 알려주는 바에 따라 신청서와 이유서를 쓰고, 필요한 서류들을 모았다.

　달이 지나고 새로운 주말이 찾아왔을 때 조안은 곧 지방노동위원회에서 심판 회의가 열릴 예정이라고 알렸다. 원하는 사람이 있다면 함께 갈 수도 있다고 했다. 막은 손을 들려다가 관뒀다. 심판이라는 단어가 포함된 자리에 직접 가는 일, 그것은 눈앞의 흐름에 필요 이상으로 연루되는 일처럼 느껴졌다.

　심판 회의에는 총 세 사람이 갔다. 조합위원장인 조안과 부위원장을 맡은 위현택 반장 그리고 수지.

　회의가 끝난 저녁에도 사람들은 조안의 거실에 모였다. 어느덧 각자 선호하는 자리가 생겨서 이 인용 소파와 기둥 모양의 책꽂이 그리고 테이블 사이사이에 촘촘하게 앉았다. 막은 모퉁이 벽에 기대앉아 건너에 자리잡은 수지를 살폈다. 영준과 사이가 멀어졌다는 이야기를 했던 저녁때처럼 낯빛이 파르스름했으며 눈언저리가 떨리고 있었다.

　"노무사 쪽에서 뭐라고 했냐면." 위반장이 말했다. "판정상으로는 우리가 이길 가능성이 굉장히 높대. 아주 전형적인 판

레라는 거야."

준희가 큰 소리로 물었다. "그럼 우리 바로 공장에 돌아가는 거예요?"

"아니, 판정은 판정이고. 공장이 불복할 거래."

수지가 말했다.

"또라이 새끼들이야."

거실의 눈길이 모두 그에게 모였다. 수지는 충혈된 눈을 몇 번이나 더 비비고 다시 입을 열었다.

"우리 앞에서 대놓고 말했단 말이에요. 자기들은 그냥 버틸 거라고. 우리가 포기할 때까지 버티면 그만이래요."

"공장이 버티면 어떻게 되는데요?"

막이 물었으나 수지는 대답하지 않았다. 그 대신 발코니 유리문 앞에 있던 조안이 말했다.

"싸움이 길어지는 거지."

위반장의 말대로 지방노동위원회의 판정은 그들에게 좋은 쪽으로 나왔다. 요지는 분명했다. 징계사유에 비해 해고는 과도한 처분으로 보인다. 징계사유는 표면적일 뿐 근로자들의 노동조합 가입 및 활동에 기인한 것이므로 부당 해고 및 부당노동행위에 해당한다. 매우 간결한 내용이었다. 어찌나 정확하고 깔끔한지, 감히 거기에 반박하거나 불복할 수 없을 것 같았다. 그런데도 공장은 판정에 불복하여 재심을 신청했다.

그 소식을 전하며 수지는 막 옆에 바싹 다가앉았다. 비밀을 전하듯 작은 목소리로 말했다.

"이제부터는 진짜 버티기 싸움인 거야."

다음주 그들은 본사 건물 앞으로 갔다. 막은 본사 건물이 한강 맞은편에, 막의 어머니가 본래 그들의 목표라고 말했던 구역에 있다는 사실을 알고 퍽 놀랐다. 분명히 별 볼 일 없는 지역에 있는 허술한 건물이나 쓰고 있으리라 짐작했던 것이다.

막은 아침 일찍 지하철역에 도착했다. 역에서 백화점으로 이어지는 무빙워크를 따라 바깥으로 나왔다. 가로수 사이로 난 길을 지나며 사방에 가득한 마천루를 두리번거렸다. 목적지에 도착하자 푸른 유리로 뒤덮인 건물이 나타났다. 유리 파사드 중간부에는 공장에서부터 수없이 보아온 사업체 명이 적혀 있었다.

정문 앞에 익숙한 얼굴이 여럿 서 있었다. 노동조합 사람들이었다. 갖가지 색깔의 유리벽이 번득이는 마천루와 정장 차림의 사람들로 가득한 거리에서 그들은 단번에 눈에 띄었다. 그곳의 다른 사람들처럼 사원증도 목에 걸지 않은데다, 방진복처럼 상의와 하의가 이어진 작업복을 입고 있었다. 양손과 옆구리에 방수포며 금속 폴대, 앰프와 전기 릴 들을 든 채였다.

막은 그들 사이로 비집고 들어섰다. 가장자리에 서 있던 수지에게 다가서 속삭였다.

"준희 오빠는 안 왔어요?"

"준희 오빠는 이제 안 와."

막은 이유를 물었다. 수지는 눈앞의 거리에 시선을 고정한 채 대답했다.

"힘들 게 뻔하고, 싸우는 동안은 돈도 못 버니까…… 딸이 아직 어리대."

막은 입을 다물었다. 그것은 판정 결과만큼이나 명료한 이유처럼 들렸다. 금속 폴대를 든 수지는 여전히 정면만 바라보았다. 앙다문 턱이 잠시 떨리더니 곧 잠잠해졌다.

남은 일곱 사람은 정문 옆에 텐트를 세웠다. 금속 폴대에 녹색 방수포를 씌워 일으켜세웠다.

그들이 텐트를 세우는 동안 낯선 사람들이 연이어 나타났다. 그들과 비슷한 차림새를 하고, 양손에 연장통을 든 사람들이었다. 낯선 사람들은 갓길에 승합차를 세운 다음 짐칸을 열었다. 그곳에서 물병이 가득 든 상자와 핫팩으로 꽉 찬 쇼핑백들을 꺼내왔다.

조안은 그들 또한 노동조합원이라고, 본사에서 곁가지처럼 뻗어 나간 또다른 공장에서 일하는 사람들이라고 했다. 각기 다른 지부에서 일하고 있었으나 조안과는 꾸준히 연락을 주고

받고 있었다. 막은 드나드는 얼굴들을 조금 더 자세히 살폈다. 이야기를 듣고 나자 모두가 예외 없이 지치고 고단해 보였다.

"이거 봤어? 내가 쓴 건데."

수지가 배낭에서 둘둘 만 현수막을 꺼내며 말했다. 텐트 앞면에 걸 계획이라고 했다. 막은 천에 스며든 검푸른 글자들을 읽었다. 읽고 자시고 할 것도 없었다. 단 두 문장이었다.

부당 해고 인정하고
원직 복직 약속하라

위반장이 옆 상가 건물 콘센트로부터 끌어왔다는 전선에 앰프를 연결하자 똑같은 구호가 잡음 섞인 목소리로 흘러나왔다. 조안과 명신이 번갈아 녹음한 것이라고 했다. 앰프 속 목소리는 몇 초간 잡음과 뒤섞이다가 곧 지직거리며 흘러나왔다. 부부부부당 해고 인정하고 원원원원직 복직 약속하라. 반복해 들어도 엉성한 어조와 어설픈 발음이었다. 본사 건물 앞을 지나던 행인들이 텐트와 앰프를 한 번씩 치훑었다. 몇 사람은 아예 멈춰 서서 텐트 앞 은박 매트에 앉아 있는 막을 바라보았다.

막은 뜨거워진 뺨을 양손으로 문질렀다. 마음 같아서는 제자리에서 일어나 크게 외치고 싶었다. 특히 막보다 겨우 네댓 살 많아 보이는, 대학을 졸업하고 막 사회생활을 시작한 양 보이는 여자들이 지나갈 때면 목안에서 거의 비명 같은 말이 맴돌았다. 저기요, 저 사실 여기에 속하지 않거든요. 그러니까 사실은, 원래는, 이 사람들이랑 같은 무리가 아니에요. 저도 당신들이랑 비슷한 무리에 속해 있었고, 원한다면 언제든 거기로 돌아갈 수 있어요. 막은 간신히 그 말들을 참아냈다. 대신 어느새 미지근해진 생수병을 따 벌컥 들이마셨다.

"선크림 발랐어?"

막은 고개를 들었다. 몇 발짝 앞에 팅이 서 있었다. 농사꾼처럼 널따란 챙이 달린 모자를 쓰고, 양팔에는 토시를 낀 차림새였다. 팅과는 몇 차례 눈인사를 주고받긴 했으나, 제대로 대화한 적은 없었다. 팅에 관해 아는 것은 그가 베트남에서 왔고, 조안이나 라히루에 비하면 한국어가 서툴다는 사실 정도였다. 다만 영어가 몹시 유창해 공장의 이모와 아저씨들을 상대로 개인 과외를 해준다는 소문을 들었다.

"여긴 그늘이 없잖아." 팅이 선크림을 내밀었다. "화상 조심해야 해."

"감사합니다."

막은 이마와 뺨에 선크림을 바르며 보도 한복판에 서 있는 조안을 보았다. 그는 확성기를 든 채 소리치고 있었다. 실상 지나가는 이 중 누구도 그와 눈을 맞추지 않았으므로, 허공을 향해 외치는 것이나 진배없었다. 정진수 회장은 밖으로 나오라, 정진수 회장, 정진수 회장은 사과하라…… 나와서 정정당당하게 협상에 임하라. 앰프에서 울리는 구호와 조안의 목소리가 섞여 간혹 파열음 같은 소리가 났다. 피켓을 든 위반장이 그 옆에 서 있었다. 피켓에도 수지의 글씨로 적힌 문장이 있었다. 앞면에는 '정진수 회장 정정당당 협상 임하라', 뒷면에는 '사람 고치는 약은 사람 다치는 공장에서 나올 수 없다'.

조안의 목소리는 새되게 높아졌다가 속삭이듯 낮아지길 반복했다. 구호 속 단어들이 종종 순서를 뒤바꿨다. 정정당당 임하라 회장 정진수. 사람 다치는 공장에서 사람 고치는 약 나올 수 없다. 정정당당 공장. 사람 정진수 임하라.

조안의 목소리가 갈라지고 기침이 몇 차례 나자, 명신이 확성기를 넘겨받았다. 그다음 순서는 수지였다. 위반장과 서조장, 팅까지 확성기를 넘겨받았다. 피켓을 든 사람 역시 교대로 바뀌었다.

확성기와 피켓을 번갈아 드는 일은 몇 날 며칠간 계속되었다. 막만이 내내 텐트 위에, 은박 매트에 뿌리박은 듯 앉아 있었다. 수지를 비롯한 그 누구도 막더러 피켓 또는 확성기를 들지 않겠느냐 묻지 않았다. 막 역시 자원하지 않았다. 그저 두 무릎을 모은 채, 나날이 뜨거워지는 매트에 앉아 소리치는 사람들을 지켜보았다. 엉덩이가 너무 저리면 텐트 안에 들어가

누웠다. 텐트 안은 바깥과 다름없이 후덥지근했으나, 보는 사람이 없어 편안했다. 동시에 양날의 검처럼, 그 편안함이 모종의 죄책감을 불러오곤 했다.

죄책감은 종종 막을 벌떡 일으켜세웠다. 수지가 텐트에 누운 막 옆에 다가와 앉았을 때도 마찬가지였다. 수지 옆에서 막은 이러지도 저러지도 못한 채 우물쭈물했다. 심부름을 제대로 하지 못하고 달아난 어린애라도 된 기분이 들었다. 수지는 무어라 변명하려는 막의 뺨을 툭 치더니 말했다.

"물 많이 마셔. 요새 너무 덥다."

그의 목소리는 잔뜩 쉬어 있었다. 다른 이들의 목소리도 비슷비슷했다. 그럼에도 정정당당 협상에 임하라는 선언은 전혀 효과를 거두지 못했다. 회장은 나타날 기미조차 없었다. 어쩌면 그는 애초부터 본사 건물에 없었는지도 몰랐다.

회장 대신 경찰관들이 왔다. 텐트를 세운 당일부터 매일매일, 사이렌을 울리는 경찰차가 찾아왔다. 사이렌소리는 인근 상가의 휴대전화 대리점에서 틀어둔 음악소리와 뒤엉키며 행인들의 눈살을 찌푸리게 했다. 찡그린 얼굴을 보는 건 괴로운 일이었다. 막은 이제껏 누군가의 낯을 그토록 일그러지게 만들어본 적 없었다. 죄인이 된 기분이었다. 조합원들만큼이나 눈 그늘이 짙은 경찰관들의 얼굴 역시 보기 싫었다.

"텐트 계속 두시면 철거할 수밖에 없어요. 다들 사정 아시잖아요? 확성기 소리도 계속 민원 들어오고 있어요."

화장실을 쓰게 해주던 옆 상가 가게의 직원 역시 사흘째부터 난색을 보였다.

"계속 문 열어드리기는 어려워요." 그는 말했다. "돈을 내신다고 해결되는 게 아니고요, 저희 단골분들이 다들 이 앞 회사원분들이라……"

막은 선크림을 두텁게 바른 얼굴로 그 장면들을 마주했다. 햇빛에 지글지글 달궈진 매트에 앉아 있으려니 길을 지나다니는 행인 모두가 실제보다 더 거대해 보였다. 그 몸들의 크기를 도무지 견딜 수 없을 때면 팅에게 모자를 빌려 썼다. 경찰관 또는 옆 상가의 직원이 찾아오면 챙을 한층 꾹 누르고, 아지랑이가 피어오르는 땅을 향해 몸을 깊이 숙였다.

여름의 볕을 그대로 흡수한 바닥의 열기가 뺨과 이마에 번졌다. 얼굴을 감춘 채, 막은 공연스레 라히루의 이름을 떠올려보았다. 너 이걸 봐야 해. 막은 바닥을 향해 되뇌었다.

이걸 봐, 내가 지금 뭘 하고 있는지 말이야. 난 오로지 널 위해 버티고 있는 거야.

날이 지날수록 텐트를 찾아오는 사람들이 늘어났다. 대개 이곳을 떠나라고 말하는 이들이었다. 본사 건물의 경비원과 그가 부른 경찰관, 소음 공해를 참다 참다 도무지 견딜 수 없어 왔다는 옆 건물의 사람들. 막은 언성을 높인 채 오가는 말다툼과 아스팔트 바닥의 열기, 매트에 앉아 먹는 미지근한 김밥에 차츰 익숙해졌다. 속이 울렁이는 느낌만은 가라앉지 않았다.

세번째로 찾아온 경비원을 돌려보낸 날, 수지가 막에게 다가왔다. 한 시간 동안 들고 있던 피켓을 팅에게 넘긴 직후였다.

"막아."

"네."

"많이 힘들어?"

"괜찮아요. 오늘 엄청 덥네요."

"있지."

수지가 마른 입술을 핥았다.

"너 이제 여기 안 나와도 돼."

막은 팅에게 빌린 모자를 벗어 바닥에 내려놓았다. 초여름치고 유달리 공격적인 햇빛이 이마에 쏟아졌다. "왜요?" 막이 물었다. 눈앞이 너무 환해 수지의 표정이 잘 보이지 않았다.

"제가 뭔가 잘못했어요?"

"아냐, 막아."

수지가 눈 위로 손차양을 만들고 막을 응시했다. 잠시 후 그가 말했다.

"내가 너한테 좀…… 욕심을 부린 것 같아."

눈이 빛에 익숙해지자 수지의 어깨 뒤로 걸어가는 사람들이 뚜렷하게 보였다. 더위가 짙어질수록 선명해지는 아지랑이 속에서 행인들의 발이 구부러지고 일그러지길 반복했다. 뒤틀린 사람들은 계속해서 지나다녔다.

고개를 돌려 손차양 아래 수지의 눈과 마주한 순간, 막은 수지가 훌쩍 늙어버렸다고 느꼈다. 너무 늙어 낯설 정도였다. 불과 얼마 전까지만 해도 매일 함께 식사하고 술을 마신 얼굴이 지금은 처음 보는 사람의 것처럼 느껴졌다. 막이 모르는 사이, 수지 홀로 성큼성큼 걸어가 전혀 다른 땅에 정착해버린 것 같았다. 거기서 밥을 먹고 옷을 지어 입으며, 그곳 사람이라고 할 만한 누군가가 되어버린 듯했다.

"막아, 내 말은…… 네가 당분간 좀 쉬어도 된다는 거야."

"갑자기 왜 그러는데요?"

"왜냐하면," 수지는 숨을 크게 들이마셨다. "네가 너무 부끄러워하는 것 같아서 그래."

"제가 뭘 부끄러워하는데요?"

"그냥 전부 다. 여기 있는 사람이랑, 우리 모두."

"무슨 소리예요."

수지가 얼굴을 붉히며 웃었다. 막은 저린 무릎을 딛고 일어나 섰다. 어느새 땀에 흠뻑 젖은 이마를 훔치며 사방을 둘러보았다.

아지랑이 안에서 일그러지는 행인들 너머로 확성기를 든 서

조장과 노란 피켓을 든 팅이 보였다. 수지와 막이 등진 텐트 안에는 아이스박스와 충전용 선풍기 사이에 쪼그려앉은 명신이 있었다. 도보 삼 분 거리의 주차장에서는 조안과 위반장이 담배를 피우고 있을 터였다. 막은 다시 수지를 바라보았다. 그 순간 막은 수지의 말이 진실임을 알았다. 그런 만큼 더더욱 인정할 수 없었다.

"제가 창피해했다고요? 여기 사람들을요?"

"흥분하지 말고."

"지금 언니가 나보고……"

텐트 안쪽에서 부스럭거리는 소리가 들렸다. 수지가 막의 손을 잡아끌었다.

"이리 와봐."

그들은 사탕처럼 파랗게 반짝이는 유리 건물의 모퉁이를 돌아 뒤편 공터로 갔다. 잎이 노랗게 마른 가로수들이 옅게나마 그늘을 만들어주었다. 그들은 그늘 한가운데 서서 서로를 마주보았다. 막은 자신을 붙든 수지의 손을 내려다보았다. 뜨겁고 축축해 기분 나빴다.

"네가 노조에 들어온다고 했을 때, 나한테 뭐라고 했는지 기억나?"

수지가 말했다. 막은 대답하지 않았다.

"그게 생각나서 너를 부른 거였어. 너도 우리랑 같이 있고 싶을 거라고 생각했거든. 그래서 어른들이 반대하는데도 너한테 연락한 거고, 여기까지 데려온 거야."

"어른들이 반대했다고요?"

"지금 그게 중요한 게 아니고."

"아니, 대답 좀 해줘요. 다른 사람들이 나 부르는 걸 반대했어요?"

수지가 막의 손을 놓았다. 그는 제 머리를 마구 헝클어뜨리더니 길게 숨을 내쉬었다.

"그래. 반대했어. 넌 원래 대학생이고 계약직이니까, 굳이 우리랑 같이 싸움까지 할 필요가 있느냐고. 널 차별한 게 아니고, 걱정해서 그런 거야."

막은 소리 내어 웃고서 뒤돌아 걷기 시작했다. 그러나 앞으로 나아가지는 못했다. 그는 길 잃은 동물이나 특정한 경로만 입력된 기계인 양 수지의 주위를 빙글빙글 돌았다.

"걱정은 무슨." 막이 부러 큰 소리로 말했다. "개소리."

기어이 한마디 내뱉자 정수리까지 차오른 열이 식었다. 막은 멈춰 섰고, 한참을 헐떡거렸다. 여전히 그의 앞에 서 있던 수지가 눈을 비볐다. 분명 눈가가 말라 있음에도 한참 운 사람 같은 얼굴이었다. 이제는 꿈처럼 떠오르는 유령 상가의 식당에서도 수지는 비슷한 표정을 지었다. 영준과의 갈등을 이야기하던 순간에 그랬다.

"얘, 막아. 라히루는 지금 한국에 없어."

선크림이 섞인 땀이 이마를 타고 흘러 눈 안까지 스몄다. 막의 눈도 수지만큼이나 붉게 충혈되어 있을 터였다. 수지는 계속 말했다. 그들이 조안의 거실에서 한창 모일 즈음 라히루는 한국을 떠났다고 했다. 손을 치료받으면서 새 사업장까지 찾기란 쉽지 않았다. 구직 기간이 만료되기 직전 그는 한국을 떠났다. 치료가 끝난 뒤 다시 한국에 돌아와 고용허가제 시험에 응시해야 할 것이라고 했다.

"너는 라히루 때문에 여기 온 거잖아."

"그렇지 않아요."

"괜찮아. 안 버텨도 돼. 내가 너 괴로워지라고 여기 부른 것 같니? 그 반대야."

수지가 불쑥 양팔을 벌렸다. 대화하던 중 일어선 어머니가 갑자기 막을 껴안던 순간처럼. 그를 한참이나 어린 애로 보는 몸짓으로.

막은 뜀박질하듯 뒤로 물러섰다. 그가 코끝을 찡긋대고 미간을 좁혔다. 눈이 너무 따가웠다. 팅의 선크림은 묽은 만큼 잘 발렸으나, 한번 눈에 들어가면 흰자가 새빨개지고 눈물이 흐를 때까지 따끔거렸다.

수지는 잠시 머뭇댔으나 포기하지 않았다. 막이 더는 움직이지 않자 몇 걸음 더 다가와 그를 끌어안았다. 수지의 몸에서

흙과 땀이 뒤섞인 냄새가 났다. 공장에서 그들 모두가 풍기던 소독제와 약품 냄새는 오래전 자취를 감춘 듯싶었다.

"그러니까 좀 쉬어, 막아. 너는 진짜 어리잖아. 벌써부터 이렇게까지 고생할 필요 없어."

"숨막혀요."

막이 양손으로 수지를 밀어냈다. 그들이 지나온 모퉁이 저편에서 확성기에 대고 외치는 구호 소리가 연신 울렸다. 정진수 협상하라 정정당당, 부당 해고 인정, 원직 복직 약속.

"솔직히 구호 너무 구려요."

막은 그렇게 말하고 빠르게 돌아섰다. 거의 뛰다시피, 한편으로는 휘청대며 자리를 떠났다. 등뒤에서 수지가 그를 부르는 것 같았으나 멈추지 않았다. 포옹에 눌린 늑골이 또 욱신거렸다.

막은 라히루에게 문자를 보냈다. 공장으로 돌아간 후 보내려 저장해둔 문자는 아니었다. 단 한 줄짜리 질문이었다.

지금 어디야?

답신은 없었다. 더듬더듬 번호를 누르고 전화를 걸자, 기계 음성이 유창한 한국어로 말했다.

수신이 정지된 번호입니다.

막은 후회했다. 메일 주소나 SNS 계정부터 알아둬야 했다.

대학 동기들의 연락이 싫어 SNS를 비활성화한 탓에 저지른 실수였다. 막은 계정을 되살린 후 갖가지 스펠링과 언어로 라히루의 이름을 검색했다. 라히루, rahiru, lahiru, rahilu, ළහිරු…… 낯선 얼굴의 외국인들만 쏟아져나왔다.

막은 잠시 망설이다가 서영의 이름을 검색했다. 이번에는 너무 많은 한국인 여자가 쏟아졌다. 벽돌 색깔 틴트를 바른 중학생부터 세 아이를 키우는 삼십대 여자까지, 가지각색의 서영이 등장했다. 막이 찾는 얼굴은 어디에도 없었다.

수지와 그런 대화를 한 이튿날부터 막은 텐트에 가지 않았다. 대신 거리로 나갔다. 이른아침이면 집에서 나와 천변이나 골목을 따라 무작정 걸었다. 어디로 향하든 행인들 그리고 아스팔트 바닥에서 어른거리는 아지랑이와 마주칠 수 있었다. 한여름을 향해 달려가는 태양이 만든 복사열 탓에 땅 위에서도 모든 풍경이 물속에 잠긴 양 흔들렸다. 사람들은 일렁일렁 움직이는 다리로도 빠르게 움직였다. 바쁘게, 또 명확한 방향을 갖고.

막은 바닥만을 내려다보며 걸었다.

하늘에서 쏟아지거나 지면에서 솟아나는 더위를 견디기 힘들 때면 그늘을 찾았다. 가로수 그늘이나 상가 건물 현관으로 들어가 양손으로 부채질을 했다.

그날도 마찬가지였다. 앙상한 가로수 사이를 걷던 막은 중도에 방향을 틀어 오래된 빌라의 공용 현관에 들어섰다. 입구에는 푸르고 투명한 캐노피 지붕이 달려 있었다. 막은 청색 그림자에 잠긴 채 지나다니는 사람들을 지켜보았다. 고작 며칠간 텐트 앞에 앉아 있었을 뿐인데, 지나가는 사람들을 지켜보는 일이 자신의 본업처럼 느껴졌다.

살갖이 벌게진 관광객들이 민소매 티를 입고 커피를 마시며 지나갔다. "미쳤어, 너무 더워!" 연거푸 외치는 고등학생들이 보였다. 맞은편에서 걸어오던 연인이 서로의 이마에 밴 땀을 닦아주었다.

라히루의 연인은 지금 어디에 있지? 막은 수십 번 반복한 질문을 다시 던져보았다. 텐트에 있을 적부터 되감던 질문이었다. 수지와 명신 등 다른 직원에게 물어보았지만 다들 잘 모르겠다는 대답만 했다. 야간반 직원들에 대해서는 아는 바가 거의 없다는 것이었다. 애초 서영이 공장에 계속 나가는 중인지 아는 사람조차 없었다.

연인의 손가락을 잃게 만든 일터에서 계속 일하는 게 가능한가? 혹시 직장이고 뭐고 그만두고 라히루와 함께 스리랑카로 떠났나? 막은 휴대전화를 꺼내어 스리랑카의 사진들을 검색해보았다. 옥색 파도가 몰아치는 해변과 야자수 사이로 성채처럼 솟아오른 바위의 이미지를 물끄러미 보았다. 잘은 몰라도 지금 라히루가 있는 장소는 해변이나 성채와는 다른 곳일 것 같았다. 그 옆에 서 있는 서영이 제법 또렷하게 그려졌다. 상상 속 서영은 긴 머리카락을 틀어올려 묶고, 라히루의 이마에 밴 땀을 닦아주고 있었다.

막은 눈을 감았다. 절찬리에 이어지던 상상이 차게 쪼그라들었다. 서영이 정말로 라히루 곁에 있는지, 혹은 아직도 공장을 다니는지, 아니면 자신이 상상할 수 없는 어디론가 떠났는지…… 무엇 하나 알 수 없었지만 한 가지 사실은 분명했다. 그 사람은 라히루가 지금 어디에 있는지 알고 있으리라는 것이었다. 그 사실에 끓어오르는 질투가 마음을 몇 번이나 베었다. 막은 눈을 뜨고 길거리에 침을 뱉었다.

바로 그때 그 이름이 떠올랐다.

은단.

라히루의 의도와 상관없이 재차 실연을 당하면서, 막은 몇 번이나 은단을 떠올렸고 서둘러 털어냈다. 이번에 막은 그 이름을 좀더 오래 들여다보았다. 이윽고 더펄거리는 곱슬머리가 기억났고, 언제나 갈 길을 찾지 못한 듯 움찔거리는 눈동자와 번번이 벌게지던 얼굴도 생각났다.

고등학교 졸업식 날, 교실에 찾아온 은단은 평소보다 배로 상기된 얼굴로 말했다. 비밀이 있어…… 그는 자신의 비밀이 무엇인지 말해주는 대신, 눈앞에서 보여주었다. 교실의 전등이 약속한 듯 덜컥 꺼지던 그 순간은 막의 길지 않은 인생에서 손꼽히게 기묘한 찰나였지만, 막은 금세 그날을 잊었다. 아니지, 일부러 잊어버렸다. 막을 그림자처럼 뒤따르던 처량한 얼굴을 스무 살의 나날에서 추방하기로 마음을 먹었었다.

볕 한 자락 들지 않는 그늘에 묻으려 했던 이름이 머릿속 복판으로 굴러들어왔다. 굴러온 이름은 뒤편에 끈적한 흔적을 남겼다. 찌그러지거나 터진 캡슐이 제지 위에 노란 얼룩을 남기듯이.

막은 물에 빠진 양 땀으로 흥건한 얼굴을 옷소매로 닦았다. 캐노피는 햇빛을 막아주었으나 습기까지 해결해주지는 못했다. 머릿속의 끈적한 얼룩은 차츰차츰 커졌다. 막은 등을 둥글게 말고 쭈그려앉았다.

그날 은단이 보여준 비밀을 막은 반복하여 곱씹었다. 새벽내내 눈이 내린 날이었다. 창밖으로 여전히 가느다란 눈송이가 흩날렸고, 운동장에 선 아이들은 십대의 마지막을 기념하자며 사진을 찍었다. 막은 창가에 앉아 있었다. 품에는 졸업장과 미래를 안고 있었다.

그에게 다가온 은단은 마음을 고백하는 대신 비밀을 건넸다. 아무런 접촉 없이 꺼진 형광등을 올려다보던 막을 향해 말했다. 세상에 이 사실을 아는 이는 막뿐이라고. 앞으로도 그럴 것이라고. 마치 제 비밀을 넘겨주는, 적어도 빌려주는 사람처럼 수줍은 얼굴로 이야기했다.

막은 한데 모은 무릎을 꽉 끌어안았다. 그 사이에 고개를
묻은 채, 은단의 비밀이 불러올 가능성을 하나씩 셈하기 시작
했다.

3

일주일이 지나고 막은 다시 텐트에 갔다. 가슴팍에 아이스
팩과 탄산음료, 그리고 몰래 숨긴 미래를 잔뜩 품은 채 버스를
탔다. 마천루와 가로수들이 줄지어 선 대로를 지나서 푸르스
름한 유리를 두른 빌딩 앞에 섰다.

이레가 지났지만 사원증을 목에 걸고 지나가는 이들이나 옆
상가의 휴대전화 대리점에서 흘러나오는 요란한 음악소리 모
두 여전했다. 텐트는 없었다. 피켓과 확성기를 든 사람들, 땀
을 뻘뻘 흘리며 생수를 마시고 담배를 피우던 이들도 모두 사
라졌다.

막은 휴대전화를 꺼냈다. 수지의 전화번호 앞에서 손가락을
움찔거리다가 다른 연락처를 눌렀다. 조안의 번호였다.

조안은 금세 전화를 받았다. "너구나." 그는 밝은 목소리로
말했다. 텐트를 다른 장소로 옮겼다고 했다. 본사에서 신고를
받은 경찰이 지속적으로 찾아온 까닭에 좀더 보호받을 수 있

는 자리로 이동했다는 것이었다.

"와볼래? 아마 막도 아는 곳일 거야."

내가 어떻게 안다는 거야, 조안이 보낸 주소를 확인하며 막은 생각했다. 주소를 지도에 검색한 뒤에는 정말로 자신이 그곳을 안다는 사실에 놀라고 말았다.

실상 그곳은 서울에 머무는 이라면 한 번은 지남직한 장소였다. 정면에는 시청 광장, 후면에는 고궁, 그 너머로 돌담길이 이어지고 미술관도 위치해 매번 방문객으로 북적이는 곳이기도 했다.

막은 반쯤 녹은 아이스 팩을 배낭에 넣고 탄산음료가 든 봉지를 어깨에 멨다. 다시 버스를 타고 내려 지하철을 갈아타는 동안 어깨에 걸친 여러 끈의 무게가 점차 살갗을 파고들었다. 돌아갈까, 지금이라도 집으로 갈까, 거듭 생각하는 외중 열차가 시청역에 도착했다는 방송이 울렸다. 막은 축축해진 가방을 멘 채 플랫폼을 지나 출구로 향하는 계단을 올랐다.

대한문 옆 보도에는 이미 색색의 캐노피와 텐트가 가득했다. 어떤 텐트는 앞쪽 천을 활짝 걷어두었으며, 또다른 텐트는 입구를 굳게 닫아놓았다. 유난히 널찍한 캐노피 안에는 평상과 영정 사진이 놓여 있었다. 그 앞을 지나자 짙은 국화꽃과 향 냄새가 풍겨왔다. 막은 사진을 보지 않기 위해 고개를 숙이고 걸었다.

곧 막은 어렵지 않게 그들의 텐트를 찾아냈다. 어두운 군청색이나 세모꼴 모양 모두 양옆의 텐트와 비슷했으나, 앞면에 매달린 수지의 글씨 덕분에 바로 눈에 띄었다. 현수막은 새 천으로 교체해 깨끗했다. 한가운데 적힌 글자 역시 번진 자국 없이 선명했다.

사람이 다치는 곳에서
사람을 고치는 약은
만들어지지 않는다

막은 머뭇머뭇 텐트 앞에 다가가 섰다. 본사 건물 앞에서 쓰던 것보다 두 배는 큰 것이었다. 천의 네 모서리를 고정한 플라스틱 말뚝 역시 한결 단단해 보였다.

입구 옆 캠핑 의자에 앉아 있던 명신이 반색하며 일어섰다. 마침 텐트 밖으로 나오고 있던 팅 역시 큰 소리로 막의 이름을 부르며 달려왔다. 예상치 못한 환대에 막은 좀 겸연쩍어졌다. 그들이 새 의자와 음료수를 꺼내는 사이, 막은 거의 녹아내린 아이스 팩을 꺼냈다.

"이것 좀 드리려고 가져왔는데……"

"웬일이야. 무거웠겠다. 내려놓고 이리 앉아."

"수지 언니는 없어요?"

“오늘 마침 공장 나가서 낮엔 자리 비웠어.”

“공장에 나가요?”

명신이 웃었다. 이마와 눈썹은 찌푸려져 있어, 실상 반쪽짜리 미소였다.

오늘 조안은 몇 사람을 데리고 공장으로 갔다. 공장에 남은 노동조합원들을 만나고, 퇴근 시각에 맞춰 릴레이 시위를 벌일 예정이라고 했다. 공장에 남은 사람들에게 그들을 보여주어야 했다. 그럴 필요가 있었다. 지노위의 판정에 공장이 불복한 이후 공장 내부에 새로운 노조가 생겼다는 소식이 들렸다. 공장 직원들이 아니라 본사측에서 직접 만든 노조라고 했다.

“사실상 어용 노조지, 뭐.”

“왜…… 왜 만든 건데요?”

“직원들이 또 새 노조 안 만들게 하려고 그러지.”

어용 노조가 생긴 뒤에도 조안과 위반장은 공장에 남은 조합원들과 계속하여 연락을 주고받았다. 오늘 그들은 직접 공장 앞으로 갔다. 본사 앞에서 하던 시위를 진행할 겸, 남은 조합원들을 만나 향후의 일들을 이야기할 계획이라고 했다. 막이 모르는 새 홍보위원장을 맡았다는 수지 역시 동행했더랬다. 막은 물었다.

“언제 돌아와요?”

명신이 시계를 확인했다. 그의 얼굴도 팔도 마지막으로 봤을 때보다 한층 검게 그을려 있었다.

"두 시간 정도 기다려야 할 거야."

두 시간 동안 막은 명신이 꺼내준 목욕 의자에 앉아 이전처럼 눈앞의 광경을 바라보았다. 시청 광장을 마주한 만큼 구경할 거리도 많았다. 큼직한 가로수의 녹청색 그늘에 파묻힌 보도와 대로, 그 너머로 보이는 광장 잔디밭과 사거리. 누가 봐도 이 도시가 익숙한 듯한 사람부터 막 서울에 들어선 것 같은 외국인 관광객까지, 유아차에 탄 아기부터 리어카를 끄는 노인까지 수많은 얼굴이 연달아 지나갔다.

그동안 명신과 팅은 계속해서 텐트 안팎을 오갔다. 지하철 역내 화장실에 다녀왔다는 서조장도 곧 합류했다. 그들은 다시 피켓을 들었고, 이제는 귀에 익다못해 계속 반복되어 너덜너덜해진 듯한 구호를 외쳤으며, 도시락과 커피를 사왔다. "퇴직금 여기에 다 쓰는 것 같아." 양손에 도시락을 든 서조장이 그렇게 말하고 웃었다.

이번에도 막은 움직이지 않았다. 본사 앞 은박 매트에 앉아 있을 때처럼 동상인 양 목욕 의자에 붙박여 있었다. 예전에는 도무지 어찌할 바를 몰라 굳어 있는 것이었지만, 지금은 달랐다. 이제 막은 자신이 할 일, 움직여야 할 방향을 알고 있었다. 그는 턱을 괸 채 바삐 움직이는 동료들을 보았다. 자신이 그들에게 가져다줄 미래의 표정과 활기를 상상하면서.

　수지 일행이 돌아왔을 때 막은 텐트 안에 있었다. 바깥은 무더우니 안에서 기다리라고, 명신이 몇 번이나 등을 떠민 까닭이었다. 서조장은 편히 쉬라면서 텐트 안에 스펀지 매트를 깔아주기까지 했다. 텐트는 확실히 지난번 사용하던 것보다 훨씬 넓어, 마음을 먹으면 다리를 펴고 누울 수도 있었다.

　막은 엎드린 채 모서리 한쪽에 쌓인 책들을 살폈다. 책등마다 노동법이니 근로기준법 같은 제목이 크게 적혀 있었다. 책을 한 권씩 꺼내어 살피던 막은 텐트 모서리에 적힌 문장 하나를 발견했다. 오래전에 적은 듯 획마다 균열 같은 금이 나 있었다. 중간중간 지워져 잘 읽을 수 없는 글자도 여럿이었다. 막은 휴대전화 플래시를 켜 모서리를 비추었다.

원치 않는 방향으ㄹ
ㅜㅓ지면서
살아가고있다

　지워진 자모음을 여러 방향에서 비춰보던 중 텐트 바깥이 시끌시끌해졌다. 아는 목소리로 이뤄진 왁자지껄함이었다. 막은 벌떡 일어섰다. 천장 프레임에 걸린 전구에 부딪쳐 잠시 머리를 감쌌다. 이마를 문지르며 입구용 천을 걷자 몹시 불그스레한 얼굴의 위반장과 수지가 보였다. 조안은 평소와 똑같은 모습으로 뒤편에 서 있었다.

"너!"

수지가 손가락을 디밀었다. 저절로 어깨를 움츠러들게 하는 목소리였다. 바짝 다가온 수지가 한 손을 막의 어깨에 둘렀다. "내 막내." 수지의 발음은 뭉개져 있었으며 머리카락에서는 술냄새가 풍겼다. 그들 사이로 다가온 조안이 말했다.

"오늘 왔구나. 자리 비운다고 미리 연락 줄걸."

"아니요. 제가 갑자기 찾아온 거라……"

수지가 팔을 풀고 비틀거리며 목욕 의자에 앉았다. 조안은 막의 손을 잡았다. 막이 처음 집에 찾아간 날처럼 옅게 웃으며 속삭였다.

"오느라 고생했다. 와줘서 고마워."

막은 조안과 눈을 맞췄다. 이 순간 화를 내면 그가 어떻게 반응할지 궁금했다. 왜 여전히 나만을 특별 취급하느냐고, 그 게 얼마나 나를 외롭게 만드는지 아느냐고 소리치면 조안은 사과할까, 또는 황당해할까?

"야, 담배 피우자."

휘청휘청 일어선 수지가 막의 티셔츠를 잡아당겼다. 막은 조안의 손을 조심스레 놓고 뒤로 물러섰다. 자신의 티셔츠를 위아래로 당기는 수지를 따라 돌담길로 향했다. 몇 발짝 앞서 있던 수지가 중얼거렸다. "속이 이상해." 막은 얼른 수지를 부축하고 다시 걷기 시작했다.

그들은 대한문을 끼고 모퉁이를 꺾어 돌담길로 들어섰다. 낮이면 미술관 또는 궁궐로 향하는 사람들이 오가는 길이었다. 캐리커처를 그리거나 코코넛 주스를 파는 상인들도 모두 퇴근했는지 길 전체가 텅 비어 있었다.

수지는 한쪽 팔을 막에게 올리고 다른 손으로는 돌담을 짚으며 걸었다. 몇 번이나 고꾸라질 뻔해서 낚아채듯 붙들었다. 막은 드디어 나타난 벤치 위에 수지를 앉히고 숨을 골랐다.

"막아."

"네."

"영준이는 개새끼야."

수지는 벤치에 눕다시피 한 채 막을 올려다봤다. 공장에서는 항시 머리망을 쓰면서도 잘 정돈되어 있던 중단발이 부스스하게 퍼져 있었다. 이마부터 뺨, 턱 모두 술기운으로 붉게 얼룩덜룩했다.

"걔는 진짜 천하의 개새끼야. 의리가 없어. 아니, 도리가 없다고 해야겠지……"

수지는 몸을 기울이더니 헛구역질했다. 막이 그의 등을 천천히 두드렸다. 다시 고개를 든 수지가 막과 눈을 맞췄다. 수

SINCE 1993 MUNHAKDONGNE

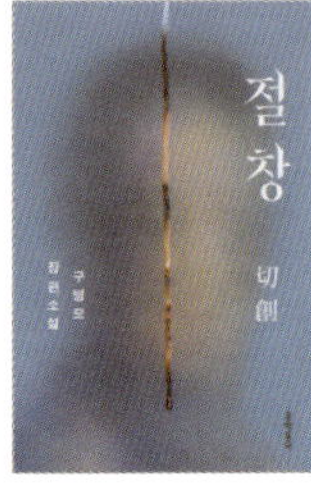

『절창』을 처음 읽었을 때가 떠오릅니다. 긴 휴가의 막바지 시기를 보내고 있을 때, 선물처럼 구병모 작가님으로부터 메일이 한 통 도착해 있었습니다. '원고를 보냅니다'라는 제목의 메일에는 오랫동안 기다려온 작가님의 신작 소설이 첨부되어 있었는데요, 그 자리에서 한달음에 끝까지 다 읽어버린 저는 확신할 수 있었습니다. 앞으로는 이 소설이 구병모 작가님의 대표작이 되리라는 것을…… (꼭 제가 담당한 작품이어서가 아님을 이제 곧 모든 분이 알게 되시리라!) 그래서 하나의 파일이었던 그것을 이렇게 책으로 만들어 여러분께 내보이는 마음이 그 어느 때보다 설렙니다. 『절창』은 미스터리의 외피를 두른 소설입니다. 한마디로 정의 내릴 수 없고, 어떤 면에서는 기이하기까지 하지만 사랑 이야기라고 할 수도 있겠습니다. 상처를 만짐으로써 타인의 마음을 읽는 특별한 능력을 지닌 한 여인, 그리고 그 능력을 이용하기 위해 거대한 저택을 지어 그녀를 가둔 한 남자. 둘 사이에는 점차 미묘한 감정들이 생겨나고 그것은 때로 격렬한 증오가 되기도 합니다. 그러던 어느 날 입주 독서 교사가 등장하며 관계는 변곡점을 맞고, 끝내 파국으로 치달아가며 읽는 이를 이야기 속으로 빨아들이지요. 그러나 어느 순간 정신을 차려보면 이것이 타인을 읽는 행위의 가능성과 불가능성에 대한 깊은 통찰이 담긴 이야기라는 것을 깨닫게 됩니다. 우리가 살아가며 수도 없이 해내고자 시도하지만 오독을 전제하지 않고는 결코 이루어낼 수 없는 그 행위에 대해서 말이지요. 그러니 한 번이라도 누군가를 이해하고자 노력해본, 그러나 타인이라는 영원한 텍스트 앞에서 막막함을 느껴본 적이 있는 분들께 (어쩌면 모두에게) 이 책을 권하고 싶습니다.

_Y (문학동네 국내문학 편집자)

지는 울고 있었다.

막은 영준의 근황을 부분적으로만 알고 있었다. 수지를 제외한 조합원들이 쉬쉬하며 알려준 것이었다. 그들이 공장에서 나오고 얼마 되지 않아 영준은 설비팀으로 소속을 옮겼다. 그것은 영준이 오래전부터 원하던 자리였다. 술자리에서도 영준은 종종 말하곤 했다. 종일 뒤섞이는 분말을 지켜보거나 파이프에서 튀는 알약들을 처리하기보다, 직접 기계를 만지고 고치는 일을 하고 싶다고. 설비팀에 들어가고 나면 공장의 어느 장소든 오갈 수 있을 테며, 다른 공장으로 이직할 때도 꽤 매력적인 이력서를 쓸 수 있으리라고 말했다.

오늘 수지는 공장 정문 앞에 선 영준을 보았다. 약 석 달 만의 만남이었다.

그는 피켓을 든 수지 앞에 홀연히 나타났다. 어용 노조에 가입했다는 또다른 직원 한 사람과 함께였다. 직원은 어쩔 줄 몰라하는 얼굴로 그들에게 말했다. "오늘 같은 날씨에 계속 서 있으면 쓰러져요." 그는 그들을 사무실용 컨테이너 안으로 데려갔고, 얼음을 담은 냉차를 내어왔다.

왜인지 영준은 그 자리를 떠나지 않았다. 함께 컨테이너로 향했고, 마주앉아 냉차를 마셨다. 조안이 직원과 대화하는 동안에도 입을 꾹 다문 채 그 자리를 지켰다.

열이 나는 사람처럼 빰과 이마에 손등을 대기도 했다. 그는 대화가 이어지는 내내 단 한 번도 수지를 보지 않았다. 옆의 빈자리에는 사시사철 메고 다니던 검은 배낭을 올려둔 채였다. 가방끈에는 녹색 목걸이 끈 그리고 영준의 이름이 크게 박힌 사원증이 달려 있었다. 설비팀 직원들만 가지고 다니는 열쇠가 달린 카라비너가 그 옆에서 짤랑거렸다.

수지가 말했다.

"나 보라는 것처럼 떡하니 매달아놨더라."

"일부러 그런 건 아닐 거예요."

막은 망설이다가 덧붙였다.

"영준 오빠도 원래 가방에 이것저것 매달아두니까⋯⋯"

"사람이 어떻게 그래? 만날 같이 밥 먹고 술 마시고 노래방 갔으면서. 걔는 내가 뭘 하고 싶어했는지도 다 알아. 모조리 알거든. 알아서 더 그러는 거야⋯⋯"

수지가 다시 몸을 고꾸라뜨렸다. 입을 벌리고 한번 더 구역질을 했다. 하얗고 긴 침이 입술 아래로 늘어졌다. 수지가 중얼거렸다.

"막아."

"네."

"공장에 말이야, 벼락이라도 떨어지면 좋겠어."

"네."

"그래서 걔가 만지는 기계들이 그냥 다 박살나버렸으면 좋겠어…… 아, 너무 어지러워.”

“잠깐만 있어요. 물 가져올게요.”

막은 수지를 등지고 텐트를 향해 달렸다. 돌담길을 따라 뛰며 그는 자신이 달리기를 얼마나 잘했는지 새삼 깨달았다. 막은 계주 때마다 마지막 주자를 도맡곤 했다. 그 사실을 자주 자랑했었다.

막은 순식간에 텐트에 다다랐다. 헐떡이거나 주저앉는 일 없이, 아이스박스를 열어 물병을 두 개 챙겼다. 바통처럼 양손에 물병을 들고 달렸다. 모퉁이를 돌자 어깨를 둥글게 구부리고 앉은 수지가 보였다. 막은 달리면서 수지가 한 말을 여러 차례 되뇌었다. 벼락이라도 떨어졌으면, 기계들이 그냥 다 박살나버렸으면…… 그것은 지난주 막이 떠올린 계획과 정확히 상통하는 것이었다.

“언니, 물 마셔요.”

수지가 머리를 들었다. 막은 잠시 망설이다 손을 뻗어 수지의 입가에 묻은 침을 닦아주었다. “고마워.” 수지가 웅얼거리고 물을 마셨다. 막은 몰래 몸을 틀어 다른 물병을 열고 손을 헹궜다. 꿀꺽꿀꺽 소리를 내며 반병을 비운 수지가 막과 눈을 마주쳤다.

“언니.”

“왜?”

"저 미워요?"

"아니, 그 반대지. 사랑하지, 완전."

"저도 그래요."

"야, 기쁘다."

"언니, 제가 벼락을 떨어뜨려줄까요?"

수지가 입술을 헤벌리고 막의 얼굴을 보았다. 곧 푸, 하며 웃음을 터뜨렸다. 막도 웃었다. "대체 뭔 소리야." 수지가 소리를 질렀다.

"야! 너는 진짜 어리고 이상하다."

수지가 양 무릎을 세우고 그 위에 턱을 기댔다. 막은 두 개의 물병을 닫아 벤치 위에 올려두었다. 수지를 뒤로하고 돌담을 마주한 채 섰다. 그리고 몸속에서 울리는 북소리에 귀기울였다.

북소리는 뱃속 깊숙한 곳에서부터 울리고 있었다. 수지가 벼락에 대해 말한 바로 그 순간부터, 배꼽 아래부터 시작해 귓바퀴까지 둥둥거리며 퍼졌다. 이제 막은 더 굳게 확신할 수 있었다. 그는 자신의 계획을 실행할 것이었다.

눈앞에 공장의 기계들이 하나씩 스쳐갔다. 용도도 잘 모르고 무작정 이름만 외운 쇳덩어리들. V-블렌더, 태블릿 프레스, 블리스터 포장기, 코팅기…… 라히루와 영준이 기계들에 관해 말할 때마다 막은 한쪽 귓등으로 흘렸다. 한동안은 별명을 지어 기계를 구분하기도 했다. 거미, 빙글빙글 도는 놈, 공장에서 제일 비싼 애, 엄청 시끄러운 것, 로켓처럼 생긴 그거…… 막이 별명으로 기계를 부를 때마다 라히루는 큰 소리로 웃었다. 그것이 좋아 일부러 기계 이름을 틀리게 말하기도 했다.

지금의 막은 기계들의 이름과 외형, 소리를 잘 알고 있었다. 납빛 광택이 돌던 표면, 얼굴을 디밀면 희미하게 맡아지던 소독약 냄새도 생생히 떠올랐다.

일층 유리벽 너머의 파이프부터 이층에서 라히루의 손가락을 집어삼킨 블렌더까지, 기계는 공장의 심장이나 마찬가지였다. 공장에서 사람들을 내보내는 꼴은 여럿 보았어도 말짱한 기계를 버리는 모습은 본 적 없었다. 기계 역시 공장에 헌신하여 밤낮으로 돌고 또 돌았다. 그것은 노조를 만들지도 손목터널증후군에 걸리지도 않았다. 그저 매일매일 분말을 빻고 정제를 찍어냈으며 각종 캡슐을 분류해 상자에 쏟아냈다.

막이 공장에 간 첫날 매니저는 말했다. "기계 잘못 건드렸다간 골로 간다." 망가뜨리는 순간 연봉 몇 년 치는 저당잡히는 거라고도 했지. 그 기계들이 모두 동시에 멈춘다면 어떻게 될까? 지하로부터 솟구쳐올라 벽 뒤를 흐르며 기계들을 달리게 만드는 힘이 전부 사라진다면? 막은 침묵과 어둠 속에 놓인 공장의 모습을 그려보았다. 기계들은 혼절하듯 멈추고, 사람들은 앞이 보이지 않아 허둥댈 것이다. 그 모든 풍경이 더할

나위 없이 마음에 들었다.

막은 뒤돌아섰다. 반쯤 잠든 수지를 일으켜 등에 업었다. 비척비척 걸어가며 그는 중얼거렸다.

"봐! 나는 튼튼해."

돌담길을 따라 걷는 동안 이마에 맺힌 땀이 뺨을 타고 뚝뚝 떨어졌다. 막은 크게 숨을 들이마셨다. 여전히 후텁지근했으나, 기분좋은 저녁 공기였다.

이제 막은 알고 있었다. 기계들의 소음과 움직임, 그것들을 만들어내는 힘, 공장의 시작점을 무용지물로 만드는 방법을 잘 알았다. 오로지 막만이 그 사실을 알았다. 막은 길게 숨을 내쉬었고 마침내 미소 지었다.

4

은단은 카페의 가장 그늘진 자리에 앉아 있었다. 시청역 부근, 텐트가 놓인 돌담길에서 멀지 않은 카페였다. 카페는 꽤 넓었다. 공장 일층에서 제일 큰 기계실만한 크기였다.

정중앙에는 가운데가 뚫린 타원 형태의 계산대가 놓여 있었다. 그 안에서 감색 앞치마를 두른 직원들이 바삐 움직이는 중이었다. 그들과 마주한 에스프레소 머신 또한 요란한 소리를 내며 끊임없이 돌아갔다.

막은 카페를 몇 바퀴나 돌고서야 은단을 찾아냈다. 막상 그를 보자, 왜 그토록 헤맸을까 스스로 의아해졌다. 은단은 마지막으로 교실에서 마주했을 때와 거의 변하지 않았다. 눈꺼풀을 가릴 만큼 덥수룩한 고수머리나, 언제나 무엇을 견디듯 앙다문 입도 똑같았다. 전보다 살이 좀 붙은 듯 보이긴 했으나, 눈에 띌 만큼의 변화는 아니었다.

"안녕."

막이 인사하자 은단은 소스라치며 일어섰다. 그의 무릎에 치인 테이블이 흔들리며 가장자리의 유리잔이 떨어졌다. 소란한 소리와 함께 깨진 파편들이 막의 발 옆으로 흩어졌다. 홀 곳곳에 앉은 눈길들이 그들에게 쏠렸다. 막은 제 정강이에 튄 물방울을 닦아냈다. 은단은 목까지 벌게진 채로 사과의 말을 거듭했다. 막이 말했다.

"괜찮아, 괜찮다니까."

곧 감색 앞치마를 두른 아르바이트생이 그들 곁으로 왔다. 아르바이트생은 두 사람과 또래로 보였으나, 그들보다 훨씬 차분한 태도로 유릿조각을 쓸어내고 바닥을 닦았다.

"다친 데는 없으세요?"

"네, 괜찮아요. 죄송합니다."

아르바이트생이 물을 때도 은단은 마른 입술만 달싹였다.

막이 의자에 앉은 다음에야 그 역시 자리에 앉았다.

"오랜만이다."

"미안해, 다친 데는……"

"없다니까. 물방울만 좀 튀었어."

다시 앉은 후에도 은단의 양손은 옅게 떨렸다. 막은 팔짱을 낀 채 텅 빈 테이블을 내려다봤다. 벌써 가슴 한편에 묵직한 추를 올려놓은 것 같았다.

한편으로 막은 안도했다. 십대 때와 마찬가지로 눈도 제대로 마주치지 못하는 은단의 모습은 성가셨지만, 그런 태도는 결국 은단의 마음이 전과 마찬가지임을 증명하는 것이었다. 은단은 여전히 막에게 꼼짝도 못했다. 그러니 막의 부탁 역시 들어줄 터였다.

"커피 내가 살게. 뭐 마실래?"

은단이 고개를 저었다. 입술은 움직이는데 아무 소리도 들리지 않았다. 아마 본인이 사겠다고 말하는 듯했다. 막은 모른 체 자리에서 일어나며 말했다. "차가운 걸로 시킬게." 그러고는 은단이 다시 일어서기 전 잽싸게 계산대로 갔다.

커피를 주문하며 막은 생각했다.

그래, 이래서 불편했지.

그 불편함이 언제부터 시작되었는지 명확하게 떠오르진 않았다. 막이 자란 신도시의 아이들이 으레 그러하듯, 두 사람은 초등학교부터 고등학교까지 함께 다녔다. 초등학생 때까지만 해도 둘 사이에는 별다른 문제가 없었다. 막이 살던 아파트 단지에는 은단을 비롯한 동갑내기가 여럿 있었고, 다들 여자 남자 구분 없이 친하게 지냈다. 서로 꼭 붙어다니거나 머리를 맞댄 채 이야기해도 놀림받지 않던 시절이었다. 막 역시 은단을 비롯한 여러 남자애와 놀이터 또는 공터에서 오후를 보내곤 했다. 그네를 탄 채로 힘껏 점프한 탓에 뼈에 금이 갔던 하루도 그런 날들 중 하나였다.

그 시절에도 은단은 어딘가 안쓰러운 분위기를 풍겼다. 그는 다른 사내애들보다 훨씬 늦게 자랐다. 초등학교 고학년 때까지도 막과 함께 앞줄에 앉곤 했다. 꼬챙이 같은 팔다리나 어린애답지 않게 퀭한 뺨도 딱한 인상에 한몫했다.

그 같은 인상은 모르는 새 막에게 영향을 미쳤다. 열두세 살 시절 막은 두어 번 은단의 꿈을 꾸었다. 실제보다도 더 깡마른 은단이 비틀비틀 그의 집에 찾아오는 꿈이었다. 힘없는 노크 소리에 문을 열면 꿈속의 은단이 파리한 낯으로 서 있었다. 너무 춥고 배가 고프다고, 그는 떨리는 목소리로 말했다. 막은 그가 몸을 담글 수 있도록 안방 욕조에 뜨거운 물을 받았다. 눈밭처럼 새하얀 접시에 과자와 과일을 담아 건네기도 했다. 꿈속의 은단은 부연 수증기 속에서 접시를 받으며 말했다. 막아, 정말 고마워. 나 이 일을 잊지 않을게.

“정반대 상황이네.”

얼음이 수북이 담긴 커피를 들고 돌아가며 막은 중얼거렸
다. 이제는 막이 은단의 집 문을 두드려야 했다. 문을 연 은단
을 향해 욕조와 과자, 과일을 부탁해야 했다. 내내 아무 연락
없이 지내다가 거의 이 년 만에 만나자고 청한 상황이니, 은단
역시 막에게 필요한 것이 있음을 알 터였다. 그럼에도 은단은
여전히 절절매며 막을 대했다. 마치 본인이 애걸복걸한 끝에
막이 와준 양. 그 사실이 막에게 용기를 줬다.

“그동안 어떻게 지냈어?”

막이 커피잔이 든 쟁반을 내려놓으며 말했다. 은단은 두어
차례 숨을 가다듬고서 말했다.

“나 괜찮았어. 괜찮게 지냈어.”

“잘됐네.”

“너는…… 어때? 그러니까, 잘 지냈어?”

막은 짧게 웃고 곧장 본론에 들어갔다. 아버지의 파산에서
시작하여 삼촌이라 부르던 남자의 사기, 휴학과 공장 취직 그
리고 그 안에서 벌어졌던 일을 설명하는 데만 삼십여 분 가까
이 걸렸다. 세부적인 사건이며 감정은 건너뛰고 큼직큼직한
일들만 말했음에도 그랬다. 은단은 커피잔에 손도 대지 않은
채 막의 말을 들었다.

라히루의 이름을 처음 말할 때 막은 잠시 머뭇거렸다. 자신

을 뚫어지게 보는 은단을 한 번 살피고 커피를 마셨다.

"라히루는 나랑 굉장히 친했어. 공장의 단짝 친구였어."

"그랬구나."

"나한테 많이 힘이 돼줬어."

막은 남은 커피를 들이켠 다음 말을 이었다. 공장에서 매달 밀크 파우더를 만들던 일과 파우더를 뒤섞는 기계 안으로 라히루의 손가락이 휩쓸린 일을 묘사할 때는 잠시 멈춰 심호흡을 해야 했다. 그 대목을 지난 후에는 한결 막힘없이 말할 수 있었다. 계약 종료와 조안의 거실 그리고 오래된 사무실, 본사 건물 앞에 세웠던 텐트가 대한문 앞으로 옮겨간 과정, 그 안에 웅크린 사람들과 선풍기, 확성기와 피켓의 엉성한 모양새.

거기까지 털어놓자 속이 텅 비워진 것 같았다. 막은 잔에 남은 얼음까지 입에 털어넣었다. 배가 고팠다.

"그래서 나는 말이야."

"응, 막아."

"공장이 굉장히 미워."

은단이 고개를 끄덕였다. 그가 한 모금도 마시지 않은 커피 잔을 앞으로 밀었다. 막은 그 커피도 단숨에 들이켠 후 다시 말했다. 공장의 지하실과 창고에서부터 일층과 이층까지 차곡차곡 놓인 기계들, 그리고 그 사이를 가로지르는 힘에 관해 이야기했다. 기계가 공장의 심장이며 뼈대고 팔다리라는 말도 덧붙였다. 그 심장, 뼈, 수족을 움직이는 힘은 공장의 가장 아랫부분에서 왔다. 창고보다도 더 깊은 곳, 지하의 가장 안쪽에 놓인 전기실에서 올라온 힘이 벽 곳곳으로 퍼지며 기계들을 작동시켰다. 만일 그 힘이 끊긴다면, 한나절이라도 제대로 올라오지 않는다면, 공장의 피해는 마른 숲의 불처럼 번질 것이었다. 정제는 부서진 채 멈추고 캡슐은 텅 비어버릴 터였다. 단 하루에 그치고 말 일이더라도, 막에게는 그 일이 필요했다.

"만약 아무도 예상하지 못할 이유로 기계가 멈춘다면,"

막이 말했다.

"그러니까 꼭 완전범죄처럼, 누구한테도 책임을 물을 수 없는 방법으로 그런 사고가 벌어진다면……"

돌연 은단이 일어섰다. 막은 말을 멈추고 그를 바라보았다. 은단은 이내 다시 의자에 앉았다. 그의 표정이 변해 있었다. 그의 얼굴은 더이상 상기되지도, 일그러지지도 않았다. 손을 떨거나 눈을 내리깔지도 않았다. 대신 미약한 미소가 그 자리를 차지했다. 막이 한 번도 본 적 없는 표정이었다. 그 얼굴을 본 순간 막의 마음 안쪽에서 무엇인가 잘못 맞춰진 듯 삐걱거렸다. 은단이 천천히 말했다.

"내가 필요하구나."

"맞아. 그래서."

"그래서……"

"네가 졸업식에서 보여준 그게 진짜라면 말이야."

"진짜야."

은단이 테이블 한가운데까지 몸을 내밀었다.

"나 너한테는 절대로 거짓말 안 해."

막이 의자를 뒤로 끌었다. 은단의 목소리가 갈라졌고, 눈에는 새빨간 핏발이 섰다. 반면 꽉 깨문 아랫입술은 핏기 없이 새하얬다. 이것 봐, 앤 정상이 아니야…… 막은 얼굴을 찡그리지 않도록 애쓰며 자세를 고쳐 앉았다. 은단이 정상인지 아닌지는 지금 중요한 문제가 아니었다. 막이 말했다.

"지금도 할 수 있어?"

"그럼." 은단의 목소리가 커졌다. "당장 보여줄 수 있어."

막은 곧장 말하려고 했다. 아냐, 됐어, 그럴 필요 없어. 그러나 입을 열 틈도 없었다. 은단은 지난 이 년 동안 이 순간만을 기다려온 사람 같았다. 눈을 깜빡이는, 찰나라고 부를 만큼 짧은 순간 카페의 등이 모두 꺼졌다.

그들은 불빛이 사라진 카페에 앉아 있었다. 오른편 통유리창으로 스민 석양의 빛이 홀 안쪽을 비췄다. 사방을 둘러보는 이들의 어리둥절한 얼굴이 다홍색으로 물들었다. 계산대 쪽에서 들려오던 에스프레소 머신 소리나 진동벨의 울림 모두 멎었다.

"정전인가?"

"정전이야?"

속삭대는 말소리들이 홀을 오갔다. 타원형 계산대를 빠져나온 직원들은 사방에 설치된 멀티탭을 확인하고 벽의 스위치를 눌러보았다. 달칵거리는 소리와 함께 "갑자기 왜 이래?" 하는 수군거림이 잇따라 들려왔다.

은단이 휙 몸을 돌려 막과 눈을 맞췄다. 처음 만났을 때와는 비할 수 없이 당당해진 표정이었다. 어깨가 반듯이 펴졌고 터부룩한 앞머리 아래의 눈은 반짝였다. 막은 테이블 아래 놓인 손을 꼭 쥐었다. 목소리에 묻어날 게 분명한 질투를 숨길 수 있을 때까지 기다린 뒤, 간신히 입을 열었다.

"진짜로 어떻게 하는 거야?"

"정말로, 나도 잘 몰라."

은단은 다시 낯을 붉히더니 손톱으로 한쪽 눈썹을 긁었다.

"그냥, 그냥 하는 거야. 눈 깜빡이는 것처럼."

카페 직원들은 끝내 정전의 원인을 알아내지 못했다. 그들은 너른 홀 곳곳을 돌아다니고 계산대 아래까지 살피다가 기나긴 한숨을 내쉬었다. 몇 분 뒤 작업복 차림의 남자가 카페 안으로 들어왔다. 가슴팍에 덧댄 명찰로 보건대 건물 관리인인 듯했다. 그는 비상구 옆 두꺼비집을 열고 한참 살피더니 끙, 앓는 소리를 냈다.

"다른 가게는 말짱한데…… 기사 불러야 할 것 같아요."

잔을 떨어뜨렸을 때 유릿조각을 치워준 아르바이트생이 테이블마다 돌아다니며 사과의 말을 건네고 있었다. 올림머리 아래로 드러난 뒷덜미에 땀방울이 송골송골 돋아 있었다. 차분한 태도는 희미해졌고, 대신 당황함에 붉어진 뺨이 보였다. 막은 정면에 앉은 은단을, 막과 눈이 마주치자 곧바로 미소 짓는 얼굴을 바라보았다. 그 얼굴 복판을 불쑥, 온 힘을 다해 때려주고 싶었다.

막과 은단은 직원이 사과와 함께 건넨 플라스틱 컵에 커피를 부었다. 카페를 나서기 전 막은 타원형 계산대 안쪽을 곁눈질했다. 큼직한 제빙기 안에서 달그락대는 소리가 울렸다. 더는 냉기가 돌지 않는 기계 속에서 얼음들은 맹렬한 속도로 녹고 있을 것이었다. 카페에 앉아 있던 이들은 한 손으로 부채질을 하고 다른 손으로는 테이크아웃 컵을 든 채 길거리로 나섰다. 막과 은단은 그 행렬에 합류했다.

십여 분 정도 걷자 거리의 가로등이 하나둘 켜졌다. 부드러운 노란빛이었다. 가로등 아래를 지나갈 때마다 두 사람의 그림자가 차도까지 길게 뻗었다. 막은 카페에서 차오른 마음, 은단의 얼굴 가운데를 냅다 때리고 싶던 마음을 뱃속 깊숙이 눌러넣고 다시 질문했다.

"지난 이 년 동안 뭘 했어?"

"어, 음, 별것 없었어. 그냥 학교 다녔는데. 지금은 공익중이고……."

몇 마디만 들어도 은단이 정말 본인 말대로 별일 없이 지내왔음을 알 수 있었다. 은단은 유별난 사건도, 기억에 남음직한 사고도 없이 두 해를 보냈다. 그것은 막 이 지난 몇 달 동안 간절하게 바라던 일상이기도 했다. 그저 평균적인 보폭으로 하루하루를 지나가는 일.

은단은 2순위로 원하던 대학에 입학해 구부정한 자세로 강의를 들었다. 휴학 후 공익근무요원으로 일하면서부터 전공과 관련된 여러 수험서를 뒤적이고 있다고 했다. 그가 전자공학과에 입학했다는 사실은 처음 듣는 것이었다. 은단이 겸연쩍어하며 말했다.

"나도 궁금했거든. 이게 대체 뭔지, 무슨 논리로 일어나는 건지, 조금이라도 알고 싶었어."

대학 수업은 별다른 도움이 되지 못했다. 일 년간 은단은 전자기학과 공학수학을, 전기회로와 그것을 실험하는 과정들을 배웠으나 그것만으로는 자기 자신이 어떻게 설계되어 있는지 알 수 없었다.

한동안 그는 매일같이 도서관에 들러 두툼한 책들을 넘기며 시간을 보냈다. 전기란 게 대체 무엇이며 어떻게 작동하고 또 끊어지는지, 첫 장부터 차근차근 읽어나갔다. 기원전 탈레스가 호박琥珀에 달라붙은 깃털을 보고 그 힘의 근원을 궁금해하던 순간부터, 손짓 한 번으로 어둠을 지우고 불을 밝히는 오늘날에 이르기까지 벌어진 일들을 꼼꼼히 읽어내렸다.

그러나 아무리 많은 책을 뒤져보아도 은단과 같은 경우에 대해선 적혀 있지 않았다. 눈을 깜빡이듯 간단히 전류를 끊을 수 있는 사람. 은단은 손톱이 너덜너덜해지도록 깨물어가며 책장을 넘겼다. 결국 남은 결론은 하나였다. 그는 유례가 없는 존재였다. 고로 할 수 있는 일은 유추뿐이었다. 은단은 자신이 일종의 차단기 같은 존재라는 가설을 세웠다. 바삐 흐르는 전류와 마주한 순간, 자신의 힘이 스위치를 누르듯 그 흐름에 끼어드는 것이다.

"그러면 탁, 꺼지는 거야. 모든 게."

"아까처럼 말이지."

"응, 아까처럼…… 그런데 한계가 있긴 해."

은단이 길가에 멈춰 섰다. 그는 막의 눈치를 슬며시 살피더니 말을 이었다.

"나도 내가 어디까지, 뭘 할 수 있는지 잘 몰랐거든…… 그래서 실험을 좀 했어."

막은 아무 말도 하지 않았다. 은단은 다시 걷기 시작했다. 의도치 않았으나 그들은 시청 광장을 향해 걷고 있었다. 오 분 정도 더 걷는다면 고궁의 돌담길과 그 앞에 놓인 텐트까지 만나게 될 터였다.

은단은 고해성사하는 사람처럼 양손을 모은 채 이야기했다. 실제로 고해성사에서나 말함직한 이야기였다. 그의 실험은 여기저기에서 무수한 피해를 낳았다. 자신이 무엇을 할 수 있는지 깨달은 십대 시절부터 은단은 매일 시행착오를 거듭하며 정전을 불러왔다. 방금 그들이 들른 카페를 비롯해 각종 사업장의 전류를 끊음으로써 불빛을 꺼뜨렸고, 기계들을 멈추게 했다.

"처음에는 내가 빛을 내는 물체들만 꺼뜨릴 수 있다고 생각했거든."

"전등 같은 거?"

"으응, 그런데 아니더라고. 전기로 작동하는 것이라면 모두 다 가능한 것 같아."

삼거리를 지나자 투광기로 환히 밝혀진 시청 앞 광장이 펼쳐졌다. 광장은 여름답게 선명한 녹색 잔디로 뒤덮여 있었다. 광장을 가로지르며 은단은 자신이 실험 대상으로 삼은 사물들의 목록을 읊었다. 조그만 건전지로 작동하는 소품, 집안의 선풍기와 스피커, 산책길에 맞닥뜨린 가로등, 그 맞은편 공원에서 세차게 물방울을 튀기던 인공 폭포……

은단은 한 번도 실패하지 않았다. 수많은 성취 속에서 그는 자신이 얼마나 다양한 경우에 힘을 쓸 수 있는지 알게 됐다. 전기는 말 그대로, 거의 세상 모든 곳에서 흐르고 있었다. 씨

앗만한 크기의 칩부터 수많은 승객을 태우고 달리는 열차, 그 안에 탄 몸들마저 모두 전기신호로 움직였다. 인간의 뇌에서 발생하는 미세한 전류는 신경 신호를 전달하고 근육을 움직이게 하며 심장을 뛰게 했다. 내리치는 번개는 물론 파도에서 튀어오르는 물방울에도 전기가 관여하고 있었다.

두 사람은 광장 한가운데에 다다랐다. 막은 대로 건너편에 모여 선 텐트들을 바라보았다. 파란색 또는 녹색의 텐트 사이사이로 전등불이 켜져 있었다. 막이 움직이지 않자 은단도 걸음을 멈췄다. 막은 그가 자신의 반응을 기다리고 있음을 알았다.

막이 물었다.

"그래서 아까 말한 한계란 게 뭐야?"

"한계. 아, 한계."

은단은 양손을 마주 문질렀다. 여태 쌓인 긴장과 흥분이 용량을 지나쳤는지, 목소리가 다시 갈라지고 있었다. 그는 보이지 않는 여러 구획을 나누듯 두 손을 내저으며 말했다.

은단이 전류의 흐름을 끊으려면 그 자신도 전류가 실재하는 장소, 즉 회로가 작동하는 기기 주변에 있어야 했다. 그와 기기 사이가 벽이나 담으로 가로막혀 있으면 힘을 쓸 수 없었다. 여러 번 시도했지만, 그것만은 어찌할 수 없었다고 했다.

"아까 우리가 있던 카페처럼 탁 트인 공간이라면 훨씬 더 쉬워. 전류가 어떻게 흐르는지 대충 볼 수 있으니까. 하지만 벽이나 담장처럼 커다란 방해물이 있으면…… 잘 안 보여. 아예 안 보일 때도 있고. 그럴 땐 그냥 껌껌해. 꼭 불 꺼진 방처럼."

은단은 그렇게 말하고 바람 빠지는 소리로 웃었다. 스스로 생각해도 황당한 비유라고 느낀 모양이었다. 이어 그는 별다른 장해물만 없으면 아까의 카페 같은 규모는 쉽사리 정전시킬 수 있다고 단언했다. 막은 은단을 찾아 빙글빙글 돌아다녔던 카페의 크기를 어림잡아보았다. 전기실이 그 정도로 크지는 않은 듯했다……

"어느 범위에까지 힘이 미치는지 정확하게 아는 건 아냐. 그래도 우리 다녔던 고등학교 운동장 정도까지는 될 것 같은데."

"여기는 어때?"

"여기?"

은단이 고개를 돌렸다. 뒤이어 몸을 한 바퀴 돌리며 광장을 둘러보았다. 왼편으로는 물결치는 모양의 시청 건물이, 오른편으로는 창 곳곳에 불 켜진 호텔이 보였다. 은단이 중얼거렸다.

"너무 넓은 것 같긴 한데……"

"아냐, 농담한 거였어."

막은 엉거주춤 서 있는 은단을 뒤로하고 빠르게 걷기 시작했다. 대한문과 텐트촌 방향을 등지고, 사거리를 향해 걸었다. 은단이 쫓아오는 소리가 들렸다. 발소리만으로도 부랴부랴 서

두르는 모양을 상상할 수 있었다.

그들은 고궁과 돌담 그리고 수지가 속을 게워낸 길목의 반대 방향으로 나아갔다. 쭉 전진하여 호텔과 백화점, 대성당과 오래된 사무실 건물들을 지나가자 을지로가 나타났다.

스무 살이 되던 해, 막은 을지로 곳곳의 포차에서도 자주 맥주를 마셨다. 지하철역을 나와 포차로 향하던 길거리에 늘어선 많은 점포를 기억했다. 통유리 너머를 가득 채운 조명과 유리잣, 공구와 전선 들을 파는 노인들의 실루엣도 떠올랐다.

"막아, 혹시 문제가 있어?"

"없어."

은단이 발을 빠르게 놀려 막 앞에 섰다. 고작해야 두 정거장 거리를 지나왔을 뿐인데, 은단은 마라톤이라도 완주한 양 헐떡댔다.

"네가 준비하는 일에 뭔가가 더 필요하다면…… 내가 더 연습할게."

"아니, 그런 거 아니야."

그들은 횡단보도 앞에 서 있었다. 막은 붉은 신호등 불빛에서 은단에게로 시선을 돌렸다. 아까 그가 한 말 중 내내 마음에 걸리던 조각이 있었다.

"네가 아까 사람의 몸도 전기신호로 움직인다고 했잖아."

“맞아.”

은단은 여전히 헉헉대며 말했다. 신체의 움직임은 전기신호가 신경을 따라 흐르는 과정에서 발생한다고. 심장에서도 전기가 일고, 그 흐름 속에서 맥박이 뛰며, 눈을 깜빡이고, 지금처럼 말하게 된다…… 막이 그의 말을 잘랐다.

“그럼, 사람한테도 실험한 적 있어?”

은단이 입을 다물었다. 숨소리가 가라앉고 들썩이던 몸이 멈췄다.

“없어. 앞으로도 그럴 일 없을 거야.”

건너편 신호가 녹색으로 바뀌었다. 막은 횡단보도를 건넜다. 은단이 막의 뒤에 따라붙었다.

“막아, 막아.”

은단은 속삭이는 목소리로 말했다.

“그런데, 혹시 네가 그걸 원하는 거면……”

“나 그런 말 안 했어. 이상한 소리 좀 하지 마.”

막은 거의 고함을 쳤다. 함께 길을 건너던 이들 중 몇몇이 두 사람을 흘끗거렸다. 막은 달음박질하여 횡단보도를 건넜다. 골목길로 들어선 후에도 한참을 뛰었다.

갓 퇴근하고 식사를 마친 듯 보이는 직장인들이 한데 모여 담배를 피우고 이쑤시개로 입속을 후비고 있었다. 막은 그들 무리와 줄줄이 늘어선 포장마차 그리고 불 꺼진 가게들을 지나 벽 앞에 섰다. 적어도 지난 세기에 지어진 듯 보이는 건물의 벽은 침을 뱉거나 전단지를 뜯어낸 자국, 그래피티 따위로 얼룩져 있었다. 막은 벽 앞에 서서 무릎을 짚은 채 숨을 몰아쉬었다.

은단은 몇 분이 지나고서야 모습을 드러냈다. 막을 쫓아 내내 달렸는지, 쓰러지기 직전의 사람처럼 기우뚱댔다. 이마부터 목까지 터질 듯 새빨갰다. 막은 은단이 단거리달리기나 계주에서 늘 꼴찌였음을 기억해냈다. 불현듯 웃음이 났다. 정신이 번쩍 들도록 빠르게 뛰어서인지, 은단이 십대 시절처럼 어쩔 줄 몰라하며 헐떡이는 꼴을 보아서인지는 알 수 없었다.

"막아."

"응."

"오해했다면 미안해. 내가 착각해서……"

"야, 사과 좀 그만해. 내가 지금 부탁하는 처지잖아."

그래도, 하며 말을 이으려는 은단을 향해 막은 손사래를 쳤다. 그 역시 숨이 차서 심호흡을 해야 했다.

을지로의 꼬불꼬불한 길을 지나오는 내내 막은 온 힘을 다해 달렸다. 은단을 따돌리기 위해 만난 사람처럼 뛰어댔다. 바득바득 연락하여 불러내기까지 한 주제에, 막상 그와 만나자 달아나려 하는 스스로가 우스웠다.

나는 네가 왜 이렇게 싫을까.

가쁜 숨을 몰아쉬며, 막은 생각했다.

아니, 그 정도 말만으로는 모자라. 나는 네가 께름칙해. 불편해. 만날 때마다 내 바닥을 마주보게 돼. 그것은 정말이지, 너무……

막은 몸을 펴고 머리를 젖혔다. 이제 해는 완전히 져 있었다. 광장부터 거리까지 잇는 도심의 불빛이 밤하늘을 엷은 보랏빛으로 물들였다. 막은 그 어떤 불빛에도 침범받지 않은, 굳게 잠긴 어둠을 상상했다. 그 어둠을 데려다놓을 장소도 단박에 떠올렸다. 그곳은 막의 집 앞 역전 사거리에서 버스를 타고, 한강을 낀 채 달려, 나선형 도로를 지나면 다다르는 공장의 가장 아래층에 있었다. 창고의 철제 계단을 따라 덜거덕덜거덕 내려가면 그 장소를 만날 수 있었다.

공장에서 일하는 동안 막이 지하실에 들른 적은 그리 많지 않았다. 처음 지하실에 내려갔을 때는 전등 스위치가 어딨는지 몰라 한참 암흑 속을 손으로 휘저으며 걸었다. 겨우 휴대전화에 생각이 미쳐 플래시 불빛을 켜자 화들짝 어둠이 물러섰고, 공장의 갖가지 쓰레기와 누구도 찾지 않는 구식 기계들이 모습을 드러냈다. 그 사이사이 오래된 팔레트며 랩으로 꼼꼼히 싼 라벨 뭉치, 파이프 조각들이 보였다.

그리고 그 뒤에 문이 하나 있었다. 청회색 금속 표면에 '전기실'이라고 적힌 문이었다. 그 아래에는 빨간 글자로 '제한구역’과 ‘고전압! 주의!’가 적힌 팻말이 달려 있었다.

처음 지하실에 간 날, 막은 그 문을 등지고 앉아 쥐색 먼지를 들이마시며 핸드 자키의 새 휠을 찾았다. 한참 후 부품을 들고 지하실을 나오는 막을 라히루가 발견했다. 그 사실 하나만으로도 운좋은 하루였다. 그때 라히루는 계단 난간 밖으로 얼굴을 내밀고 소리쳤다. “너 왜 여기 있어!”

막은 생각했다. 나는 정말 왜 여기에 있는 걸까?

“야, 내가 원하는 건,”

“으응.”

“공장 전체가 정전되는 거야. 단 하루만이라도 말이야.”

“알겠어.”

“하룻밤만이라도 그 안의 일이 완전히 꼬여버리면 좋겠어.”

“응.”

“무슨 재앙처럼…… 전등도 기계도 죄다 꺼져서 안에 있는 사람들이 모두 당황하고 허둥지둥하면 좋겠어. 다들 겁먹어서 어쩔 줄 모르다가, 그 표정 그대로 공장에서 달아나면 좋겠어.”

은단이 고개를 끄덕였다. 막은 그의 눈을 보았다. 도시의 조명이 번진 눈동자에서 이글거리는 빛만 보아도, 막이 건넬 질문에 은단이 무어라 답할지 알 수 있었다. 놀이터 모래밭에서 뛰고 구르던 유년기에서부터 같은 교실에서 분기별로 짝꿍을 바꾸며 지내던 학창시절 때까지, 은단은 단 한 번도 막의 부탁을 거절한 적이 없었다. 몹시 난처한 부탁이어도 그랬다. 외려 본인이 도움을 받은 양 안절부절못하며 부탁을 받아들이곤 했다. 그의 태도는 언제나 막을 거슬리게 했다. 도무지 무어라 표현할 수 없는, 미묘하고 흐릿한 방식으로 그의 기분을 더럽혀놓았다. 하지만 지금은 무엇보다도 그런 태도가 필요했다.

막이 물었다.

"좀 도와줄래?"

은단은 더러운 벽에 몸을 기댄 채 막을 바라보았다. "도와달라니." 은단의 목소리가 떨렸다. 막은 은단과 더러운 벽으로부터 한 발짝 물러났다. 은단은 계속 말했다.

"도와달라니…… 막아. 너는 그런 걸 물어볼 필요 없어. 그냥 나한테 말하면 돼. 그걸로 충분해."

얼룩진 벽에 바싹 붙은 은단은 이제 그 일부처럼 보였다. 막이 고개를 끄덕였다. 어느덧 축축하게 젖은 은단의 눈을 보며 말했다.

"그래, 그럼 나랑 같이 공장에 가자."

은단이 기침했다. 곧이어 양 눈을 비볐고, 몇 번이나 코를 훌쩍였다. 점점 더 붉어지는 낯을 아래로 감추며 말했다. "응, 그렇게." 그는 한번 더 기침한 후 말했다.

"그렇게 할게. 물론이야. 고마워, 막아. 고마워."

대체 무엇이 고마운지, 막은 묻지 않았다.

5

막은 자신의 일에 착수했다. 매일 도서관에 갔고, 전공 수업을 위해 샀던 공책을 자주 펼쳤다. 공책 곳곳에 플라스틱 자를 올려놓은 뒤 자 위에 펜을 바싹 대고 직선을 그리고 지우길 거듭했다.

공장의 도면을 모두 그린 다음에는 여러 방향으로 공책을 돌려 보았다. 아무리 봐도 결과물이 지나치게 엉성하다는 생각을 지울 수 없었다.

공장 내부를 대강이나마 가늠할 수 있는 그림이긴 했다. 여러 차례 지운 자국이 선명한 종이에는 공장의 일층과 이층, 창고와 지하의 구조가 비스듬한 선으로 그려져 있었다. 배율이나 세부적인 사항은 엉터리일 테지만, 출입구가 어디며 어떠한 경로로 층을 오갈 수 있는지 정도는 알 수 있었다.

"정말이야, 이거면 충분해."

은단은 말했다. 그는 공책을 좌우로 또 위아래로 돌려 보며 거듭 감탄했다. "굉장하다. 건축과 같아." 그러더니 이때가 기회라는 듯 눈치를 보며 물었다. "막의 전공이 뭐랬지?" 막은 또 한번 이유 없이 솟은 짜증을 감추며 말했다. 복학하면 응급 구조학과 쪽으로 전공을 확정 지을 듯싶다고.

"대단하다."

은단은 거의 소리치듯 감탄했다. 스스로 생각해도 과장된 반응이었던지, 한번 멋쩍게 웃고서 말했다.

"그때 생각난다. 너 다리 다쳤을 때. 놀이터에 구급대원들 왔잖아. 그 일을 직접 하게 될 수도 있겠네."

공책을 돌려받으려 손을 뻗던 막이 멈칫했다. 그는 잠시 은단을 보다가 물었다.

"그때 기억해?"

"그네를 타다가…… 넘어졌잖아. 어른들이랑 구급차가 오고. 너 이마도 찢어지고."

"맞아."

막은 창가로 고개를 돌렸다. 몇 주 전 은단이 정전시킨 카페는 이후 며칠간의 복구 과정을 거친 뒤 다시 문을 열었다. 그들이 카페에 와 창가에 앉았을 때, 타원형 계산대 안쪽의 직원들은 전과 다름없는 얼굴로 분주하게 일하고 있었다. 조금 염치가 없다는 생각이 들었지만, 막은 모른 척 커피를 시켰다.

통창 너머의 하늘이 쾌청했다. 큼직하게 부푼 구름 덩어리가 떼 지어 이동하고 있었다. 늦여름 볕을 받은 플라타너스는 잎사귀부터 줄기까지 다양한 은빛으로 번득였다. 세상 모두가

운이 좋다고 느낄 법한 날씨였다.

그리고 이곳에서 멀지 않은 곳에, 도보로 십 분이면 다다를 그늘진 길목에 텐트와 사람들이 있었다. 오늘도 비지땀을 흘리며 확성기에 대고 반복하여 구호를 외치고, 그들을 외면하는 행인들을 향해 피켓을 들고 있을 것이었다.

막은 도로 받아든 공책을 활짝 펼쳐 테이블 위에 올렸다. 삐뚤빼뚤한 도면 이모저모를 손끝으로 짚으며 설명했다. 그들이 갈 경로에 관한 설명이었다.

"일단 무조건 밤에 들어가야 해."

막은 몇 주 후 다가올 집중호우 기간을 노리고 있다는 말도 덧붙였다. 공장단지는 특히 호우주의보가 잦았다. 몇 해 전부터 작년까지 난 기사들을 찾아보니, 호우로 인한 공장 정전 소식도 드물게나마 찾을 수 있었다. 그들의 잠입을 더 두텁게 감싸줄 핑계가 있다면 무엇이든 이용해야 했다. 막은 연필로 그린 뒤뜰을 짚었다.

"야간 시간대에는 창고 셔터가 닫혀 있어. 바깥에서는 아예 못 여니까, 뒤뜰을 통해 후문으로 들어가야 해. 일층 비상계단에서 창고로 들어간 다음, 지하까지 갈 거야. 문제는……"

"문제는?"

막의 손끝이 종이 가장자리에 검게 표시된 전기실에 다다랐다. 문제는…… 막은 입안으로 중얼거렸다.

문제는 하고많았다. 그중 가장 큰 문제는 사원용 출입증과 감시카메라였다. 출입증이 없다면 애초 후문으로 들어갈 수 없을 테고, 후문으로 들어가지 못하면 일층 클린룸에 진입해 창고로 내려갈 수 없게 되며, 창고 지하실을 통해 전기실로 향할 수 없을 것이었다. 말하자면 시작조차 제대로 할 수 없었다.

막이 연필 끝자락을 잘근잘근 물었다. 나무 맛이 혀뿌리까지 퍼질 즈음, 바로 전날 밤 계속 떠올리던 사람이 다시금 아른거렸다. 어젯밤 침대에서 막은 내내 중얼거렸다. 그 사람을 잘만 설득하면, 혹은 어떻게든 속여넘기면…… 아냐, 그건 무리한 계획이야, 하고. 하지만 지금은 무리한 계획 외에는 쓸 방법이 없었다.

"야."

"응, 막아."

"문이 닫힌 상태에서 출입용 감지기를 정전시키면, 문도 아예 잠겨버리겠지?"

"아마 그럴 거야."

"알았어. 이 부분은 내가 해결해볼게."

"응, 혹시 내가 도와줄 게 있다면……"

"아냐, 너는 감시카메라만 꺼주면 돼."

은단이 고개를 끄덕였다. 잠시 후 돌연 커진 음성으로 말했다.

"어디에 카메라가 있는지 안다면, 순식간에 꺼뜨릴 수 있어."

은단은 무언가 초조한 모양인지 거푸 눈을 깜빡였다. 막은 카메라의 위치를 아는 일 자체가 문제라고 말하는 대신 연필 선이 번진 도면을 다시 응시했다. 기억나는 족족 감시카메라의 위치를 표시했지만, 분명 막이 존재조차 모르는 카메라가 수두룩할 터였다.

카메라의 위치만이 문제가 아니었다. 그들이 정전을 시키는 동안 카메라 렌즈에서 벗어날 사각지대 역시 알아내야 했다. 그러기 위해서는 막이 삼십 센티미터 자로 얼기설기 그린 도면이 아닌, 공장의 진짜 도면이 필요했다. 도면이 있다면 감시카메라나 분전함의 위치를 알아낼 수 있을 뿐 아니라, 시시티브이 영상이 한데 모이는 중앙제어장치까지 찾아내 꺼뜨릴 수 있을 터였다.

역시 그 방법밖에 없어, 막은 입안으로 우물거렸다. 떠올리고 지우길 거듭한 이름이 또 수면 위로 솟았다. 그 사람을 속이고 설득하는 장면들 역시 영사되듯 펼쳐졌다. 분명히 한심하고 무리한 계획이었다. 그러나 아무리 머리를 굴려도 이보다 나은 수는 떠오르지 않았다.

"조금만 기다려줘." 막이 말했다. "내가 더 정확한 정보들을 가져올 수 있을 것 같아. 감시카메라 위치랑 출입 방법, 또 들어가기 좋은 날짜 같은 거……"

"그럼, 내가 더 도울 건 없어?"

"없어, 없다고 말했잖아."

생각한 것보다 더 날카로운 목소리가 나왔다. 은단이 놀란 눈으로 그를 보았다. 막은 표정을 가다듬고 말했다.

"이건 내가 할 일이야. 너는 그냥 정전만 도와주면 돼."

"알겠어, 그래도 혹시, 만약에……"

막은 공책을 덮고 일어섰다. 은단은 뭔가 말할 듯 머뭇거리다가 가방을 챙겼다.

막은 몇 발짝 물러나 바닥에 떨어뜨린 휴대전화를 챙기는 은단의 정수리를 내려다보았다. 은단이 말을 삼키며 무언가 견디는 혹은 참는 얼굴을 보일 때마다, 그의 귓바퀴나 뒷덜미가 붉게 달아오를 때마다, 막의 속내에서는 신물 같은 감정이 치솟았다. 우쭐함이라 불러야 할지, 가혹한 즐거움이라고 말해야 할지. 그것은 초등학교에 들어가지도 않은 시절 개미굴 입구를 막을 때 치밀었던 흥분과도 묘하게 닮은 마음이었다.

이미 막은 그 감정을 없애고자, 적어도 모른 척하고자 되처 애를 썼다. 스스로 봐도 뻔뻔하기 그지없는 마음이었다. 애당초 이 계획은 은단 없이는 성립될 수 없었다. 세상에서 오로지 은단만이, 눈앞에서 자꾸 물건을 떨어뜨리는 이 얼뜨기만이 그 계획을 가능케 만들 수 있었다. 막은 그에게 신세를 지고 있었다. 그에게 고마워해야 함은 물론, 온 마음을 다해 보답해야 마땅했다……

그러나 보답하겠다는 다짐 이후에는 언제나 이런 질문이 따라붙었다. 그런데 왜 하필 그 사람이 너일까? 다른 누군가라면 좋았을 텐데. 라히루거나, 수지 언니라거나, 차라리 아예 모르는 사람이었다면. 그럼 나는 더 나은 나로서 감사를 표하고, 이 모든 일을 기운차게 해낼 수 있었을 거야. 네가 수치스러워하거나 당황해하는 모습을 보며 남몰래 기뻐하지 않아도 됐을 거야.

그 생각들을 누차 눌러가면서도, 막은 은단을 만날 때마다 치솟는 신물의 원인을 끝내 알아내지 못했다. 그건 라히루를 만날 때마다 왜 그토록 마음이 부풀어올랐는지, 입술이 길게 벌어지며 웃음이 났는지, 그 이유를 명확히 알지 못하던 것과 비슷했다.

막은 신물을 삼켰다. 그리고 그들이 비운 컵을 치우며 말했다.

"단아. 시간 내줘서 고마워."

은단이 막을 올려다보았다. 그의 입술이 가늘게 떨리고 있었다. 막은 웃음 비슷한 표정을 지으려 애쓴 후 돌아섰다. 은단이 막을 부를 용기를 내기 전에 서둘러 달아나야 했다.

은단과의 만남이 있은 후로 막은 종종 텐트에 들렀다. 사람들과 인사를 나누고 둘둘 말린 천 입구 아래로 들어가 모서리에 적힌 문장을 보았다. 글자들에 플래시를 비추고 고개를 양

옆으로 기울이며 지워진 자음과 모음을 유추했다.

　　원치 않는 방향으로

　　ㅜㅓ지면서

　　ㄹ아가ㄱ있다

　　첫 줄이 '원치 않는 방향으로'임은 확실했다. 그다음부터는 여러 갈림길이 나왔다. '부러지면서 날아가고 있다' '무너지면서 살아가겠다' '부서지면서 알아가고 있다' '구워지면서 알아가겠다' '우거지면서 살아가고 있다'……
　　"뭘 보고 있어?"
　　막은 플래시를 끄고 뒤돌아보았다. 조안이 텐트 입구를 향해 몸을 수그리고 있었다. 막은 모퉁이가 팽팽하게 고정되어 있는지 살피고 있었다고 대답했다.
　　"걱정하지 마." 조안이 말했다. "형들이 만날 그거 확인해. 균형 무너지면 안 된다며 얼마나 열심들인지."
　　조안은 위반장과 서조장 등 본인보다 나이가 많은 남자를 모두 형이라고 불렀다. 같은 호칭을 쓰는 명신에게 물어보았더니, 그들 세대의 습관이라고 말해주었다. 하지만 조안은 원래 이곳 사람이 아니잖아요? 그런 질문이 나오려는 것을 막은 얼른 참아냈다. 이곳 사람이 아닌 걸로 따지면 막이 첫번째였다.

수지는 토악질과 함께 이야기를 모두 털어놓은 날 뒤로 한 층 온화해졌다. 텐트에 찾아가면 반가워했고, 그들 사이에 아무 일도 없던 것처럼 굴었다. 다른 사람들 역시 마찬가지였다. 여전히 누구도 확성기와 피켓을 건네지 않았으나, 막이 돗자리나 목욕 의자에 앉아 있으면 곁으로 다가와 이런저런 이야기를 들려주었다.

수지는 얼마 전 곽반장이 찡그린 얼굴을 한 채 찾아왔었다고 했다. 왜인지 평일 한낮에 방문했더랬다. 그는 텐트 안팎을 살피며 한참 한탄했다. 이 뙤약볕에 무슨 고생이냐고, 내가 몇 번이나 조심하라고 하지 않았느냐며, 약올리는 건지 아닌지 모를 말들을 쏟아냈다. 짙게 칠한 눈썹을 찡그리고 입술을 연신 비죽였더랬다.

"그러고서 뻥튀기랑 모카빵이랑 주고 가더라? 웃기지."

수지는 텐트 입구에 간식거리를 휙 던지던 곽반장을 흉내내며 웃었다. 공장 바깥에서의 곽반장은 유난히 조그마해 보이더라는 이야기도 했다.

수지가 간식을 던지는 시늉을 한 자리에는 절반쯤 남은 하트 모양 뻥튀기와 빵 봉투가 포개어져 있었다. 그 뒤로 벽돌처럼 쌓인 두툼한 책들이 보였다. 막의 시선을 알아챈 수지가 책등을 툭 쳤다. 얼핏 엇비슷한 글자들이 눈에 띄었다. 공인노무사 객관식 문제집, 공인노무사 스마트 노동법, 공인노무사 노동법……

"누구 거예요?"

"내 거야."

"공장이랑 싸우려고 공부하는 거예요?"

"응. 그리고 시험도 쳐보게."

수지는 기지개를 켰다. 여전히 웃고 있었지만, 긴장한 듯 뻣뻣한 몸짓이 눈에 띄었다.

"옷가게 차리려던 거 아니었어요?"

"둘 다 할 수도 있지, 뭐."

막이 자신이 던진 질문을 후회하는 사이, 수지는 말을 이었다. 그간 중앙노동위원회에서 진행할 재심을 준비하면서 만난 노무사들과 여러 차례 긴 대화를 주고받았다고 했다. 법률 용어를 척척 말하는 모습도 인상적이었지만, 그보다 더 깊이 수지를 파고든 건 그들 목소리에 밴 확신이었다. "걱정할 필요 없어." 그들은 말했다. "우리 함께 잘 준비하면 돼요. 이기는 싸움이니까, 지치지 말고 끝까지 갑시다." 그런 말을 직접 하면 기분이 참 좋을 것 같았다고, 수지는 말했다.

막은 고개를 주억였다. 그런 마음이라면 잘 알았다. 제 안에 있는 마음처럼 매만질 수 있었다. 공장에 취직하고 텐트와 현수막 사이에서 휩쓸리다보니 자주 잊었지만, 막은 여전히 오렌지색 셔츠를 입은 남자가 건넨 말을 하는 사람이 되고 싶었다. 너는 괜찮아. 금방 낫겠어…… 그것은 눈앞의 상처가 언제 사라질 것인지 명확히 아는 사람만이 할 수 있는 말이었다.

수지가 말했다.

"그래서 한번 공부해보고 있었어. 안 될 것 없잖아."

막은 큰 소리로 동조했다. "그럼요." 책더미를 뒤적이며 과장되게 감탄하기도 했다. "놀리지 마." 수지가 막의 어깨를 밀쳤다. 나중에는 그 어깨에 기대어 기출문제가 얼마나 어렵고 용어들을 외느라 어찌나 골이 아픈지 떠들었다.

"언니, 그러면……"

수지와 눈을 맞춘 뒤에도 막은 우물쭈물했다. 그는 묻고 싶었다. 여전히 공장에 벼락이 내려치길 바라나요? 지금도 영준 오빠가 밉지요? 그러나 두 질문 모두 입 밖으로 내기엔 어딘지 이상한 것으로 여겨졌다.

저녁의 돌담길에서 내보인 수지의 얼굴과 그가 한 말은 모두 수지의 제일 안쪽, 평소라면 여러 겹의 계단과 문으로 봉해둔 안쪽 바닥에서 나온 것이었다. 막은 잘 알고 있었다. 술기운에 출렁인 바닥에서 어쩌다 새어 나온 비밀을 밝은 오후에 꺼내서는 안 됐다. 무엇보다 수지가 무슨 미래를 바라는지 말하고 있는 지금이라면 더더욱.

막은 또다른 사실도 잘 알고 있었다. 당장 제일 중요한 건 수지의 의사가 아니었다. 수지에게 수지만의 일이 있듯이 막

에게도 자신만의 일이 있었다. 정전은 막이 책임지는, 그만의
일이었다. 막은 은단을 불렀고 그가 지닌 비밀을 쓰게 해달라
청했다. 모든 게 자신의 선택이고 또 결정이었다. 무언가를 택
하고 정하는 순간마다 막은 자신이 무얼 원하는지 되새겼다.

공장에 내려앉은 어둠.

겁에 질린 사람들의 얼굴.

끝내 완성되지 못할 캡슐들.

막은 수지를 붙들고 흔들며 소리쳤다. 응원한다고, 그가 시
험에 합격하면 그간 모은 돈으로 맛있는 것을 사주겠다고도.

"왜 이렇게 갑자기 신났어?"

수지의 물음에 막은 씩 웃으며 그의 팔을 꽉 쥐었다. 동시에
텐트 모퉁이의 글귀를 다시 되새겼다. 원치 않는 방향으로 구
겨지면서 살아가겠다. 누가 언제 썼는지 모를 그 문구, 막은
그 글자들로부터 완전한 반대쪽을 향해 나아갈 것이었다. 그
는 자신이 원하는 방향으로 가고 있었다.

6

몇 번의 연결음이 지나고 영준은 전화를 받았다. 예상과 달
리 평소와 똑같은 목소리였다. "막내 아니야?" 은근슬쩍 묻어

나는 장난스러운 어조도 그대로였다.

막이 공장 근처에서 만나자는 제안을 한 뒤에야 영준의 어조는 좀 흐트러졌다. "같이 밥 먹고 싶어요." 그 말에는 적잖이 당황한 듯싶었다. 혹 유령 상가에 있는 이상한 식당을 아느냐고, 그곳에 다시 가보고 싶은데 동행해달라는 말까지 꺼내자 영준은 허, 소리를 내며 웃었다. 막의 제안이 너무 엉성해서인지, 아니면 그저 황당해서인지는 알 수 없었다.

"그럼 나 퇴근할 때 와. 밥 사줄게."

막이 전화를 끊기 전에 영준이 한마디 더 덧붙였다.

"근황도 좀 알자."

막은 누구의 근황이 궁금한 것인지 물으려다가 관두었다. 어차피 직접 대면하면 원치 않는 것들까지 한가득 알게 될 터였다.

적막한 돌담길에 마주앉았던 저녁, 수지는 술기운에 뭉개진 발음으로 말했다. 컨테이너의 테이블에 함께 앉았던 영준이 평소 메는 가방에 녹색 끈과 사원증, 설비팀 직원용 열쇠고리 등을 보란듯이 주렁주렁 매달고 있었다고.

막은 그 가방이 무엇이며, 어느 쪽 어깨끈에 물건들을 매달았을지도 알고 있었다. 수지와 영준과 매주 감자튀김 그리고 분홍 소시지를 먹던 시절, 매번 그들의 가방끈에 매달린 사원증을 훔쳐보곤 했으니까.

그 모두를 훔칠 필요는 없었다. 개중 하나만 빼돌리면 그만이었다. 그것은 송곳과 똑 닮은 모양의 열쇠였다. 그 열쇠로는 공장 본사에도, 공장의 위아래 층이나 창고에도 들어갈 수 없었지만, 그 맞은편 회색 컨테이너에 걸린 맹꽁이자물쇠는 열 수 있었다.

그 열쇠를 알아볼 수 있을까? 가능할 것이다. 이제는 아주 오래전처럼 느껴지는 공장생활의 첫날, 매니저가 주머니에서 꺼낸 괴상한 모양의 열쇠는 지금도 분명하게 기억에 남아 있었다. 그 열쇠만 있다면 탈취제 냄새가 짙게 풍기는 컨테이너 안쪽으로 들어갈 수 있을 테고, 일인용 책상의 첫째 칸에 있는 마스터 카드도 꺼낼 수 있을 것이다. 이제 막은 첫째 서랍 속 카드에 적힌 '마스터'가 무얼 뜻하는지 정확히 알았다. 적어도 그 의미를 제대로 알 수 있을 정도로는 공장에 붙어 있었다.

그들은 금요일 저녁에 만났다. 서울에서 경기도로 가는 광역 버스는 텅 비어 있었다. 해가 지는 시간에 공장으로 향하는 일은 처음이었다. 다소 낯선 채도의 저물녘 아래로 익숙한 도로와 비닐하우스, 갖가지 건물의 그림자가 스쳐지나갔다. 막은 명치 아래를 문질렀다.

영준은 통근버스 정거장에서 한 블록 떨어진 자리에 서 있었다. 유령 상가 정문 앞이었다. 막을 본 영준이 양손을 머리 위로 흔들었다. 머리를 좀 다듬었고 체중도 준 듯싶었지만 크게 달라진 모습은 아니었다. 몇 달 사이에 한 시절을 건너뛴 것처럼 보이는 수지에 비하면 더욱 그대로인 양 보였다.

"잘 지냈어?"

"전혀요. 오빠는요?"

영준이 웃었다. 그가 살짝 짧아진 머리카락을 매만지다가 말했다.

"나도 잘 못 지냈어."

그들은 나란히 몸을 돌려 상가 안으로 들어갔다. 막은 몇 번이나 영준의 오른 어깨에 매달린 가방을 곁눈질했다. 버스를 타고 오는 내내 영준의 가방 또는 습관이 바뀌었을까 걱정했다. 다행이다, 쓸데없는 걱정이었어, 생각하며 막은 영준의 오른편에 섰다. 어깨끈에 매달린 초록색 끈과 사원증 모두 그대로였다. 수지가 말한 대로 설비팀 직원들만 쓰는 놋쇠 카라비너와 각종 열쇠 역시 달려 있었다. 몇 발짝 앞선 영준이 상가 계단을 올라갈 때, 막은 카라비너 가장자리에 매달린 송곳 모양 열쇠를 발견했다.

"뭐해? 들어와."

영준이 식당 문을 열고 고갯짓했다. 막은 재빨리 문턱을 넘어갔다. 여전히 머리 한구석은 영준의 가방에 사로잡혀 있었으나, 식당에 발을 디디자 시야가 좀 트였다.

약 두 계절 만의 방문이었다. 식당의 전등 빛은 여전히 노르스름했다. 철 지난 드라마 주제가를 피아노로 연주하는 배경음악도 그대로였다. 영준이 물었다.

"뭐 먹을래?"

"오늘의 백반이요."

계산대의 노인이 다가와 두 사람의 얼굴을 살폈다. 막은 그가 자신을 기억하는지 궁금했다. 노인의 눈꺼풀은 축 늘어졌고 동공도 희뿌옜다. 그럼에도 날랜 손놀림으로 메뉴를 적더니 주방으로 사라졌다. 막은 닫힌 문을 보며 궁금해했다. 노인은 어떤 시간을 통과해 이 식당에 왔는지, 왜 유령이라는 별명까지 붙은 상가에서도 끝내 자리를 지키고 있는지. 물론 그것은 막이 제대로 알 수 없는 일이었다. 눈앞에 앉은 영준의 마음을 짐작할 수 없듯이.

노인이 주방으로 떠나자 텅 빈 식당 홀에는 다시 두 사람만 남았다.

막은 영준이 지난번 수지와 똑같은 자리에 앉았음을 깨달았다. 오른편 창유리로 차도와 그 너머의 논밭, 텅 빈 건물들과 흐릿한 은색 비닐하우스가 도면처럼 펼쳐졌다. 지난번 방문에서도 보았던 풍경이지만, 겨울을 통과한 장소들은 사뭇 달라져 있었다. 사람과 마찬가지로 어딘가 노쇠한 기운도 풍기는 것 같았다. 막은 어스름에 절반 젖은 풍경을 손끝으로 두드렸다.

"그래서……"

영준도 테이블을 손끝으로 두드리며 물었다.

"요즘 뭐하고 지내?"

막은 건성으로 답했다. 눈으로는 차차 밤에 삼켜지는 땅과 건물들을 응시했다. 지난번 이곳에 왔을 때, 창밖으로 보이는 땅 곳곳은 얼어 있었다. 응달에는 채 녹지 않은 눈이 가로등 빛을 받아 붉게 반짝였다. 수지는 얇은 회색 재킷 차림이었고, 막은 라히루를 향한 마음을 주렁주렁 매달고 다녔다. 파우더 주간이 끝나 공장 곳곳에서는 달고 부드러운 냄새가 풍겼다. 그즈음부터 수지와 영준은 말을 주고받지 않았다. 막은 퇴근 버스에서 종종 무릎 사이에 코를 박고 대상 없는 저주와 욕설을 반복하곤 했다…… 그 모든 것과 상관없이 좋은 시절이었다.

막은 지평선 부근에서 조금씩 사그라지는 빛을 보며 그 사실을 깨달았다. 누가 뭐라 해도 호시절이었다. 당시에는 모두가 공장에 있었다. 라히루는 손끝을 다치지도, 혼합실 안에서 누구도 듣지 못할 소리를 지르지도, 쫓겨나듯 한국을 떠나지도 않았다. 그때 그들은 모두 미래의 여러 갈래를 양손 가득 쥐고 있었다.

눈을 감자 석양의 빛이 망막에 새겨진 양 어른거렸다. 그는 서서히 흐릿해지는 붉은빛을 마주하며 생각했다. 만일 그 시절로 돌아갈 수 있다면, 아무런 망설임 없이 걸음을 내디딜 것이다. 그러나 막에게는 시간을 되돌리는 초능력도, 그런 능력을 지닌 누군가도 없었다. 그가 아는 유일한 초능력자가 지닌 힘은 전혀 다른 것이었다. 막이 오늘 온 이유도 바로 그것 때문이었다.

"오빠, 술도 시켜도 되나요?"

막의 질문에 영준이 눈을 끔뻑이다가 답했다.

"그럼, 먹고 싶은 거 다 시켜."

이 인분 그릇에 담긴 스파게티며 돈가스가 줄줄이 나왔다. 라벨에 먼지가 희부옇게 앉은 와인도 함께였다. 영준은 처음에는 술잔을 살짝 기울인 채 홀짝대기만 하다가, 어느 순간부터 마시는 속도를 높이기 시작했다. 둘 사이 침묵을 견딜 방법을 스스로 찾는 듯했고, 질문하기 위한 연료를 들이켜는 것도 같았다. 어느 쪽이든 막에게는 잘된 일이었다.

마침내 수지의 이름이 나왔을 때 막은 양 팔꿈치를 테이블 위에 올리고 몸을 기울였다. 이제부터 실수하지 말아야 했다. 그는 오늘 영준을 가능한 한 깊은 감정의 골로 밀어넣을 작정이었다. 그리하여 그가 담배를 피우러 나가든, 상가 복도 끝의 화장실에 가 홀로 앉아 있든, 잠시 마음을 추스리는 시간을 갖게끔 만들어야 했다. 수지와 이따금 다투던 시절의 영준이 종종 홀로 나가 시간을 보내고 왔을 때처럼.

막은 그의 잔에 한번 더 와인을 따랐다.

수지만큼은 아니었지만 막 역시 영준을 잘 알았다. 매번 아닌 체했지만, 영준은 걱정이 많은 사람이었다. 수지 역시 자주 말했다. "영준아, 걱정 좀 그만해! 넌 지나치게 생각해. 그래서 걱정도 배로 많은 거야."

덜 생각하려고 애썼기 때문에 영준은 지금 저곳에, 나는 이곳에 있는 걸까. 막은 영준이 썰어준 돈가스 조각을 하나하나 오래 씹으며 말했다.

"언니는 잘 지내요. 공부도 하고, 새 진로도 정했다 그러고."

"진로를 새로 정했다고?"

"네."

"뭔데?"

"직접 물어봐요."

"우리 연락 안 하는 거 알잖아."

막과 눈이 마주친 영준이 소리 없이 웃었다. 영준이 싸움을 피하려 할 때면 저런 미소를 짓는다는 사실도 막은 잘 알았다. 그들 셋이 퇴근 후 노상 포차며 호프집을 오가던 계절에 자주 보던 웃음이었다. 거나하게 취한 수지가 큰 목청으로 영준이 전에 한 말 따위를 따지기 시작하면, 그는 막을 흘낏 보며 저 미소를 지은 뒤 담배를 피우고 오겠다며 일어서곤 했다.

“영준 오빠.”

“응?”

“수지 언니한테 미안해요?”

이번에 영준은 웃지 않았다. 그는 숨을 크게 들이마셨고, 탄식 같은 소리와 함께 내쉬었다. “막아. 네가 모르는 게 많아.” 그게 무엇이냐 묻자, 영준은 고개를 저었다.

그 고갯짓이 막의 신경을 건드렸다. 지금 수지와 영준은 어떤 대화도 주고받지 않는 사이인데, 사실상 절연한 관계나 마찬가지임에도, 둘을 잇는 매듭은 침묵의 시간 속에서 더욱 견고하고 촘촘해진 것 같았다. 어쩌면 두 사람 간의 싸움이 그 매듭을 더 질기게 만들었는지도 몰랐다. 예나 지금이나 막은 그 사이에 낄 수 없었다.

“표정이 왜 이렇게 안 좋아.”

“좋을 수가 없잖아요.”

막은 영준이 앞접시에 덜어준 스파게티 면을 입안 가득 넣고 씹었다. 목구멍에서 울컥울컥 치솟는 감정을 눌러야 했다. 술기운이 돌면 언제나 눈부터 빨개지는 영준이 맞은편에서 그를 보고 있었다. 막은 입에 든 덩어리를 통째로 삼켰다. 크기가 작지 않은 알약을 삼킬 때처럼, 음식은 통증과 함께 넘어갔다.

“오빠, 제가 아까 수지 언니가 잘 지낸다고 했잖아요.”

“어.”

“언니는 잘 지내기도 하지만 못 지내기도 해요.”

“왜 못 지내는데?”

“저야 모르죠. 저는 모르는 게 많잖아요.”

막은 휴지로 입술을 세게 문질렀다. 영준이 새 휴지를 건네며 말했다. “네가 우리 사이에서 고생이 많지……” 막이 아랫입술을 깨물자 영준은 웃음을 터뜨렸다. 이번에는 코맹맹이 소리까지 내어가며 웃었다.

“표정 살벌하다, 야.”

그건 싸움을 슬쩍 흘려보내려는 웃음이 아니었다. 차라리 막이 입안의 덩어리를 억지로 삼키는 행위에 더 가까웠다. 영준이 양손으로 눈을 비볐다. 몇 분 새 훌쩍 나이를 먹은 듯한 얼굴이 비로소 수지와 닮아 보였다.

“나 담배 좀 피우고 올게. 편하게 울어.”

“안 울어요.”

“알겠어.”

영준은 손도 대지 않은 접시를 남겨두고 나갔다. 막은 또다시 입술을 문지르고 코를 풀었다. 그 일에 열중하느라 영준이 가방을 놓고 갔다는 사실조차 잊을 뻔했다.

가방에 생각이 미치자, 눈앞이 갑자기 선명해졌다. 손에 닿는 사물들은 돌연 서늘하게 느껴졌다. 끈적끈적한 탁자나 토마토소스가 묻은 휴짓조각 모두 얼음처럼 차가워졌다.

막은 창문에 코를 붙였다. 상가 정문 앞에 선 영준의 뒤통수가 내려다보였다. 그의 입가에서 창유리 먼지와 비슷한 색깔의 담배 연기가 피어올랐다. 막은 잠시 그 연기를 지켜보았다.

영준은 상냥한 사람이지. 막은 그 사실도 잘 알고 있었다. 그가 싸움을 피하고 싶어하며 늘 걱정거리를 달고 다니는 사람임을 아는 것처럼. 그런데 왜 그동안, 영준이 상냥하다는 사실만은 완전히 잊고 있었을까? 지난 몇 주간 막의 머릿속을 오가던 영준은 소인배에 겁쟁이였다. 남들 코앞에서 열쇠들을 흔드는 주제에 수지의 눈은 제대로 보지도 못하는 비겁자였다. 실제의 영준을 만나고 나자 상상 속 영준은 담배 연기처럼 없어졌다. 그 사라짐이 막을 불편하게 했다.

그래도 할 건 해야 해.

막은 텅 빈 식당을 둘러보았다. 주방 문은 여전히 닫혀 있었다. 막은 몸을 굽히고 테이블 아래로 들어가 건너편 소파에 다가갔다. 아무것도 하지 않았는데 벌써 손바닥이 땀으로 축축했다. 막은 젖은 손으로 가방을 당겼다. 어깨끈의 카라비너를 풀고, 쩔그렁쩔그렁 맞부딪치는 열쇠 중 하나를 꺼냈다.

송곳 모양의 열쇠를 손에 쥔 막이 속삭였다. "괜찮아. 거의 다 왔어."

막은 열쇠를 주머니에 넣었다. 다시 테이블 아래를 지나가 자리에 앉은 뒤에도 손은 계속 떨렸다. 막은 양손을 엉덩이 아

194

래에 넣고 세게 눌렀다. 몇 분이 지나 돌아온 영준이 물었다.

"왜 그렇게 벌받는 자세로 앉아 있어?"

막은 대답하지 않았다. 영준은 도로 자리에 앉아 돈가스를 썰고 스파게티를 건넸다.

"그만 줘요."

그렇게 말하면서도 막은 꼬박꼬박 그가 주는 음식을 받아먹었다. 정거장까지 데려다주겠다며 영준이 일어설 때도 "괜찮아요" 한마디했을 뿐, 크게 거절하지는 않았다. 그에게 그렇게까지 매몰차게 굴어서는 안 될 것 같았다.

영준은 오른 어깨에 가방을 멨다. 송곳 모양 열쇠가 사라진 카라비너가 쩔렁거렸다. 영준은 두 사람의 밥값을 모두 계산했고, 먼지 낀 유리문을 열어주었다.

"먼저 나가."

그들은 나란히 상가를 나왔다. 대로변을 따라 걷다가 길을 건넜다. 움직이는 내내 영준의 어깨에 매달린 열쇠들이 울부짖듯 쩔렁거렸다. 처음 만났을 때는 왜 저 소리를 듣지 못했나, 의아할 지경이었다.

송곳 또는 꼬챙이와 똑 닮은 모양의 열쇠는 막의 바지 주머니에 들어 있었다. 걸을 때마다 뾰족한 끄트머리가 막의 허벅지를 찔렀다. 열쇠 끝이 얼마나 날카롭던지, 나중에는 허벅다리 전체가 욱신거렸다.

"막아."

막이 이제 됐다고, 그만 데려다줘도 된다고 말하려던 순간에 영준이 입을 열었다. 그는 가로등 바로 아래 서 있었다. 빛에 얼굴이 가려져 표정이 잘 보이지 않았다. 굽잇길 저 너머에서 버스가 달려오고 있었다. 어둠 속 전조등 불빛이 야행성동물의 눈처럼 번뜩거렸다. 영준이 말했다.

"난 네가 건강하게 잘 지내면 좋겠어."

"네, 오빠도요."

"진짜야."

무어라 답해야 하나 머뭇대는 사이, 영준이 다시 말했다.

"오늘 너랑 봐서 무척 반갑고 좋았어."

버스가 정거장 앞에 섰다. 영준이 옆으로 비켜섰다. 막은 버스에 올라타 창가 자리에 앉았다. 여전히 같은 자리에 서 있는 영준을 바라보았으나, 이번에는 창유리에서 번지는 빛 탓에 끝내 영준의 표정을 제대로 확인하지 못했다. 가로등과 전조등 불빛을 정면으로 여러 차례 마주했더니, 눈이 침침하기도 했다.

버스가 출발했다. 차창 밖 영준이 저 뒤편으로 멀어져갔다. 막은 의자 등받이를 젖히고 눈을 감았다. 허벅지가 한층 세차게 욱신거렸다. 주머니 속 열쇠가 아직도 막을 찌르고 있었다. 막은 열쇠를 꺼내려다가 그만두었다. 그대로 두기로 했다.

3 부   정 전

1

여름과 가을 사이의 어느 금요일 밤, 막과 은단은 막의 집 앞 소공원에서 만났다.

호우주의보가 발효된 날이었다. 문을 나서기 전부터 세찬 빗소리가 귀청을 두드렸다. 막은 우비를 챙기고 우산도 가방 안에 넣었다.

그 외에 가방에 든 것은 다음과 같았다.

송곳을 닮은 뾰족한 열쇠, 공장의 도면을 얼기설기 그린 노트, 헤드램프 두 개, 비상용 손전등 두 개, 손목시계, 어머니에게 빌린 디지털카메라, 그리고 파우더가 든 지퍼백.

휴대전화는 챙기지 않았다. 아주 만약, 혹여라도 누군가 정전의 원인으로 막을 의심한다면 휴대전화 먼저 추적할 게 분명했다. 막의 휴대전화는 금요일 밤 내내 그의 침대맡에 잠들어 있을 예정이었다. 은단에게도 GPS 추적이 가능한 전자기기는 모두 집에 두고 오라고 일러두었다.

"어디 가? 비도 많이 오는데."

잠잘 준비를 갓 마친 어머니가 방문 너머로 고개를 내밀었다. 거실 소파에 앉은 아버지도 비슷한 질문을 하려는 얼굴이었다. 막은 말했다.

"술 약속이에요."

두 사람의 표정에 질타의 기미가 떠오르려는 순간, 막은 재빨리 덧붙였다.

"오랜만에, 대학 동기들이랑요. 복학 전에 이것저것 알아두게요."

어머니와 아버지 사이에 몇 번의 눈길이 오갔다. "늦지 않게 들어와." 마침내 아버지가 말했고, 막은 그러겠다고 답했다. 지금 누구보다 늦지 않게 들어오길 바라는 건 자신이라고도 덧붙이고 싶었다. 내일 새벽에야 들어올 막을 향한 두 사람의 호통이 벌써 귀에 들리는 듯싶었지만, 그건 지금 신경쓸 문제가 아니었다.

"다녀올게요."

막은 장화를 신었다. 등뒤에서 어머니가 한밤중 술자리에 관한 걱정을 늘어놓기 시작한 참이었다. 막은 서둘러 현관문을 나섰다.

은단은 정자 아래 서 있었다. 막과 같은 우비 차림이었다. 뒤통수를 젖히고 정자의 지붕 처마를 타고 떨어지는 빗방울을 보고 있었다. 막은 눈을 감았다가 몇 초 후에 다시 떴다. 은단의 뒤통수와 등은 여전히 거기 있었다.

"진짜 믿기지가 않네."

막은 그 자신에게만 들림직한 소리로 속삭였다.

이제부터 그는 공장에 돌아갈 것이다. 라히루가 아닌, 수지와 영준도 아닌, 노동조합의 누구도 아닌 은단과 함께. 심지어 일하기 위해 가는 것도 아니었다. 일을 멈추기 위해 가는 것이었다.

"휴대전화는 두고 왔어?"

은단이 뒤돌아섰다. 그는 평소처럼 허둥대는 모습 없이 대답했다. 휴대전화는 물론 GPS 추적이 될 만한 모든 전자기기, 그러니까 그 자신의 힘으로 꺼뜨릴 수 있는 모든 기계는 전부 집에 남겨두었다고. 막이 고개를 끄덕였다.

"택시 타러 가자. 이 앞 사거리에서 잡을 거야."

그들은 소공원을 뒤로하고 골목길로 접어들었다. 굵은 빗방울이 지면을 두드리는 중에도 등뒤의 발소리가 또렷하게 들렸다. 들린다기보다는 거슬린다는 표현이 더 정확할지도 몰랐다. 슬며시 돌아보자 은단이 신은 장화가 눈에 들어왔다. 얼마 전 막이 주문해 건넨 신발로, 정강이까지 오는 남색 장화였다. 공장에서 신는 신발과 똑같은 생김새였다.

사거리에 접어들었을 때 은단이 그의 옆으로 다가와 말했다.

"우비 잘 어울린다."

막은 듣지 못한 척 정면을 보았다. 빗소리가 좋은 핑계가 되어주었다. 다행히 은단은 말을 반복하지 않았다. 애초 그런 말을 두 번씩이나 할 용기도 없으리라.

택시를 잡는 사이 빗줄기는 더 굵어졌다. 지면을 내리치는 소리에 귀청이 따가울 정도였다. 막은 양손으로 귀를 막았다. 은단이 도로 위를 달리는 젖은 전조등 불빛들을 향해 양손을 흔들었다. 귀를 먹먹하게 하는 소리와 흐릿한 시야 속에서 또다시 이전의 질문이 솟아났다.

왜 라히루가 아니라 너일까?

그 순간, 머릿속에서 울리는 라히루의 이름이 전보다 희미해졌다는 사실에 막은 깜짝 놀랐다. 예전에는 라히루의 이름만 떠올려도 당장 만질 수 있을 듯 선명한 얼굴이 나타났는데, 지금은 오래된 필름처럼 희미한 인영만 어른거렸다. 두 귀를 힘껏 누르며 라히루의 얼굴을 하나하나 되짚어도 마찬가지였

202

다. 이제는 막의 보온병을 훔치거나 달걀말이에 일가견이 있는 남자애 대신, 밀크 파우더와 핏자국에 휘감긴 A씨 쪽이 더 생생하게 그려졌다. 흔적조차 제대로 보지 못한 라히루의 사고를 너무 자주, 또 열렬히 상상한 탓에 실제의 기억이 조금씩 밀려난 것 같았다.

마침내 택시 한 대가 그들 앞에 멈춰 섰다. 은단이 뒷문을 열고 막을 향해 손짓했다. 막 옆에 앉은 그가 속삭였다.

"택시 블랙박스 방금 껐어."

막은 흠뻑 젖은 우비를 벗어 옆구리에 꼈다. 안전띠를 차고서 눈을 감았다. 머릿속에서 여전히 불안정하게 흔들리는 라히루의 윤곽에게 말을 걸었다. 난 진짜 너를 알아. 너는 기사에 음울한 색으로만 적혀 있던 A씨와는 달라. 너는 튼튼하고 반짝이는 사람이지. 비극의 그림자가 쉽게 삼킬 수 없을 만큼 근사해.

막은 차근차근, 오래도록 손안에 쥐고 있던 순간들을 펼쳐 보았다. 말장난을 만들 때면 천연덕스럽게 웃고, 서로의 물건들을 공장 구석구석에 번갈아 숨기던, 막과 함께 캡슐들을 훔치고 입에 털어넣는 시늉을 하던 남자애. 그만이 갖고 있던 표정과 몸짓과 목소리. 라히루는 결코 처절한 사연으로만 빚어져 있는 그런 사람이 아니었다……

막은 눈을 떴다. 택시 차창 위로 빗방울이 터지고 흐르기를 거듭했다. 번진 물방울 안에서 서울의 건물과 그 안의 불빛들이 점점이 번졌다. 막은 다시 정면을 보았다. 앞유리로 서울을 벗어나는 도로가 보였다. 도로 너머에 목적지가 있었다. 그들은 오늘 공장을 꺼뜨릴 것이다.

택시에서 내렸을 때 시간은 막 자정을 넘겨 있었다. 두 사람은 잠시 도로변에 서서 숨을 골랐다. 서울에서보다 한층 거세진 바람이 빗방울을 횡으로 날려보냈다. 물속에 잠긴 것처럼 눈앞이 잘 보이지 않았다.

두 사람은 다시 우비를 입었다. 앞으로 돌려 멘 가방에서 헤드램프를 꺼내어 썼다. 파란색 위생 장갑도 꼈다. 램프 스위치를 누르자 발 앞으로 길고 가느다란 광선 두 개가 생겨났다. 문틈으로 스며드는 빛 같은 모양이었다. 그 안에서도 수많은 빗방울이 흩날렸다.

"저 건물 뒤로 돌아서 갈 거야."

막이 삼백 미터가량 떨어진 유령 상가를 가리켰다. 은단이 고개를 주억이자 우비 모자챙 아래로 물방울이 뚝뚝 떨어졌다. 그들은 가슴팍에 턱을 묻고 걸었다. 노면의 웅덩이를 밟을 때마다 철퍽철퍽 소리가 났다.

상가 뒤편으로 펼쳐진 땅의 몰골은 예상보다 처참했다. 몇 시간 동안 비바람을 맞았는지 공터 전체가 개펄처럼 변해 있었다. 한 걸음 내딛자 젖은 진흙탕이 발을 쑥 끌어당겼다. 막과 은단은 비틀거리고 어정대며 앞으로 나아갔다. 빗줄기 사이로 철조망과 앙상한 나무, 공장 뒷벽과 오렌지색 문이 보일 때까지 걸었다.

마침내 공장의 벽과 마주한 막이 헤드램프를 껐다. 은단도 램프 스위치를 눌렀다. 그들은 캄캄한 어둠을 눌러쓴 채 공장 후문을 주시했다. 은단이 질문했다.

"저기에서부터 정전시키면 될까?"

"응. 우선은 감시카메라만 꺼줘."

은단이 눈을 비볐다. 빗줄기에 시야가 흐트러져 감시카메라가 잘 보이지 않는다고 했다. 그가 양손으로 눈썹 위를 가렸다. 몇 초가 지난 다음 입을 열었다.

"됐다, 껐어."

"정말로 껐어?"

"감시카메라만 껐어."

막은 비바람에 흠씬 젖은 은단의 얼굴과 공장 후문을 번갈아 보았다. 부옇게 번진 가로등 불빛도, 오렌지색 후문과 빗발에 짙어진 회색 벽도 전부 그대로였다. 문 위에 달린 감시카메라가 흐릿하게 보였으나 이 정도 거리에서 기기의 전원이 나갔는지 아닌지까지는 알 수 없었다.

"막아, 걱정돼?"

막은 잠시 망설이다가 답했다.

"응, 조금."

은단이 웃었다. 스스로의 힘에 대해 말할 때마다 그는 매번 늘 비슷한 형태의 미소를 지었다. "저길 좀 봐." 그가 속삭거리며 도로 저편을 가리켰다. 가로등 불빛 몇 개가 눈이 감기듯 꺼졌다. 은단이 말했다.

"알겠지? 걱정하지 않아도 돼."

그들은 다시 걸었다. 철벅거리고 첨벙대며 철조망 바로 앞까지 갔다. 이제 흠뻑 젖은 나무와 공장 뒷벽, 그 위편에 매달린 감시카메라 모두 자세히 뜯어볼 수 있었다. 평소였다면 녹색 불이 들어와 있을 렌즈 안쪽이 컴컴했다. 막은 벽에 붙은 출입용 감지기를 흘끗 보고 말했다.

"일단…… 컨테이너 먼저 들르자."

막이 철조망 가운데에 달린 문손잡이를 당겼다. 문은 여전히 잠겨 있지 않았고, 옅은 신음 같은 쇳소리를 내며 열렸다. 그들은 매우 조그만 잎사귀를 틔운 나무를 지나쳐 후문 가까이 갔다. 비상 센서등 불빛이 깜빡 켜졌다. 두 사람은 불빛을 등지고 공장 외벽을 따라 걸었다.

모퉁이를 돌기 직전 막은 우뚝 멈춰 섰다. 납품용 트럭 몇 대가 창고 앞에 서 있었다. 운전석과 조수석은 텅 빈 채였다. 막은 모퉁이 밖으로 고개를 내밀고 공장의 앞뜰을 살폈다. 창고 셔터는 닫혔고, 컨테이너들은 적막 속에 놓여 있었다.

그들은 걸음을 재촉했다. 은단은 씨근덕대는 와중에도 어두운 숲에 들어선 사냥꾼처럼 자세를 낮추고 주위를 두리번거렸다. 곧 그가 정문 옆 가로등과 건물 양옆의 감시카메라를 껐다고 알려왔다.

짙어진 어둠 속에서 회색 컨테이너 앞에 다다랐을 즈음에는 두 사람 모두 숨을 몰아쉬고 있었다. 막은 심장박동이 가라앉을 때까지 기다렸다. 얼마 후 열쇠를 꺼내 맹꽁이자물쇠에 넣었다. 뾰족한 일자 열쇠가 자물쇠 안쪽에서 회전하며 찰칵, 소리를 냈다. "됐어!" 막은 속삭이고 문손잡이를 돌렸다.

평소 매니저는 오후 다섯시에 퇴근했다. 일고여덟 시간 가까이 비어 있었을 컨테이너 내부는 무덥고 습했다. 막은 등뒤로 손을 뻗어 문을 닫았다. 몇 걸음 들어서자 익숙한 탈취제 냄새가 났다. 막은 다시 헤드램프를 켜고 사방을 비쳤다. 일인용 책상과 의자, 냉장고, 안쪽 벽에 붙은 종잇장들이 차례대로 드러났다. 층별 평면도와 설비 및 시시티브이 배치도 등이 누르스름하게 바랜 모습으로 붙어 있었다.

헤드램프의 불빛이 벽 위로 선명한 원을 그렸다. 막은 도면을 향해 다가갔다. 한 손으로는 가방에서 카메라를 꺼내들었다.

어머니에게 빌린 디지털카메라는 GPS 기능이 탑재되지 않은 구형이었다. 그렇더라도 피사체 가까이에서 제대로 플래시를 터뜨리면 나름대로 명확한 형태를 출력해냈다. 막은 오른쪽에서 왼쪽으로, 벽에 붙은 평면도와 배치도들을 한 장씩 촬영했다. 플래시가 터질 때마다 움츠러드는 어깨를 몇 번이고 다시 폈다. 어두컴컴한 방안에서 카메라의 플래시는 너무 환했고, 무언가를 발각하려는 듯 노골적인 소리를 내며 터졌다.

막은 촬영한 사진들을 한 장 한 장 넘겨보았다. 선과 글자가 제법 명확하게 찍혀 있었다. 몸을 돌리자 멀뚱히 선 은단이 눈에 띄었다. 명령을 입력하지 않으면 무엇도 하지 않는 기계 같았다. 막은 짜증을 내지 않기 위해 두어 차례 심호흡하고 물었다.

"컨테이너에 있는 전류도 다 끊어줄래?"

"응, 들어오자마자 껐어. 전등이랑 컴퓨터랑……"

"아, 그래."

막은 입을 다물고 고개를 끄덕였다. 잠시 후 그가 말했다.

"앞으로 정전을 시키면, 나한테도 말해줘. 나는…… 나는 아무것도 못 보니까."

"아, 응. 방해될까봐 말을 못했어. 미안해."

막은 답하지 않고 뒤돌아섰다. 정확히 어디라고 말하기 어려웠지만, 방금 자신이 한 말이 송곳 모양의 열쇠처럼 그의 몸 한구석을 찌른 느낌이 들었다.

그는 매니저의 책상 앞으로 갔다. 안쪽 서랍을 열자 뒤엉킨

고무줄이며 라벨지 등과 함께 하얀색 카드들이 나타났다. 가장 위쪽에 놓인 카드에 '마스터'라고 적힌 스티커가 붙어 있었다.

막은 손톱 끝으로 느릿느릿 스티커를 떼어냈다. 또 심장이 빠르게 뛰면서 손이 떨리기 시작했다. 책상 모서리에 손목을 대고 다른 손으로 세게 눌렀다. 통증이 지나가자 떨림이 멎었고, 손등 위에 선명한 자국이 남았다.

막은 마침내 떼어낸 스티커를 바로 아래 놓인 흰 카드에 붙였다. 처음의 마스터 카드는 우비 안쪽에 넣은 다음 뒤로 물러났다. 주머니에 넣은 카메라를 꺼내 전원을 켰다. "이걸 봐." 막은 은단에게 방금 찍은 사진들을 보여주었다. 그가 첫번째로 촬영한 평면도를 확대하며 말했다.

"이게 공장 도면이야."

"응."

"우리는 여기서 여기로 갈 거야."

막의 손끝이 벽에 붙은 도면들과 카메라 속 사진들을 번갈아 짚었다. 램프 빛이 닿는 곳마다 공장 내외부의 벽체와 출입구, 감시카메라, 조명과 통로 들이 드러났다. 은단은 몇 걸음 물러서 이마의 불빛으로 그들이 꺼뜨릴 기계와 그것들이 놓인 공간을 훑었다. 기계실, 혼합실, 칭량실, 포장실 그리고 선별실.

"그리고 여기가 최종 목적지야."

막은 평면도 가장 아랫부분에 그려진 사각형을 가리켰다. 전기실의 위치를 본 은단이 고개를 끄덕였다. "헷갈릴 때면 이걸 참고하면 돼." 막이 디지털카메라를 건넸다. 위생 장갑을 낀 손끝이 맞닿았을 때, 은단은 정전기라도 느낀 사람처럼 뒤로 펄쩍 물러났다. 막은 모른 척 가방을 챙겼다.

나갈 준비를 모두 마친 뒤, 은단은 창문 옆으로 갔다. 창고와 마주한 주차장과 그 너머의 정문까지 통틀어 볼 수 있는 창이었다. 은단은 창틀 옆에 비스듬히 서서 바깥을 내다보았다. 이제 슬슬 나가자고 재촉하려던 막은 입을 다물었다. 정확히 무슨 일인지는 몰랐으나, 은단이 무언가 시작했다는 사실은 알아챌 수 있었다.

몇 분이 지났고 은단의 몸에서 움직이는 것은 눈동자와 손가락뿐이었다. 창밖의 흐릿한 불빛이 좌우로 움직이는 눈동자를 비췄다. 그는 벽에 붙은 종이와 공장 외벽을 번갈아 보고 있었다. 허공으로 치켜든 오른 검지가 보이지 않는 버튼을 누르듯 바쁘게 움직였다.

유리창 뒤로 보이는 가로등과 정체 모를 녹색 표시등의 불빛이 하나하나 사라졌다. 이내 은단의 눈동자를 비추던 희미한 빛까지 모두 사라지고 컨테이너 안으로 짙은 어둠이 들어찼을 때, 막은 텅 빈 교실에서 은단이 보여주었던 비밀의 밀도를 곱씹었다.

은단은 눈을 비비며 막을 향해 돌아섰다. 공장 전면의 카메라와 보안 시스템까지 모두 끊어놓았다고 했다. 은단과 함께 컨테이너를 나오던 순간, 막은 참지 못하고 말했다.

"야, 너 대단하다."

은단이 얼굴을 붉혔다. 생전 처음 칭찬을 들은 아이처럼, 그의 표정이 잔뜩 우그러졌다.

후문으로 돌아가는 사이 바람은 한층 더 거세어졌다. 날쌘 빗방울이 그들의 코와 양뺨을 두드렸다. 막은 몸을 굽히고 가방에 넣어둔 지퍼백을 매만졌다. 잠시 후 그 뒤편에 끼워놓은 마스터 카드를 꺼냈다. 감지기에 카드를 가까이 대자 삑 소리와 함께 녹색 빛이 번쩍였다. 은단이 문을 열었다.

아주 천천히, 오 센티미터 정도의 문틈을 만든 그가 막을 쳐다보았다. 물품보관실에 있는 모든 카메라 또한 꺼뜨렸다고 했다.

막이 속삭였다. "잘했어."

은단의 얼굴이 다시 일그러졌다. 잠시 후 막은 그것이 일종의 웃음임을 깨달았다. 주제할 수 없는 기쁨에 눈과 입술, 뺨 곳곳이 무너진 듯 보였다.

후문을 닫자 고요한 어둠이 그들을 에워쌌다. "여기부터야." 막의 말에 은단은 고개를 주억였다. 암막을 두른 듯 컴컴한 안쪽에서 눅눅하고 묵은 냄새가 풍겨왔다. 물품보관실의 신발장이며 행거에 걸어둔 옷에서 나는 냄새였다. 사람들이 남긴 악취였고, 공장이 시작된다는 신호였다.

2

막은 우비를 벗어 가방에 넣었다. 헤드램프를 켠 은단이 막의 앞으로 나섰다. 어두컴컴한 물품보관실 안에서 전구를 매단 그의 머리만이 새하얗게 보였다.

"막아."

"왜?"

"여기서부터는 내가 앞장설게."

헤드램프의 불빛이 그 밑의 얼굴을 비췄다. 조도가 제법 높아 은단의 콧구멍이 팽팽해지고 입술이 부르르 떨리는 모양까지 선명하게 보였다. 장맛비에 흠뻑 젖긴 했으나, 은단은 어느 때보다 곧게 몸을 펴고 있었다. 더는 말을 더듬지 않았고, 목소리의 떨림도 멎은 채였다.

막이 옆으로 한 발짝 비켜섰다. 은단은 그를 지나쳐 복도로 통하는 문을 열었다. 문틈 새로 또다른 빛이 새어 들어올 무렵, 막은 자신이 입술을 세게 깨물고 있었음을 깨달았다. 힘을 빼자 턱이 욱신거렸다.

일층 분전함은 복도 양끝에 있었다. 은단은 문틈에 눈을 대고 한참 들여다보더니, 복도의 감시카메라들을 모조리 꺼뜨렸다고 말하고는 몇 발짝 더 나아갔다. 곧 문틈 뒤 복도가 어두컴컴해졌다.

"막아, 이제 나와도 돼."

막은 손목시계를 확인했다. 새벽 한시가 조금 넘어 있었다. 막의 기억이 맞다면, 야간반의 휴식시간은 새벽 두시부터 시작됐다. 그전에 모든 과정을 끝내야 했다.

그들은 깜깜한 복도를 지나 탈의실로 향했다. 이미 누군가가 불을 꺼둔 탈의실은 수족관 같은 푸른빛 속에 잠겨 있었다. 소독장 유리문 안쪽으로부터 새어 나온 불빛이었다. 막은 문을 열고 방진복을 두 벌 꺼냈다. 은단이 막이 건넨 옷을 살피다가 말했다.

"이거 나한테 작을 것 같은데."

"아닐 거야. 입어봐."

은단은 그 말에 따랐다. 가방을 내려놓고 바지통에 다리를 넣었다. 가랑이부터 목까지, 방진복의 단추를 모두 채운 그가 말했다.

"딱 맞네."

목소리에서 은근한 감격이 배어나왔다. 막은 그의 얼굴을 쳐다보지 않고 말했다.

"만약에라도 누굴 마주치면 아르바이트생인 척해. 하루만 일하고 관두는 애들 많으니까 의심하지 않을 거야."

그들은 장화를 닦고 벽에 매달린 종이 상자에서 머리망과 마스크를 꺼내어 썼다. 탈의실을 나서기 직전, 막은 마시멜로 맨의 몰골로 변한 은단을 위아래로 훑었다. 이유를 알 수 없었지만 공장 옷을 입은 은단을 보니 마음이 조금 편안해졌다. 처음 클린룸에 들어섰을 때처럼, 어떠한 안전의 영역에 발을 디딘 기분이 들었다. 막은 다시 한번 갑옷 같은 방진복을 입고 익숙한 장소에 서 있었다.

"이다음이 클린룸이지?"

은단이 디지털카메라를 꺼내 살피고 말했다.

"에어샤워부터 통과해야 돼."

"알겠어. 내가 먼저 나갈 테니까, 너는 천천히 따라와."

막이 느끼기에 그것은 엄연한 지시의 문장이었고, 책임자나 할 법한 말이었다. 또다시 시큼한 마음이 더럭 올라왔다. 막은 아니꼬운 기색을 드러내지 않기 위해 느릿느릿 물었다.

"괜찮겠어?"

"괜찮냐니?"

"조심하란 이야기야. 서둘렀다가 카메라에 잘못 찍히거나, 타이밍이라도 안 맞으면……"

"막아, 그런 건 정말 걱정 안 해도 돼."

214

마스크 위로 보이는 눈이 크게 휘어지며 웃었다. 공장 안으로 들어갈수록 은단의 낯은 더 밝아졌다. 움직이는 모양 역시 집에 돌아온 사람처럼 편안해 보였다.

"나는 한 번도 실수한 적이 없어. 이 일에 관해선 말이야."

은단은 카메라를 품에 넣고 탈의실을 나섰다. 새로 열린 문 틈으로 들어온 빛이 막의 눈을 찔렀다. 빛이 남긴 통증은 몇 초간 눈 안에 남아 있었다.

은단은 단언한 대로 실수 없이 또 신속하게 움직였다. 그들은 탈의실에서 클린룸으로 통하는 문을 먼저 잠갔다. 에어샤워를 끝내자마자 샤워장 문의 전력 개폐 장치를 꺼뜨렸다. 수동 장치와 비상문에도 자물쇠를 걸었다. 정전 이후 공장 사람들이 한동안 갇혀 있도록 하려면, 모든 출입구를 제대로 확인해야 했다.

은단은 문 옆의 감지기를 몇 초간 응시, 혹은 곁눈질했을 뿐이었다. 막은 그가 방금 열고 지나온 문을 몇 차례나 밀고 당겨보았다. 꿈쩍할 기미조차 보이지 않았다. 잠긴 그대로 얼어붙은 듯했다.

클린룸에 들어선 두 사람은 허리를 구부정하게 숙이고 복도를 지났다. 막은 살짝 고개를 틀어 왼편의 통유리창을 흘끗거렸다. 오래전 막이 '거미'라고 불렀던, 사방에 파이프 팔이 연결된 기계가 변함없는 모습으로 알약들을 만들어 보내고 있었다. 반투명한 주황색 관 안쪽에서 정제들이 위아래로 통통 튀며 옆방으로 넘어갔다. 보이지 않는 안쪽에서는 방진복 차림의 직원들이 기계가 내뱉는 약의 무게와 경도 등을 정리하고 있을 것이었다.

몇 분 뒤에는 그러한 움직임 모두가 멈출 터였다. 알약들은 파이프 아랫부분에 수북하게 쌓이고, 소음이 뚝 멈추며, 기계와 마주선 직원들 모두는 당황하며 닫힌 문을 두드리겠지.

일직선으로 이어지던 복도가 끝나자 갈림길이 나타났다. 막은 왼편으로 몸을 돌렸다가 흠칫하며 멈춰 섰다. 공장에 나오지 않은 지 석 달이 지났는데도 걸음이 자연스레 선별실을 향하고 있었다. 누군가 벽 앞에 세워둔 높직한 수레와 부딪힐 뻔하지 않았다면, 그대로 작업장까지 갔을지도 몰랐다.

막은 양손으로 뺨을 가볍게 내리치고 비상계단실 방향으로 돌아섰다. 등뒤에 선 은단이 막의 소맷자락을 붙잡았다. 고개를 들자 겁에 질려 홉뜬 두 눈이 보였다.

"저 앞에……"

은단이 입 모양으로 말했다. 비상계단실을 등진 누군가가 그들 쪽으로 걸어오고 있었다. 곁눈질로 본 탓에 얼굴도 제대로 확인하지 못했지만, 방진복 차림임은 확실했다. 막은 은단을 수레 뒤로 밀며 속삭였다.

"저 뒤에 서. 고개 숙이고 수레를 밀어."

막과 은단은 수레 뒤에 나란히 서서 손잡이를 잡았다. 힘을 주자 바퀴가 천천히 움직였다. 거의 이 미터 높이에 달하는 수레가 두 사람의 몸을 고스란히 가려주었다. 수레에 가득 실린 빈 트레이들이 위아래로 철커덩거렸다. 맞은편에서 걸어오던 사람과 스쳐간 순간, 막은 목을 깊이 숙여 인사했다. 옆에서 제 동작을 똑같이 흉내내는 은단이 보였다.

맞은편의 사람도 막과 은단을 향해 묵례했다. "안녕하세요" 말하고는 반대 방향으로 멀어졌다.

발소리가 아득해진 뒤에야 막은 고개를 돌렸다. 선별실과 포장실 라인으로 향하는 뒷모습이 조그맣게 보였다. 머리망을 쓴 뒤통수만으로는 누구인지 짐작조차 할 수 없었다. 인사하는 목소리는 여자의 것이었고, 낯선 음성이었다. 막은 길게 숨을 내쉬었다. 막이 저쪽을 모르니, 저쪽 또한 막을 모를 것이었다.

막과 은단은 계속해서 수레를 밀었다. 한때는 라히루가 일하는 이층에 들르고 싶어 몇 번이나 자원하여 끌던 수레였다. 금속 트레이들이 맞부딪치는 소리가 연신 복도를 울렸다. 그들은 엘리베이터 앞까지 수레를 옮긴 뒤 멈춰 섰다. 막은 쭈그려앉아 바퀴의 잠금장치를 채웠다.

은단의 낯은 아직도 새하얗게 질려 있었다. 여유만만한 미소는 삽시에 자취를 감췄고, 수레 기둥을 붙든 손은 옅게 떨렸다. 막은 웃음을 참았다. 거봐, 하고 외치고 싶었다. 네가 세상 누구도 갖지 못한 힘을 쓸 수 있어도, 아무도 할 수 없는 일을 해낼 수 있다 해도, 이 공장에 대해서는 내가 더 잘 알아. 여기까지 널 데려온 건 나야. 그건 내 몫이고 내 역할이야.

그렇게 이야기하는 대신, 막은 말했다.

"이제 창고로 가자."

비상계단실은 평소에도 어두컴컴하고 습한 장소였다. 오가는 사람도 많지 않았다. 공장 사람들은 층을 오르내리는 일에까지 몸을 쓰길 원치 않았다. 대개 엘리베이터를 이용했고, 서둘러 이동하는 휴식시간에만 우르르 계단에 쏟아져나왔다.

층계참의 비상등 불빛은 일 초도 되지 않아 꺼졌다. 막은 머리망 안에 숨긴 헤드램프를 켜 은단을 비췄다. 은단이 속삭였다.

"미안해."

"뭐가?"

"아까…… 너무 놀라서 굳었어."

막은 어깨를 으쓱이고 고개를 저었다. 겁에 질린 은단을 본 뒤로 그의 마음은 한풀 누그러져 있었다. 막은 괜찮다고, 이제 다 왔으니 그런 사소한 일 따윈 신경쓰지 말라고 이야기했다.

목표는 정말로 코앞에 있었다. 비상계단을 타고 창고로 내려가 지하실로 가는 데는 오 분도 걸리지 않았다. 창고는 늘 여러 사람이 오가는 장소였지만, 그 안에서 일하는 사람들은 매양 무엇을 옮기거나 정리하느라 바빴다. 아르바이트생인지 계약직인지 모를 애들이 보여도 별다른 신경을 쓰지 않을 것이었다.

그들은 난간을 꽉 쥔 채 계단을 내려갔다. 창고로 통하는 방화문 앞에 선 은단이 위편을 가리켰다.

"저 불도 끌까?"

문틀 위쪽에 녹색 비상등이 켜져 있었다. 도망치는 사람의 실루엣이 그려진 등이었다. 막은 내달리는 초록색 팔다리를 보다가 말했다.

"아니, 저건 그냥 놔두자."

방화문은 날카로운 쇳소리와 함께 열렸다. 오 미터 남짓한 길이의 복도가 이어지고, 두번째 방화문이 나타났다. 창고와 곧장 이어지는 문이었다. 문손잡이 옆에는 출입용 감지기가 달려 있었다.

막이 처음 공장에 발을 디딘 날 매니저는 그를 데리고 공장 내외부를 돌며 말했다. 정문은 본사의 직원들과 손님들이 이용하는 문이고 후문은 공장 직원들이 쓰는 문이라고. 창고 쪽의 개폐 셔터로는 외부인도 자주 오가므로 공장 내부와 이어지는 비상 출입구에도 감지기를 달아놓았다고.

지금의 막은 비상구에 잠금장치를 다는 일이 불법이라는 사실을 알고 있었다. 허나 지금의 상황에서는 그런 사실 따위는 아무래도 상관없었다. 앞으로 벌일 일을 생각하면 외려 반가워할 일이었다. 이 문을 잠그면 일층과 이층의 사람들이 비상계단을 통해 창고로 내려올 가능성을 미리 차단할 수 있었다. 그들은 계단실의 어둠 안에 갇혀, 겁에 질린 눈동자만 뒤룩뒤룩 굴릴 것이다.

막은 출입용 감지기에 마스터 카드를 갖다댔다. 초록색 전구가 반짝였다. 두번째 문은 별다른 소음 없이 열렸다. 막과 은단은 문틈에 눈을 가져다댔다.

한밤중 창고에 오는 일은 막에게도 처음이었다. 셔터가 닫힌 창고는 기억보다 좀 작았다. 천장에 매달린 레일 조명이 나란히 이어 선 선반 곳곳을 비추고 있었다. 그 사이로 목적지가 보였다. 팔레트와 상자들이 켜켜이 마주보고 쌓인 통로 한가운데, 지하로 내려가는 계단이 있었다.

은단은 바지 주머니에서 꺼낸 카메라를 켜고 한번 더 사진들을 훑었다. 그가 제 손에 들린 카메라와 문틈 너머의 창고를 번갈아 응시하고서 말했다.

"이제 안전해."

"확실해?"

"카메라는 다 끊었어. 들어가도 돼."

막은 잠영을 준비하듯 깊이 숨을 들이마셨다. 그들은 비상용 출입구를 빠져나왔고, 뒤돌아 문을 잠갔다. 감지기의 전력 장치도 전부 꺼뜨렸다. 양 주먹은 꽉 쥐고 턱은 가슴팍에 붙인 채 성큼성큼 걸었다. 랩으로 감싼 팔레트와 종이 상자들이 겹겹이 쌓인 선반 사이를 지나갔다.

막은 곁눈질로 종이 상자의 라벨지를 흘끔거렸다. 거기 적힌 이름 중 몇 개는 막이 잘 아는 것이었다. 지난겨울 그리고 올해 봄 동안 막이 끊임없이 만지고 뒤집으며 고르길 거듭한 약들이었다.

그들이 지나가는 선반 뒤편에서 지게차를 탄 직원 몇 사람이 새로운 팔레트를 들어올리고 있었다. 막은 몸을 더 깊이 숙였다. 이마와 겨드랑이, 등골에서 끈끈한 땀이 흘렀다. 살짝 열린 옷깃 안쪽에서 땀과 빗방울이 섞인 눅눅한 냄새가 올라왔다. 더는 그 냄새가 창피하지 않았다.

두 사람은 마침내 계단 앞에 섰다. 계단은 검은 페인트로 칠한 철제 난간에 둘러싸인 채, 지하로 향해 있었다. 뒤돌아서면 굳게 닫힌 개폐용 셔터가 바로 보였다. 셔터는 한낮이면 약을 납품하는 트럭들이 오갈 수 있게 열어두었지만, 당장은 벽처럼 닫힌 상태였다.

셔터 옆쪽 벽에는 녹색 버튼이 붙어 있었다. 평소에는 그 버튼을 이용해 셔터를 여닫았으나, 비상시에는 아래 달린 수동 개폐 장치를 사용할 수 있었다.

앞으로의 일이 계획대로 흘러간다면, 막과 은단은 정전을 시키고 십오 분 안에 저 셔터를 열어 밖으로 나갈 것이었다. 정전을 알아챈 공장 사람들이 반응하고 대처할 시간까지 계산해 세운 계획이었다. 공장에 갇힌 이들이 각자의 휴대전화로 신고하는 일까지 막을 수는 없겠지만, 가장 가까이 있는 소방서나 경찰서에서 출발하더라도 이십 분은 족히 걸릴 것이다. 소방차 또는 경찰차가 사이렌을 울리며 다가올 무렵에 막과 은단은 이미 멀리 떠났으리라.

막은 불 꺼진 방안에서 멈춘 기계와 함께 갇힌 사람들을 상상했다. 다들 겁에 질려 끙끙거리고 땀을 흘리겠지. 에어컨 바람도 사라진 열대야 속에서 더워 죽겠네, 어쩜 좋아, 하며 손부채질할 것이다. 그 모든 건 텐트의 사람들이 겪어온 일에 비하면 아무것도 아니었다.

지하실로 내려가기 직전에 막은 한번 더 사방을 살폈다. 여전히 선반 너머 여기저기서 끽끽거리며 팔레트를 옮기는 소리가 들려왔지만, 그들을 보는 눈길은 어디에도 없는 듯했다. 막은 발뒤꿈치를 들고 철제 계단을 내려갔다. 계단 역시 끅끅 소리를 내며 울었으나 귀에 거슬릴 정도는 아니었다.

지하의 어둠 속에 몸을 깊숙이 담갔을 때 막은 길고 긴 숨을 내쉬었다. 여전히 몸 절반은 굳어 있었다. 위를 올려다보면 철제 난간 너머에서 누군가가 고개를 내밀고 너 왜 여기 있어, 소리칠 것만 같았다. 막은 슬그머니 뒤를 돌아보았다. 서 있는 이는 은단뿐이었다.

은단은 석상처럼 우뚝 선 채 정면을 보고 있었다. 시선이 닿는 곳에 공장의 어느 곳보다 짙고 진한 어둠이 내려앉아 있었다. 막이 그 중앙을 가리켰다.

"저기야. 전기실."

"응."

두 사람이 헤드램프의 스위치를 켰다. 무대조명처럼 동그란 빛 두 개가 문을 비췄다. 고장이 났거나 오래 사용하지 않아서 먼지투성이가 된 갖가지 사물 뒤편에 놓인, '전기실' 팻말이 달린 문이었다.

막이 먼저 문손잡이를 잡았다. 금속 손잡이는 오랜 세월 누구의 손도 타지 않은 양 차가웠다. 그러니까 바로 이 뒤에서 모든 게 시작되고 있는 거야. 막은 속삭였다. 우리 머리 위에서 윙윙대고 쿵쿵거리며 징징 울리는 그 모든 기계, 가루를 만들거나 뒤섞고 굳히며 또 내보내는 기기들은 바로 여기서부터 시작되는 거야. 전류는 분명 이 문 너머에서부터 들끓으며 벽 곳곳 그리고 바닥과 천장을 뒤덮고 흐르는 중이었다.

문손잡이 밑에는 수기로 쓴 '제한구역' 그리고 '고전압! 주의!' 스티커가 붙어 있었다. 그게 전부였다. 출입증 감지기도, 하다못해 자물쇠도 없었다. 막은 픽 웃고 손잡이를 돌렸다. 손바닥 안에서 철컥, 무엇인가가 열리는 소리가 났다.

막과 은단은 거대한 금속 상자들이 줄지어 놓인 방 앞에 서 있었다. 상자들은 언뜻 고등학교 체육관에서 쓰는 철제 캐비닛처럼 보였다. 계기반과 나침반 같은 작은 숫자판, 빨갛고 파란 색깔의 램프와 손잡이 들이 문짝에 붙어 있다는 사실을 제외하면 그랬다.

상자들은 문 앞에서부터 벽 끝까지 쭉 이어졌다. 막과 은단은 일자로 선 수배전반 옆을 지나 방 끝에 다다랐다. 반대편 벽에는 폭이 좁은 금속 문이 나 있었다. 반쯤 열린 문틈으로 쿰쿰한 냄새가 풍기는 그늘과 그 속에 놓인 커다란 기계가 한 대가 보였다. 증기기관차의 머리와 닮은 앞부분이 두 사람을 향하고 있었다.

은단은 그 기계가 비상발전기라고 말했다. 그가 미리 알아본 바에 따르면, 일반적인 공장의 경우 전기실을 정전시킨 뒤에도 두 차례의 비상 전력이 가동될 게 분명했다. 이 기계가 그중 한 차례를 책임지는 셈이었다.

"걱정할 필요는 없어. 내가 전부 꺼뜨릴 수 있으니까."

은단이 단언했다.

막은 대답하지 않았다. 그들이 마주한 발전기는 어둑한 굴속에 갇힌 동물처럼 보였다. 클린룸의 유리 벽 안쪽에서 파이프 팔을 사방으로 뻗고 있던 기계와 마찬가지로, 보이지 않는 밧줄에 매여 울음을 삼키고 있는 것만 같았다.

은단은 비상발전기를 물끄러미 바라보다가 몸을 돌려 수배전반 옆으로 걸어갔다. 녹색 우레탄 바닥 위로 유령처럼 희미한 그림자가 드리워졌다. 은단은 마스크를 내리고 사방을 한 바퀴 둘러보았다. 종내는 막과 눈을 맞췄다.

"막아."

막은 대답하지 않았다. 은단이 이어 말했다.

"고마워, 나한테 이런 기회를 줘서."

막은 마스크를 벗었다. 그도 무엇인가 말하려고 했다. 한데 혀가 입천장에 딱 붙은 듯, 아무 소리도 나오지 않았다. 목소리만 나온다면…… 은단더러 착각하지 말라 꾸짖고 싶었다. 은단은 이 모든 일을 도모한 사람도, 이 상황을 책임져야 하는 사람도 아니었다. 그런 주제에 홀로 감격에 겨운 주인공 행세를 하고 있었다. 더 분한 점은 은단이 실제로 주인공처럼 보인다는 것이었다. 그는 커다란 금속 캐비닛들을 마주하고 그늘에 묻힌 또다른 발전기를 등진 채, 형광등이 환하게 빛나는 천장을 향해 고개를 들었다.

"네가 날 불러줘서 정말 기뻐."

은단이 다시 입을 열었다. 막은 목구멍 안에서 요동치는 말들을 한데 모아 꿀꺽 삼켰다. 또 한번 익숙한 통증이 찾아왔다. 커다란 알약을 억지로 삼키는 것처럼, 속을 찌르는 아픔. 그래도 괜찮았다. 은단을 다시 만난 후로 막은 하고 싶은 말을 수십 번 참아왔다. 마지막으로 한번 더 참는 건 대수도 아니었다. 지금은 은단의 기분에 맞춰줘야 했다. 골대까지 다 와서 은단이 마음을 바꾼다면…… 막은 앞으로의 자신을 참아낼 수 없을 것이었다.

막은 한 손을 내밀었다. 은단의 어깨를 두드리며 이제껏 고생했다고, 무엇보다 고맙다고 말하려 했다. 뒤이어 정말로 하고 싶은 말을 할 작정이었다.

이제 꺼뜨려. 여기 있는 기계들이 모두 멈추게 해.

그러나 이번에도 막은 아무 말도 하지 못했다. 대신 외마디 비명을 질렀다. 그의 어깨 위에 갑작스레 얹혀진 손 때문이었다.

막은 얼른 제 입을 틀어막았다. 손은 미동 없이 그의 어깨를 붙들었다. 고개를 돌리자 손의 주인이 그와 시선을 맞췄다. 마스크도 머리망도 쓰지 않은 민얼굴이 먼저 보였다. 뒤이어 허리에 닿는 긴 머리카락과 큰 키가 눈에 띄었다.

"안녕하세요?"

서영이 말했다. 막은 양손으로 입을 막은 채 눈만 깜빡였다.

서영이 웃었다. 인정하기 싫었으나, 라히루와 닮은 웃음이었다.

3

　서영이 다시 한번 말했다. "안녕하세요." 막은 그의 손을 뿌리치고 뒷걸음질쳤다. 장화 뒤축에 은단의 발이 밟혔다. 뒤편에 바투 선 은단의 얼굴은 얼음물을 뒤집어쓴 양 다시 창백해져 있었다.

　서영은 막이 뿌리친 손목을 주무르며 몇 발짝 더 다가왔다. 그가 질문했다.

　"혹시 내가 누군지 알아요?"

　한참 뒤 막이 대답했다.

　"네."

　"어떻게 알아요? 라히루에게 들었어요?"

　그 이름이 막을 세게 쳤다. 머릿속에서 혼자 되뇌일 때는 괜찮았건만, 다른 이의 목소리로 듣는 라히루의 이름은 뺨부터 눈시울 안쪽까지 홧홧하게 만들었다. 거대한 주먹에 입술을 얻어맞은 느낌이었다. 막은 감각 없는 입술로 말했다.

　"파우더 주간 때 뵀어요."

　"그렇군요."

"네."

"그런데……" 서영이 은단을 쳐다보았다. "이분은 누구예요?"

은단이 황급히 고개를 숙였다. 뒤늦게라도 얼굴을 숨기려 한 것이겠지만, 이미 늦었다. 세 사람 모두 마스크를 벗고 있었다. 막은 주머니에 넣은 마스크를 꽉 쥐었다. 땀과 숨결에 젖어 여태 축축했다.

막은 옆으로 한 걸음 움직여 은단을 가리고 섰다. 턱을 젖히고 서영을 올려다보며 말했다.

"그쪽은…… 그러니까, 저를 어떻게 아세요?"

"라히루가 사진을 여러 번 보여줬어요. 주간반에서 제일 친한 친구라고 했거든요."

이번에는 입술뿐 아니라 얼굴 전체를 두드려맞은 것 같았다. 이마까지 새빨개진 게 분명했다. 막은 비틀대지 않으려 애쓰며 말했다.

"그런데 왜, 왜 지하실에 계세요? 여기에 뭐하러 오신 거예요?"

"막씨를 따라왔어요."

"저를요?"

"아까 일층 복도에서 마주쳤잖아요."

일층 복도의 수레 뒤에서 인사를 나눴던 여자가 머릿속을 스쳤다. 낯선 목소리와 차차 멀어지던 뒤통수도.

"들키기 싫어하는 것처럼 보여서, 엘리베이터로 몰래 따라 왔어요."

막은 침묵했다. 서영 또한 한동안 말없이 막의 얼굴만 살폈다. 물러날 기미는 없어 보였다. 잠시 후 서영이 다시 입을 열었다.

"비상구 문 잠갔지요? 창고에서 일층으로 가는 문 말이에요. 왜 그랬어요?"

막은 눈을 감았다. 정전을 시키듯 주변의 모든 걸 꺼뜨릴 수 있다면. 순식간에 십대 시절로 돌아간 양 부들부들 떠는 은단도, 불쑥 나타난 라히루의 연인도 보고 싶지 않았다. 그들 모두를 양옆에서 요란한 소음을 내며 돌아가는 상자들과 함께 어둠과 고요 속으로 밀어넣고 싶었다.

막은 다시 눈을 떴다. 서영은 그새 더 다가와 있었다. 얼굴 곳곳에 핀 마른버짐이 보였다. 입술의 흰 각질과 눈 그늘도 차례대로 눈에 띄었다. 그것은 근래 막이 가장 자주 접한 종류의 얼굴, 지치고 해진 이의 얼굴이었다. 근거리에서 마주한 여자는 기억보다 훨씬 더 초라해 보였다.

막은 문득 솟아오르는 자신감을 느꼈다. 몇 초 전까지만 해도 예기치 못한 일이었다.

이 사람은 여전히 공장에 다니고 있어. 막은 소리 없이 되뇌었다. 이 여자는 라히루의 손끝을 앗아간 곳에서 내주는 옷을 입고 머리망과 마스크를 쓴 채로 돈을 벌고 있다고. 당장은 막 또한 방진복을 입고 있었지만, 서영과는 완전히 다른 이유에서였다. 막은 오늘 공장을 망치기 위해 왔다. 막은 라히루를 위해 무언가를 하기로 결심했고, 실제로 해내는 중이었다. 바로 옆에서 사시나무처럼 떠는 은단이 그 증거였다. 내내 견뎌 낸 끈적하고 악몽 같던 이번 여름도 증거로 내세울 수 있었다. 행인들의 눈길을 피해 고개를 숙이고 매일매일 미지근한 김밥을 먹어치우던 순간들도.

그 모든 것을 견뎌내어 막은 여기까지 왔다. 지노위니 중노위니, 이름도 외기 힘든 기관까지 갈 필요도 없었다. 막은 바로 이곳에서 모든 걸 증명할 작정이었다. 그는 공장 곳곳을 흐르는 혈류를 틀어막고, 이곳에 막대한 피해를 가져올 것이었다. 막은 떳떳했다. 눈앞의 여자보다 한층 더.

"그냥 모른 척해주시면 어때요?"

"뭘요?"

"그냥, 다…… 여기서 절 본 일이나 제 뒤의 이 사람을 본 일 전부요."

"꼭 나쁜 일 하는 사람처럼 말하네요."

"그건 당신이 판단할 게 아니에요."

막은 목소리를 높였다.

“왜냐하면, 왜냐하면 저는 지금 라히루를 위해 이곳에 온 거니까요.”

마지막 말은 물을 엎지르듯 쏟아져나왔다. 적막이 세 사람 사이를 감돌았다. 막은 감각이 돌아온 아랫입술을 핥았다. 차마 뒤를 볼 수 없었다. 지금 은단이 무슨 표정을 짓고 있을지, 방금 자신의 말에 어떻게 반응하고 있을지 두려웠다.

서영이 혀를 찼다. 그가 장갑을 끼지 않은 맨손으로 제 머리를 쓸어넘겼다. 막이 물었다.

“왜요?”

“왜냐니……”

서영이 헛웃음을 흘렸다. 어느 모로 들으나 비웃음에 가까운 소리였다.

“딴건 몰라도, 라히루는 막씨가 이런 일을 하는 걸 원치 않을 것 같은데요.”

“그걸 어떻게 알아요?”

“막씨보다는 잘 알겠죠. 당신이야말로 라히루가 원하는 게 뭔지 어떻게 알고 이런 짓을 해요? 아니, 진짜로 대체 뭐하려는 거예요?”

서영은 팔짱을 낀 채 막의 얼굴을 샅샅이 살폈다. 얼굴에서 어떤 단서라도 찾을 수 있다는 양. 막은 도로 열이 오른 얼굴을 가리려는 마음을 애써 누르며 그를 노려보았다. 서영의 목소리가 커졌다.

"막씨, 기계라도 망가뜨리러 왔어요? 뒷감당은 생각했어요? 여기 곳곳이 감시카메라예요. 만약에라도 기계가 망가지면 곧장 보안 시스템이 작동할 거고요. 라히루를 핑계로 이런 짓을 하는 거면 그만둬요."

"아뇨, 아뇨. 카메라는 문제없어요. 보안 시스템도 그렇고요."

"그게 무슨……"

"라히루를 핑계로 이런 짓을 하는 것도 아니에요."

핑계라는 단어를 발음하자 혀끝에서부터 타는 맛이 났다. 충전중인 단자를 입안에 머금은 듯 찌릿찌릿한 힘이 온몸을 관통하여 사지를 뒤흔들었다. 말짱히 선 채로는 도무지 견딜 수 없었다. 막은 양손을 휘젓고 발을 구르며 소리쳤다.

"아니, 당신은, 씨발, 당신은 아무것도 안 했잖아요."

서영의 입이 헤벌어졌다. 입술 사이로는 아무 말도 나오지 않았다. 이번에는 막이 헛웃음을 터뜨렸다. "그렇잖아요, 맞죠?" 막의 목소리에 힘이 실렸다.

"저는 적어도 뭐라도 하려고 온 거예요."

등뒤에서 희미한 발소리가 들렸다. 은단이 조금씩 움직이고 있었다. 은단이 방금 오간 대화에서 어떤 마음을 느꼈는지는 여전히 알 수 없었지만, 막은 확신할 수 있었다. 은단은 곧 정

전을 시킬 것이다. 언제나 그래왔듯 이번에도 막의 편을 들어
줄 것이다.

막은 마음을 정했다. 그는 결승선에 들어서듯 양팔을 벌린
채 서영에게로 뛰어들었다. 그의 몸에 제 몸을 바짝 붙이고 뒤
로 밀쳤다. 서영은 휘청였고, 몇 발짝 물러섰으나 넘어지지 않
았다. 서영은 양발로 버티고 선 채 막의 어깨를 밀었고, 한 손
으로는 자신의 허리를 붙든 손을 떼어내고자 끙끙거렸다.

막은 서영의 배에 제 이마를 밀착시켰다. 등뒤로 깍지 낀 손
에 힘을 주었다. 밀려나지 않을 것이다. 막은 자신이 있었다.
그는 운동회 때마다 각종 시합에 불려다녔으니까. 계주에서
늘 마지막 순서를 맡았고, 피구 시합에서도 끝까지 남아 그의
이름을 환호하는 목소리들을 만들어냈다. 스물이 넘어 함께한
갖가지 술자리에서는 안주 없이 독주만 들이부어도 말짱했다.
무더위에 잠겨 땀을 뻘뻘 흘리면서도 텐트 앞에서 뻗댔다. 비
록 피켓을 들거나 구호를 외치지는 않았으나, 대신 이 공장까
지 왔다. 그리하여 마침내 다다른 이 순간을 눈앞의 여자가 방
해하게 둘 수는 없었다. 막은 한번 더 서영을 밀었다. 동시에
큰 소리로 말했다.

"은단, 공장을 꺼뜨려. 지금, 빨리, 전부 다 꺼버려."

서영은 막의 손을 푸는 것을 포기하고 그의 팔뚝을 마구 꼬
집었다. 막에게 흉곽이 눌린 탓인지 전력 질주를 하는 사람처

럼 씨근덕거렸다.

"만약 기계가 멈추면,"

서영이 한차례 기침하고 말을 이었다.

"그래서 누가 또 다치면 어쩌려고 이래요?"

막은 서영의 명치를 힘껏 누르던 이마를 들었다. 서영의 붉어진 낯을 향해 질문하려 했다. 진짜 그런 일이 벌어질 수 있느냐고. 기계가 잘못 작동할 때만이 아니라 멈추는 과정에서도 누군가가 라히루처럼 다칠 수 있느냐고. 다시 입안에 쓴맛이 돌았다. 혀가 통째로 탄 듯 입안이 저릿저릿했다.

막은 뒤를 돌아보았다. 거기에 은단이 있었다. 검은 케이블 다발이 지나가는 천장 아래, 전류가 흐르는 한가운데 우뚝 서 있었다. 막과 눈이 마주친 얼굴 위로 이제껏 한 번도 본 적 없는 표정이 떠올랐다. 얼핏 고등학교 캐비닛처럼 보이지만, 실상 크기를 가늠할 수 없는 전력이 오가는 상자들 사이에 서서, 은단은 온 얼굴을 일그러뜨렸다. 웃는 듯싶기도 했고 울기 직전 같기도 했다. 잠깐, 하고 막이 소리치려는 순간 은단이 눈을 감았다.

전등이 꺼지고 소음이 멎었다. 눈앞의 서영부터 벽과 천장까지 모두가 어둠 속에 잠겼다. 누군가의 몸속에 들어온 듯, 아무런 틈 없는 암흑이었다.

어둠은 기대한 것보다도 더 짙고 견고했다. 막은 몇 초간 정신을 차리지 못했다. 눈을 감았다 떠도 시야에 아무런 차이가 없었다. 다만 그가 끌어안은 몸에서 힘이 풀리는 것이 느껴졌다. 서영은 더는 막을 밀치지도 또 꼬집지도 않았다. 대신 막의 양팔 위로 녹아내리듯 묵직하게 늘어졌다.

막은 반쯤 쓰러진 서영을 끌어안은 채로 가만히 서 있었다. 라히루의 사고에 대해 처음 들은 날만큼, 아니 그때보다 더 뜨겁고 불길한 기운이 척추를 타고 올라왔다. 막은 한 손을 들어 헤드램프를 더듬었다. 남은 손만으로 서영을 안고 있으려니 몸이 휘청 앞으로 굽어졌다. 막은 반쯤 무릎을 꿇은 자세로 헤드램프를 켰다. 바늘귀만한 틈 하나 없는 어둠을 찰칵, 소리와 함께 꿰뚫은 불빛은 사납게까지 느껴졌다. 빛 안에 잠긴 서영의 눈은 반쯤 감겨 있었다. 벌어진 입술에서 가느다란 침이 흘렀다. 막은 서영의 이름을 불렀다. 두 번 세 번, 누차 불렀으나 대답은 들려오지 않았다.

몇 초가 더 지났다. 그들 머리 위로 녹색 전등이 켜졌다. 등 뒤에서 은단이 말했다.

"비상 발전기야. 잠시만."

막은 아무 말도 하지 않았다. 여전히 한쪽 무릎을 꿇고, 양 팔로는 서영을 받쳐 안고 있었다. 은단은 맞은편 벽으로 걸어 갔다. 그가 증기기관차와 닮은 생김새의 기계가 놓여 있는 방

앞에 멈춰 섰고, 얼마 후에 녹색 빛 역시 사라졌다. 그제야 막은 방금 자신이 비춘 장면이 무엇을 뜻하는지 이해했다.

헤드램프를 켠 은단이 그에게 다가왔다. 길고 가느다란 빛 그림자가 막과 마주한 바닥 위로 드리웠다. 막이 눈을 깜빡였다. 이제 몇 초가 지났지? 이십 초, 삼십 초, 어쩌면 그보다 더……. 막은 떨리는 손으로 서영을 바닥에 눕혔다. 손목에 엄지를 갖다 댔다. 맥박이 느껴지지 않았다. 기분 탓이 아니었다. 머릿속이 슬로모션 효과를 입힌 듯 매우 느리게 흐르고 있었다.

"막아, 왜 그래?"

그 질문이 신호탄이었다. 빨리 감기 버튼이 눌렸고, 이번에는 눈앞의 모든 것이 고속도로 위에서의 움직임처럼 순식간에 지나갔다. 코앞에 놓인 은단의 장화, 자신을 내려다보는 그의 눈. 자신이 바닥에 눕힌 여자의 몸.

"왜?"

은단이 물었다. 연달아 질문하는 목소리가 차츰 갈라졌다.

"그 사람 왜 그래?"

귓속에서 맥박이 세차게 박동했다. 머리카락 사이로 식은땀이 흘렀다. 막은 땀이 배어든 눈을 비비며 은단과 재회한 첫날, 카페의 불을 모조리 꺼뜨리고 시청 앞 광장을 함께 지나던 그 저녁을 떠올렸다. 당시 은단이 한 말이 차례대로 꿰어 맞춰지며 완성된 문단으로 떠올랐다.

그날 은단은 말했다. 전기는 말 그대로 세상 모든 곳에 있다
고. 막과 은단의 머리 위, 지상의 공장에서 매일 약들을 뒤섞
고 뭉치며 굳히던 기계들은 물론, 금속 트레이를 가득 채운 캡
슐을 비추던 조명 빛이나 각종 정제를 싣고 전차처럼 달리던
컨베이어 벨트, 그 옆에서 윙윙거리며 돌아가던 환기구 모두
전기 속에서 움직였다. 환기구를 등지고 서서 캡슐을 뒤섞고
고르거나 포장하던 몸들 역시 마찬가지였다. 인간의 신경과
세포를 따라 흐르는 전기신호는 사지를 움직이게 하고 혈액을
돌게 했으며…… 방금 막이 한 것처럼 다른 사람을 붙들거나
밀치게도 만들었다.

"안 돼."

막은 작은 목소리로 말했다. 은단이 그의 옆에 쪼그리고 앉
았다. 그의 숨소리가 더욱 커졌다. 은단이 다시 물었다.

"이 사람 왜 이래?"

"심정지 상태야."

은단이 무어라고 말하는 것 같았다. 잘 들리지 않았다. 막은
여전히 떨리는 제 양팔을 내려다보았다. 한 손을 들어 이로 세
게 물었다. 빨간 잇자국을 바라보는 새 천천히 통증이 찾아왔
고, 곧 몸 구석구석 번졌다.

막은 작년 이맘때 받았던 이수증을 떠올렸다. 응급구조학과
에서 진행한 삼 회 차 특강을 모두 들으면 주는, 실상 거저먹

기나 다름없는 이수증이었다. 그럼에도 함께 수업을 신청한 친구들 중 이수증을 받은 이는 막밖에 없었다. 막은 그 수업에 정말로 성실하게 임했다. 심폐소생술 실습에서도 자원하여 새하얀 마네킹의 몸에 양손을 올렸다. 강사가 틀어준 비지스의 노래에 맞춰 여러 번 마네킹의 가슴을 눌렀다. 고무 입술과 입 맞추고 숨결을 불어넣었다.

막은 고개를 좌우로 흔들고, 입술을 부르르 떨며 푸 하는 소리를 내고, 한번 더 손등을 깨물었다. 그다음 한쪽으로 구부러진 서영의 다리를 곧게 폈다. 왼손으로는 서영의 손목을 잡고, 오른 손바닥은 코와 입술 위에 갖다댔다. 서영의 손목에서는 여전히 아무런 박동도 느껴지지 않았다. 오른 손바닥에 닿는 숨결이나 소리 또한 없었다. 살아 있는 몸이라면 응당 내뿜어야 할 것이 모두 멎어 있었다.

막이 말했다.

"창고에 가서 제세동기 찾아와."

분명 자신의 입에서 나오는 목소리인데도, 멀리서 울리는 양 아득하게 느껴졌다. 막은 계속 말했다.

"알겠어? 제세동기부터 찾는 거야. 없으면 창고 사람한테 전화를 빌려. 아무한테나 부탁해. 구급차가 오려면 이십 분은 걸릴 거야. 늦으면 안 돼. 얼른 가."

막은 배가 납작해지고 가슴이 팽팽하게 펴질 때까지 숨을 들이마셨다. 무릎을 꿇고 서영의 가슴에 양손을 올렸다. 옆에서는 아무런 소리도 들리지 않았다. 은단은 이마의 불빛만 번쩍거리며, 버려진 유령처럼 멍하게 서 있었다. 막과 눈이 마주친 은단이 말했다.

"내 고의가 아니었어."

"알겠어. 일단 빨리 창고로 가."

"눈앞에 있는 것들을 모두 다 멈추려고 하다보니까 그렇게, 이렇게 된 거야."

"아, 좀!" 막이 소리를 질렀다. "그런 이야기 할 틈 없어."

은단은 멈추지 않았다. 막의 말이 귀에 들리지 않는 듯싶었다. 그는 상반신을 앞뒤로 흔들며 계속 떠들었다. 흔들리는 머리에 달린 헤드램프 불빛이 세 사람을 비추며 천장 위의 그림자를 요동치게 했다.

"막아, 믿어줘. 너한테 방해되는 걸 전부 끊어야 한다고 생각했을 뿐이야. 실수였어. 한 번도 해본 적 없는 실수. 정말이야…… 내 고의가 아니었어."

서영의 가슴팍에 올린 손바닥이 땀으로 축축해졌다. 막은 벌떡 일어서 은단에게 다가갔다. 젖은 손으로 그의 소맷자락을 붙들었다. 은단과 시선을 맞추려 했지만, 랜턴 불빛이 눈부셔 애걸하듯 몸을 아래로 굽혀야 했다.

"나 좀 도와줘."

반쯤은 은단에게 매달린 채, 막은 이야기했다.

"네가 전에 그랬잖아. 너한테는 도와달라고 할 필요도 없다고. 그냥 말하면 된다면서."

불빛을 매단 머리가 막의 손길을 따라 힘없이 흔들거렸다. 막은 목청을 높였다.

"일단 창고로 올라가. 제세동기부터, 아니다, 신고부터 해. 그리고 제세동기를 가져오는 거야. 알겠지? 그동안 내가 어떻게든 할 테니까…… 응? 야, 제발. 부탁해."

은단이 갑자기 기침하기 시작했다. 속을 게우듯 몇 번이나 컥컥거리더니, 곧 벽을 짚고 섰다. 그는 양손으로 벽을 짚어가며 계단으로 향했다. 곧 철제 층계를 뛰어오르는 소리가 요란하게 울렸다. 뻥 뚫린 층계 사이로 은단이 매단 빛 그림자가 너울거렸다.

이제 지하에는 막과 몸만이 남아 있었다.

땀이 스민 눈이 자꾸만 따끔거렸다. 막은 한번 더 머리를 흔들었다. 헤드램프를 벗은 뒤 서영의 상체를 비추도록 바닥에 올려두었다. 무릎을 꿇고 엉덩이를 쳐들었다. 다시 한번 양손을 소리 없는 가슴 위에 올려놓고 어깨의 수평을 맞췄다. 머리부터 엉덩이까지의 무게를 모두 손에 실어 가슴을 눌렀다. 다른 생각을 할 여지가 없었다. 숨도 잘 쉬어지지 않았다. 어차피 숨을 아껴두어야 했다.

가슴 복판을 서른 번 내리누른 후, 막은 서영의 머리를 붙들었다. 그의 턱을 추어올리고 두 손가락으로 콧볼을 세게 쥐었다. 살짝 벌어진 입술에 제 입을 가져다댔다. 아긴 숨을 그대로 불어넣었다.

인공호흡을 두 차례 끝내고는 다시 가슴을 서른 번 눌렀다. 기계처럼 움직이는 거야. 막은 생각했다. 정확한 동작으로, 정밀한 박자로, 매 순간 같은 힘을 심장에 보내야 했다. 그로써 은단이 말했던 그 신호, 몸속을 흐르며 심장을 뛰게 하고 숨을 쉬도록 만든다는 그 신호가 돌아오게 해야 했다.

박자를 맞추기 위해 막은 홀로 중얼거렸다. 응급구조학과 특강에서 배운 노래 가사는 잘 떠오르지 않았으므로 안 돼, 안 돼, 하는 말만 거듭했다. 가끔은 숨이 벅차 외마디조차 나오지 않았다. 입안에서 같은 말이 둥둥 울렸다. 막은 두번째 인공호흡에서 그것들을 모조리 서영의 입술 안에 쏟아부었다.

라히루에게 이런 짓을 저지를 수는 없어.

이 사람을 되돌려놔야만 했다.

이 사람부터 데려와야만……

다시 서영의 가슴을 누르는 사이 눈앞이 부예졌다. 지하를 가득 채운 어둠에 파우더 분말을 들이부은 듯했다. 희뿌연 시야 속에서 잃어버린 손가락, 텐트 앞 아지랑이, 현수막 글자들이 날아다녔다. 그 사이사이로 낯선 형상이 몇 차례 끼어들었다. 모두 막 자신의 형상이었다. 눈송이처럼 흩날리는 파우더 속에서 현수막의 글자를 쓰는 막, 피켓을 든 막, 확성기에 대고 무엇도 하고 싶지 않다, 고 소리치는 막이 언뜻 비쳤다 사라지길 거듭했다. 세상의 윙크를 받으며 천연덕스러운 얼굴로 대학교에 다니는 막, 수지와 영준과 함께 술을 마시는 막도 교차하여 지나갔다. 라히루와 손을 잡고 입을 맞추는 얼굴까지 몇 차례 보였다. 종내 텐트 모퉁이에 적혀 있던 글자들이 자음과 모음으로 쪼개진 채 날개를 달고 허공을 날아다녔다.

막은 슬라이드 쇼처럼 펼쳐지는 이미지, 그것이 점멸하는 박자에 맞춰 서영의 가슴을 눌렀다. 어디선가 천둥소리가 울렸다.

막의 어깨가 위아래로 들썩거렸다. 손바닥이 곧 서영의 가슴 안쪽까지 파고들 듯했다. 손가락이 금이 갔을 게 분명한 늑골을 누르고, 손톱이 묵직한 심장을 찌를 것만 같았다. 서영의 가슴은 맥없이 눌렸다가 다시 솟아오르길 거듭했다. 막은 한 번 더 서영의 입에 숨을 불어넣었다. 훅, 훅, 내쉬는 소리가

너는,

너는,

하고 말하는 것처럼 들렸다.

그다음으로 이어질 문장은 떠오르지 않았다. 뒤따름직한 단

어들 모두 어디에도 내려앉지 않고, 곱고 가벼운 가루처럼 허
공을 날아다녔다.

너는 살아야…… 괜찮아야…… 돌아와야……

문장은 끝내 완성되지 않았다. 대신 서영의 몸이 한차례 꿈
틀거렸다. 버석하게 마른 입술이 떨리고 눈썹이 위아래로 꿈
틀댔다.

막은 소리를 질렀다. 팔을 곧게 펴고 서영의 가슴을 다시 한
번 압박했다. 오 센티미터 깊이로 서른 번. 뒤로 젖혀진 머리에
서 신음이 흘러나왔다. 손바닥 아래에서 미약한 박동이 느껴졌
다. 서영이 턱을 쳐들고 길게 숨을 토해냈다. 몇 번의 마른기침
이 지나가더니, 이내 들숨과 날숨이 이어졌다. 막은 속내에 거
의 남아 있지 않은 숨까지 모두 내뱉었다. 신음이 함께 뒤섞여
있었다. 막은 거푸 신음하며 서영을 옆으로 돌려 눕혔다.

4

막은 램프 등으로 서영의 얼굴 곳곳을 비췄다. 한 손은 그의
입술과 코 위에 바짝 붙여놓았다. 호흡이 조금이라도 옅어진
듯싶으면 엎드리듯 몸을 숙여 숨소리에 귀기울였다. 뺨과 귓
바퀴에 닿는 미지근한 숨을 확인하고서야 다시 물러나 부르르

떨었다.

떨림이 가라앉자 위층에서 나는 소리가 한결 크게 들렸다. 천둥이 간헐적으로 이어졌고, 빗소리가 그 사이사이를 메웠다. 소리는 뚜렷하고 명확했다. 누군가 셔터를 연 모양이었다.

얼마 지나지 않아 철제 계단을 내려오는 발소리가 요란하게 울렸다. 칼날 같은 빛이 막과 서영을 비췄다. 서영이 미간을 찌푸리며 머리를 틀었다. 막은 서영의 뒤통수를 받친 채 계단을 돌아보았다. 빛과 대면한 눈이 욱신거렸고, 곧 눈물이 고였다. 어른거리는 시야에 커다란 빨간색 상자를 든 은단이 들어왔다.

"살아 있어?"

은단이 물었다. 막이 고개를 끄덕였다. 몇 걸음 다가온 은단은 쓰러지듯 주저앉으며 상자를 내려놓았다.

상자 한가운데에 번개가 새겨진 하트가 그려져 있었다. 막과 은단은 나란히 앉아 그 그림을 쳐다보았다. 잠시 후 고개를 돌린 막은 얻어맞은 듯 새빨갛게 충혈된 은단의 눈을 맞닥뜨렸다. 이미 한껏 고인 눈물이 뺨을 타고 흘러내렸다.

서영이 한번 더 기침했다. 막과 은단은 흠칫하며 뒤돌아보았다. 서영의 눈꺼풀이 파르르 떨리고 있었다. 막은 무릎걸음으로 그 곁에 다가갔다. 이제 괜찮다고 말하고 싶었다. 걱정할 필요 없다고. 그러나 막 스스로에게 그 말을 할 자격이 있는지, 도저히 확신할 수 없었다.

서영이 게슴츠레 눈을 뜨고 막을 올려다보았다. 마른 입술 틈으로 웅얼대는 소리가 흘러나왔다. 귀를 가까이 디밀자 띄엄띄엄 흐르는 단어들을 겨우 이어 맞출 수 있었다. 대체 자신에게 무슨 일이 벌어졌느냐고 묻고 있었다.

막은 양손으로 바닥을 짚고 몸을 기울였다. "저 때문에 쓰러진 거예요." 다가온 은단이 막의 옷깃을 당기며 속삭였다. "하지 마." 막은 한번 더, 한층 큰 목소리로 말했다.

"다 제 책임이에요. 죄송해요."

서영이 또다시 끙끙거렸다. 명확히 들리지는 않았으나, 욕설 아니면 비난임이 분명했다. "맞아요." 막은 그렇게 말하고 서영의 팔을 들어 제 어깨에 걸쳤다. 은단이 허둥지둥 반대편 팔을 부축했다. 그들은 서영을 천천히 일으켜세운 다음 걷기 시작했다. 창고로 오르는 첫 계단에 발을 디뎠을 때, 은단이 말했다.

"막아, 구급차를 불렀어."

"응."

"창고에 있는 사람들 전화도 빌렸어. 그 사람들이 지금 비상구를 열고 있어. 너랑 내가 잠근 문들 말이야."

"알겠어."

"곧 사람들이 내려올 거야."

"그래, 잘했어."

몇 층계를 더 올랐을 무렵 서영은 또 웅얼거렸다. "멍청이들." 막은 계속해서 층계를 올랐다. 목덜미에 닿은 맨팔이 식은땀으로 끈적하고 차가웠다. 지하실 바닥의 먼지와 철가루들이 살갗에 들러붙어 있었다. 철제 계단은 쉼없이 끽끽거렸다. 멍청이들, 멍청이들, 하고 메아리를 돌려보내는 듯했다.

창고의 셔터는 반의반가량 열려 있었다. 문 바깥의 어둠은 안쪽의 것보다 투명해 보였다. 손을 내뻗는다면 서늘하고 짙은 파랑이 살갗을 적실 것 같았다. 그로부터 쏟아진 빗소리가 창고 안을 우렁우렁 울렸다.

막은 헤드램프의 조도를 낮추고 서영의 팔을 더 단단히 그러쥐었다. 삼인사각 경기처럼, 세 사람은 걸음을 맞춰 창고를 가로질렀다. 몇 걸음 가지 않았을 때 셔터 너머에서 거대한 플래시가 터지듯 흰빛이 번쩍였다 꺼졌다. 일 초도 채 되지 않은 순간이었으나 셋의 발을 멎게 하기에 충분한 밝기였다. 막은 눈을 깜빡이며 빛이 사라진 바깥을 응시했다. 이윽고 들려온 천둥소리는 땅을 가를 듯 거셌다.

그들이 창고의 끝에서 끝으로 가는 동안 번개는 두 번 더 쳤다. 천둥소리가 차츰 가까워졌다.

첫번째 번갯불이 번득였을 때 막은 창고 반대편에 모여 있는 흰 덩어리들을 보았다. 두번째 번갯불에서는 그들이 방진복을 입은 직원들임을 알 수 있었다. 그들 또한 세 사람이었다. 그중 둘은 문을 향해 휴대전화 플래시를 비추고 있었다. 다른 한 사람은 일자 드라이버로 문고리를 해체하는 중이었다. 그들이 방화문을 열려고 하고 있다는 사실을 알아챈 순간, 막의 목 안쪽 깊은 곳이 바늘에 찔린 듯 따끔거렸다.

"저기요."

막이 말했다. 세 사람이 고개를 돌렸다. 문을 여는 사람과 그 오른편에 선 사람은 막의 아버지뻘은 되어 보이는 사내였고, 낯선 사람들이었다. 불그스름한 얼굴 전체가 땀투성이였다. 막은 그제야 창고 안이 몹시 덥다는 사실을 깨달았다. 후텁지근한 공기가 피부처럼 그들을 감싸고 있었다. 막은 자신이 쓴 헤드램프를 벗어 건넸다.

"이거 쓰세요."

막은 남은 한 사람에게로 눈길을 돌렸다. 곽반장이 입을 떡 벌린 채 막을 쳐다보았다. 유령이라도 마주한 듯 파랗게 질린 낯빛을 하고 있었다.

반면 막의 마음은 스스로도 놀랄 만큼 차분했다. 곽반장이 왜 야간반에 있는지야 알 수 없었지만, 이 모든 흐름이 필연적이라는 느낌이 들었다.

한때 세상은 막을 향해 윙크를 날렸다. 그후에는 부릅뜬 눈으로 막을 노려보았다. 오늘 세상은 막을 바닥 깊숙이 처박고자 여러 개의 손을 휘두르고 있었다. 그것이 필연이라면 응당 받아들여야 했다. 필연이란 선택하지 않아도 되는 것, 그저 닥쳐오는 일을 받아들이면 되는 것이다. 그렇게 생각하자 마음속 깊은 곳까지 고요해졌다.

막은 곽반장을 향해 고개를 주억였다. 외중에도 반가움에 웃음이 나려 했다. 곽반장은 여전히 하얗게 질린 낯으로 막을 노려보고 있었다. 은단 또한 그 사실을 알아챈 모양이었다. 그가 서영의 팔을 풀고 막과 곽반장 사이로 나섰다.

"제 친구예요. 둘이 같이 아르바이트하러 왔어요."

막의 예상과 달리 은단은 제법 노련하게 거짓말을 했다. 떨거나 더듬대지 않고, 막과 자신이 오늘 갓 일을 시작했으며 함께 창고로 짐을 가지러 갔다가 쓰러진 서영과 마주쳤다는 이야기를 늘어놓았다.

막은 결국 웃고 말았다. 은단을 멈춰 세워야 했다. 그들 앞에서 눈을 굴리는 저 여자는 은단의 거짓말이 일절 통하지 않는 사람이라고 말해주어야 했다. 뒤이어 막은 서영에게 그리했듯 앞으로 나서서 말할 작정이었다. 이 모든 일은 자신의 책임이고 잘못이라고.

창고는 여전히 어두컴컴했다. 그럼에도 눈앞의 모든 게 선명해졌다. 막은 비로소 자신이 할 일 그리고 갈 방향을 분명히 또 제대로 알 수 있었다. 앞으로 할 것이야말로 막의 몫이었다. 라히루를 구하는 일도, 기계를 멈추는 일도, 텐트 앞에 서서 부당 해고 인정, 원직 복직 약속, 하고 외치는 것 모두 제대로 하지 못했으나…… 이것만은 분명 그의 일이었다.

막이 빌려준 헤드램프를 쓴 남자들은 여전히 문고리를 해체하는 데 골몰하고 있었다. 그들이 마주한 쇠문 뒤편에서 쿵쿵 주먹질하는 소리가 났다. 드라이버를 든 남자가 소리쳤다.

"조금만 기다려봐. 거의 다 풀었으니까."

문 두드리는 소리가 멈췄다. 곽반장의 눈길은 여전히 막에게 고정되어 있었다. 막은 은단의 어깨를 잡고 귓전에 속삭였다.

"거짓말 그만해도 돼. 이 사람은 날 알아."

은단의 어깨가 바짝 굳었다. 막은 마주한 방화문을 보았다. 일이층의 어둠 속에서 헤매고 막과 은단이 잠근 문을 밀고 당기다가 기어코 비상구까지 내려온 사람들, 아마 겁과 피로에 질려 있을 사람들이 건너편에 있었다. 비지땀을 흘리며 바깥에 나가길 오매불망 기다릴, 축축한 더위와 어둠에 흠뻑 젖은 몸들이 문 뒤에 서 있었다. 바로 몇 분 전까지 막은 그 풍경이야말로 자신이 원하는 것이라고 누차 되뇌었다.

"됐다, 빠졌어!"

드라이버를 든 남자가 문고리를 빼냈다. 곽반장이 문과 막을 번갈아 보며 입을 뻐끔거렸다. 옆에 선 사람의 손이 막의 등을 툭툭 두드렸다. 여전히 핏기 없는 얼굴의 서영이 말했다.

"지금 이대로 나가요."

서영의 발음은 흐릿했고, 눈동자는 아직 초점을 잘 맞추지 못하는 듯 막과 은단 사이를 비틀비틀 오갔다. 그는 끙 소리를 내며 막에게 바투 붙어 서더니 더 작은 소리로 말했다.

"지금 빨리 가라고요. 사람들 다 나오기 전에. 그래야 의심을 덜 사요."

문장을 끝낼 때마다 서영은 숨을 몰아쉬었다. 막은 그의 손을 붙잡고 괜찮다고 말했다. 아직 할일이 있다고. 정확히 말하면 책임을 질 일이 있다고.

서영이 진한 눈썹을 힘껏 찌푸렸다. 가능하다면 한바탕 고함이라도 치고 싶어하는 표정이었다.

"자, 기다려. 이제 다 열었어."

그들을 등진 남자들은 여전히 문과 싸움하고 있었다. 빠진 문고리 안쪽으로 손을 집어넣고 잠금장치를 푸는 모양이었다. 서영이 이번에는 조금 더 큰 목소리로 말했다.

"헛소리하지 말고……"

그때 세번째 번갯불이 내리쳤다. 지금까지 중 가장 밝은 번개였다. 혜성이라도 스쳐간 듯 눈부신 빛이 창고의 가장 구석진 곳까지 희게 비췄다. 땀에 흠뻑 젖은 두 남자, 은단과 서영, 몇 발짝 더 다가온 곽반장의 얼굴이 거대한 사진처럼 막의 시야에 새겨졌다. 바로 뒤따라 우레가 찾아들었다. 마당 전체가 갈라지고 뜯어질 듯 거대한 소리였다.

"이번 거는 거의 벼락이네."

잠금장치를 빼낸 남자가 말했다. 그가 끙 소리를 내더니 방화문을 열어젖혔다. 사람들이 우르르 쏟아져나왔다. 대개 방진복 차림이었으나, 몇몇은 상의 단추를 풀고 반소매나 민소매 티셔츠만 입고 있었다. 다들 머리칼이 축축했고, 콧잔등에 땀방울이 맺혀 있었다. 하나같이 휴대전화 플래시를 켠 채였다.

곽반장은 창고로 쏟아져나온 무리에 휩쓸려 다시 뒤쪽으로 물러났다. 반면 막은 지하실 쪽으로 뒷걸음질쳤다. 서영이 그의 목을 거의 조를 듯 매달린 탓이었다. 힘을 좀 빼라고 말하려는 순간, 서영이 막의 귓가에 속삭였다.

"지금 당신이 들키면, 텐트에 있는 사람들도 불리해질 거예요."

땀투성이 직원들이 플래시가 켜진 휴대전화를 횃불처럼 치켜들고 셔터를 향해 다가갔다. 셔터를 더 밀어올렸는지, 빗소리가 배로 더 크게 울렸다. 이런 폭우 속에서도 사람들은 여전히 텐트를 지키는 중일까? 아니면 조안의 거실에 모여 걱정스런 얼굴로 창밖을 보고 있을까?

막은 서영과 눈을 맞췄다. 저도 모르는 새 떨리는 목소리가 흘러나왔다.

“왜요?”

“왜냐니…… 그 사람들이랑 같이 활동하고 있잖아요.”

막은 입을 벌렸다. 같이, 라는 말이 낯설게 느껴졌다. 문득 자신이 텐트의 사람들을 전혀 알지 못한다는 생각이 들었다. 단체 대화방의 프로필 사진을 제외하면, 막을 앉혀두고 피켓과 확성기를 교차로 들던 그 사람들이 어떤 삶을 꾸리고 있는지 막은 전혀 아는 바가 없었다. 알려고 한 적도 없었다. 막이 웅얼거렸다.

“아닌데요. 여긴 그냥 저 혼자 온 건데…… 제가 따로 꾸민 일이에요. 정말이에요.”

서영이 막을 응시했다. 막이 지난 몇 달 사이 수차례 마주한 눈길이었다. 아무것도 모르는 어린애를 타이르는 눈길. 더는 굴욕감이 느껴지지 않았다. 지금은 자신이 정말로 아무것도 모르는 어린애처럼 여겨졌다. 대체 무얼 해야 더 자라날 수 있는지도 알지 못했다.

“잘 들어요.” 아까의 막처럼, 서영은 제 몸으로 상대를 밀어붙이며 속삭였다.

“구급차를 불렀다면서요. 차가 오면 사람들 시선이 구급차로 몰릴 거예요. 그때 바깥으로 나가요. 버스를 타든, 히치하이크를 하든, 걸어가든, 집으로 얼른 가요. 그리고 오늘 일은 모두 모른 척해요. 나도 그럴 거예요.”

열린 방화문으로 계속해서 새로운 사람들이 나왔다. 일이 층의 직원 대부분이 나온 성싶었다. 다들 휴대전화 플래시를 켜고 있어 한 명 한 명 훑을 수 있었다. 다친 사람은 없어 보였다.

막은 서영의 팔을 풀고 돌아섰다.

"그럼, 그럼 저는 책임을 어떻게 져요?"

서영의 눈동자는 이제 어느 정도 초점을 되찾아 있었다. 그 눈이 막을 위아래로 훑었다.

"저도 몰라요."

서영의 손이 막의 손등을 덮었다. 열대야 속에서도 지하실의 기운이 밴 살갗은 여태 차가웠다.

"알아서 해요, 막씨." 서영이 다시 말했다. "알아서 하라고요. 저도 그럴 테니까…… 각자 할 수 있는 걸 해요. 우리한테는 그 수밖에 없어요."

뱃속 깊은 곳으로부터 무엇인가가 솟구쳤다. 확실한 정체는 알 수 없었지만, 그중 일부는 분명 흐느낌으로 쏟아질 것만 같았다. 그러나 지난 열 달 내내 그랬듯, 울음은 목 바로 아래에 막혀 더는 나오지 않았다. 울음과 함께 숨이 틀어막힌 통에 막은 도리 없이 헐떡거렸다. 알아서 하는 일, 할 수 있는 걸 찾는 일, 그 모든 게 너무 어려워서 여기까지 온 거라는 말도 입밖으로 나오지 않았다. 막은 겨우 입을 열었다.

"나는 라히루를 핑계삼지 않았어요."

이번에 서영은 아무런 말도 하지 않았다. 막은 씨근대는 가슴을 손으로 누르며 이야기했다.

"나는 그애를 사랑하고…… 그래서 잘 알아요. 나한테 개는 핑곗거리 같은 게 아니에요. 그보다 훨씬 넓고, 많고, 다양하고……"

막이 말하는 동안 서영의 눈은 막의 입술에 쐐기처럼 꽂혀 있었다. 이윽고 그 눈이 느리게 젖어들었다. 서영이 손을 들어 막의 뺨을 매만졌다.

"그래, 맞아요." 그가 말했다. "고마워요."

비상구를 빠져나온 사람들이 창고 벽에 기대앉아 숨을 골랐다. 얼굴에 손바람을 부치고 소맷자락으로 땀을 닦았다.

먼저 문 밖으로 나온 사람들이 셔터를 끝까지 위로 올렸다. 수동 개폐 장치의 손잡이를 아래로 내린 다음 양편에 두셋씩 서서 머리 위로 문틀을 밀어냈다. 문이 열릴수록 더욱 선명해진 빗소리가 마치 파이프 내부에서 튀는 알약들처럼 요란한 음을 만들어냈다.

몇 번의 번개가 더 지나갔다. 몇번째인지 알 수 없는 번갯불 속에서, 막은 오른편 벽에 앉아 있는 곽반장을 찾아냈다. 그는 양손으로 얼굴을 가린 채 웅크리고 앉아 있었다. 수지의 말이 맞았다. 선별실 바깥으로 나온 곽반장은 무척 조그마해 보였다.

막은 서영을 선반에 기대앉혔다. 사태가 어느 정도 진정되고 나자 여기저기에 서영의 소식이 퍼졌다. 지하에서 기절했대. 웅성이는 소리와 눈길들이 서영을 찾아 나섰다. 서영은 숨바꼭질하듯 선반 그림자 안쪽에 깊이 들어앉았다. 그늘에 파묻힌 얼굴이 막을 향해 무어라 속삭였다. 막은 고개를 끄덕였고, 장대비를 바라보며 우두커니 서 있는 은단에게 다가섰다.

"은단."

은단의 몸은 여전히 굳어 있었다. 그는 눈을 돌리지 않고 대답했다.

"응, 막아."

"어두운 곳에 좀 숨어 있을래? 최대한 눈에 띄지 않는 데에. 하나만 마무리하고 찾으러 갈게."

은단은 그러겠다고 대답했다. 목소리는 죄를 지은 사람답게 졸아들어 있었다. 막은 구태여 그의 얼굴을 보려 하지 않았다. 라히루를 향한 마음을 줄줄 외고 났더니, 은단의 낯을 똑바로 마주할 엄두가 나지 않기도 했다.

막은 서영과 은단을 모두 뒤로하고 셔터 오른편으로 걸어갔다. 그와 눈이 마주친 곽반장이 황급히 일어섰다.

"너 이리 와."

곽반장이 막의 오른팔을 잡아끌었다. 그를 따라 창고 한구석으로 걸어가는 동안, 막은 슬며시 고개를 틀어 서영이 앉아 있던 선반 쪽을 돌아보았다. 다른 사람들이 그를 찾아낸 모양이었다. 방진복을 입은 한 무리가 서영의 주위를 둘러싸고 있었다. 은단은 보이지 않았다. 그야말로 순식간에 자취를 감춘 듯했다. 어디로 간 걸까? 막은 돌연 불안해졌다.

"왜 네가 여기에 있어?"

창고 모퉁이에 멈춰 선 곽반장이 말했다. 막은 그들이 마주 선 모서리를 돌아보았다. 한때 손가락이 든, 폐기 처분한 파우더 봉지가 덩그러니 놓여 있던 곳이었다.

"잘 지내셨어요?"

"못 지내겠다, 너 때문에."

곽반장은 그 사실을 보여주려는 것처럼 목을 뒤로 젖히고 마른세수를 했다.

"막내야."

"네."

"오늘 이거…… 네가 한 일이니?"

"어느 부분은요."

곽반장이 길게 숨을 내쉬었다. 곧이어 예전처럼 막을 몰아붙이기 시작했다. 막이 선별 작업중 딴 곳에 정신이 팔린 걸 눈치챘을 때처럼, 불량이 아닌 캡슐이 폐기물 봉투에 들어간 걸 발견한 날처럼, 손목에 무리가 가는 방식으로 포장하는 것을 본 순간처럼 그를 닦달했다. 대체 왜 이런 짓을 했냐, 요새 상황이 어떤지 모르느냐, 왜 대답을 안 하고 멀뚱히 서 있기만 하는 것이냐, 답답해 죽겠다…… 막이 말했다.

"반장님."

"왜!"

"저 좀 도와주세요."

어둠 속에서도 곽반장의 표정을 짐작할 수 있었다. 얼마 전 수지는 불현듯 텐트에 찾아온 곽반장이 하트 모양 뻥튀기와 모카빵을 던져주고 갔다고 했다. 짙게 칠한 눈썹을 위아래로 찌푸리고 입술을 내민 채 텐트를 살폈다고도. 그날 수지와 함께 나눠 먹은 간식들은 모두 눅눅하고 달았다. 곽반장이 탄식 같은 한숨을 내쉬더니 막의 손을 잡았다.

구급차는 소란한 사이렌소리와 눈부신 붉은빛을 내뿜으며 왔다. 곽반장은 막에게 옷부터 벗으라고 말했다. 막은 그의 등 뒤에서 방진복을 벗고, 머리망과 마스크를 바지 주머니에 쑤셔넣었다.

"장화는 네 거야?"

"네, 샀어요."

곽반장은 반소매 티셔츠와 청바지 차림으로 돌아온 막의 손을 잡고 창고를 가로질렀다. 아무리 휴대전화 플래시를 켰다지만 여전히 사위가 껌껌한데도, 곽반장은 망설임 없이 움직였다. 약과 상자로 그득한 선반과 지게차, 핸드 자키 들을 솜씨 좋게 피해 셔터 앞으로 돌아갔다.

새빨간 조명 불빛이 셔터 안쪽까지 넘어와 너울거렸다. 서영은 다른 직원들의 어깨에 팔을 기댄 채 주차장을 천천히 가로지르고 있었다. 서로 다른 체구의 마시멜로 맨들이 우산을 들고 그 뒤를 따랐다. 연이어 반짝이는 붉은빛이나 흰색으로 통일된 복장, 종종걸음치는 장화 발소리와 빗소리가 섞여 기이한 축제라도 열린 것처럼 보였다. 막이 웃자 곽반장이 쏘아붙였다.

"지금 웃음이 나오니?"

"죄송합니다."

"사람들 안 쳐다볼 때 얼른 나가. 뒤쪽 철조망 문으로 나가면 괜찮을 거야."

막이 지칫거리자 곽반장이 눈을 부라렸다. 그를 붙든 손에 힘이 들어갔다. 지금 상황에서 대체 무얼 망설이냐는 꾸짖음이 당장이라도 쏟아질 것 같았다.

"저 사실 같이 온 사람이 있어요."

"아까 걔? 아르바이트 어쩌고 하던?"

"네."

막은 발등을 내려다보았다. 차마 곽반장의 표정과 마주할 용기가 나지 않았다. 그 와중에 은단을 부름직한 몇 개의 호칭이 입안을 까불대며 돌아다녔다. 막은 그중 하나를 겨우 골라 꺼냈다.

"그러니까, 제 친구거든요."

"그러니까 친구더러, 이 일 도와달라고 데려온 거야?"

"네, 그러니까요……"

"내가 미치겠다, 진짜…… 막아, 막내야!"

그럴 상황이 아님을 아는데도 또 웃음이 났다. 식초라도 머금은 양 콧속이 시큰하고, 목 아래쪽이 꽉 막혀 있음에도 그랬다. 선별 작업에서 실수할 때마다 성을 내던 곽반장의 말투, 막내라는 호칭 모두 반가워서 어쩔 수가 없었다.

곽반장은 그를 셔터 가장자리로 몰아붙였다. 친구든 누구든 아까 그애를 발견하면 대신 말해줄 테니, 우선 막부터 공장을 벗어나라는 것이었다. 막은 곽반장의 손에 밀려 주춤대며 물러서다가, 바깥으로 내몰리기 직전 주머니에 든 것을 꺼냈다. 막의 손바닥에 올려진 마스터 카드와 송곳 모양의 열쇠를 본 곽반장이 미간을 찡그리며 입술 양끝을 늘어뜨렸다. 꼭 울음을 참는 사람처럼. 막이 다시 한번 사과하려는 순간, 반장은 말했다.

"이건 내가 알아서 처리할 테니까, 얼른 가."

막은 활짝 열린 셔터 너머, 경광등 불빛과 빗소리로 가득한 주차장을 내다보았다. 막 역시 머뭇거릴 시간이 없음을 잘 알았지만, 곽반장과 공장을 등지고 소낙비 속으로 달아나기가 두려웠다. 공장은 여전히 막에게 친밀한 곳이었다. 무단 침입을 한데다 정전까지 불러왔음에도 친밀한 마음은 쉬이 가시지 않았다. 반면 열대야의 빗속은 생전 가본 적 없는 두려운 세계로 보였다. 한때는 그토록 안전한 장소로 느껴지던 구급차가 눈앞에 있고, 오렌지색 제복을 입은 구급대원들이 돌아다니고 있는 중인데도 두려움은 자꾸만 솟아났다.

"반장님, 죄송해요."

막은 문틀을 붙든 채 말했다.

"정말 죄송해요. 폐를 끼쳐서요. 그래도 저를 못 본 걸로 해주세요. 저 때문에 조안 이모나 수지 언니, 다른 사람들한테 피해가 가면 안 되잖아요……"

곽반장이 허어, 소리를 내며 웃었다. 어두워서 제대로 확인할 수는 없었지만, 수지에게 냉랭하게 대하던 시절 보였던 비웃음은 아닌 것 같았다.

"별걱정을 다 한다…… 애, 너나 신경써. 네 코가 석 자야, 지금."

반장이 양손으로 막의 등을 밀었다. 더 이야기 나눌 틈 따위 없다고 했다. 휘청이는 막을 한차례 더 밀치며 그는 재촉했다.

"빨리 가, 빨리."

막은 고꾸라지듯 셔터 밖으로 넘어갔다. 자정 때보다 한층 굵어진 빗줄기가 정수리와 등골, 이마와 가슴팍을 파고들었다.

몇 발짝 걸은 후 막은 뒤를 돌아보았다. 네다섯 걸음 멀어졌을 뿐인데 곽반장이 벌써 아주 먼 곳에 있는 듯 보였다. 주름진 얼굴은 정전된 창고의 어둠에 절반 넘게 파묻혀 있었다. 반쯤 드러난 입술이 움직였다. 소리는 들리지 않았으나, 막은 알아들었다.

얼른 가. 괜찮으니까.

막은 도로 몸을 돌렸다. 왼손을 뻗자 공장의 외벽이 손끝에 닿았다. 어딘가에 기대지 않으면 도무지 걸을 수 없을 것 같았다. 막은 양손으로 벽을 짚어가며 절버덕절버덕 걸었다. 장대비가 장화 속까지 틈입하여 걸음마다 발 주변이 찰랑거렸다.

외벽을 따라 한참 걸은 이후에도 막은 몇 번이나 고개를 돌렸다. 공장은 여전히 그의 손이 닿는 자리에 있었다. 그러면서도 시야에는 제대로 담기지 않았다. 불 꺼진 기계들과 적요해진 클린룸의 풍경, 한창 만들어지던 도중 멈췄을 각종 약의 형상 모두 눈으로 볼 수 없었다. 머릿속으로 간신히 그려볼 수 있을 따름이었다. 막은 비에 흠뻑 젖은 속눈썹을 깜짝거렸다. 주차장에서 번득이는 경광등 불빛은 외벽까지는 비추었으나, 모퉁이 너머에는 닿지 못했다. 벽을 따라 굽이를 돈 순간 세상은 다시 어두컴컴해졌고, 막은 더럭 겁이 났다. 그가 소리를 질렀다.

"은단, 어디 있어?"

대답은 없었다. 막은 가로막힌 듯 깜깜한 정면을 향해 손을
휘저었다. 은단의 이름을 거듭 외치고 또 외치는 사이, 그는
목과 명치 사이에 걸려 있던 무엇인가가 조금씩 몸 바깥으로
밀려나오는 걸 느꼈다. 그것은 삼촌이라는 남자가 그들 가족
을 속이고 달아난 날부터 공장에서 내쫓길 때까지, 더불어 텐
트 앞에서 아지랑이를 지켜보던 여름날부터 공장에 침입한 오
늘 이 순간까지 막의 안쪽에 걸려 있던 것이었다. 공장의 전류
가 모두 끊기고 기계들이 침묵한 뒤에도, 서영의 가슴을 연신
누르며 그의 호흡이 돌아오길 기다리는 사이에도, 그것은 막
의 속에 응고되어 있었다. 곽반장과 대화하는 내내 콧속을 시
큰거리게 또 목구멍을 따끔하게 만들었던 그것이 한 치 앞도
안 보이는 밤 속에서 흘러넘치기 시작했다. 전류나 전기신호
와 마찬가지로, 막이 잘 모르는 어떤 힘의 흐름에 의해서.

구급차가 출발한 모양이었다. 다시 사이렌소리가 울렸다.
막은 엉엉 울면서 걸었다. 일단은 앞이라고 느껴지는 방향을
향해 발을 내디뎠다. 징징 짜고 껙껙거리고 훌쩍훌쩍 코를 삼
키며 걸었다. 아무리 큰 소리로 흐느낀다 해도 빗소리와 사이
렌소리가 모두 감춰줄 것만 같았다. 울음은 한도 끝도 없는 양
흘러넘쳤고, 갖가지 말과 함께 줄줄 새어 나왔다. 나는 모조리
실패했고, 나는 전부 다 망쳤고, 나는 모든 일에 깡그리 패배
했으며…… 텐트 안쪽에 적혀 있던 문장이 떠올랐다. 원치 낳

는 방향으로 ㅜㅓ지면서 글아가ㄱ싰다. 이제는 온전한 글자보다 빈칸으로 남아 있는 부분이 막을 더욱 깊이 찌르고 있었다.

막은 한번 더 외쳤다.

"너 진짜 어디 있어?"

조그만 빛이 그의 앞을 가로막았다. 줄곧 이어지던 어둠 속에서 벌컥 문을 연 불빛이 송곳처럼 막에게 꽂혔다. 막은 양손으로 눈을 가린 채 코를 훌쩍였다. 뺨은 땀과 눈물, 빗방울로 흠씬 젖어 있었다.

손가락을 눈 위아래로 벌리자, 헤드램프를 쓴 은단이 어렴풋이 보였다. 그는 철조망 후문 앞, 앙상한 나무 아래에 서 있었다. 막을 발견한 그가 철버덕철버덕 소리를 내며 달려왔다. 머리에 쓴 불빛이 위아래로 흔들거렸다. 은단 역시 푹 젖은 얼굴로 말했다.

"막아, 네가 어두운 데 숨어 있으래서……"

"그랬지."

"그래서 여기 있었어."

"영영 도망간 줄 알았어."

"아니야, 전혀 아니야."

은단은 여러 번 머리를 저었다. 그는 여전히 방진복 차림이었다. 공장 물건은 여기 두고 가자는 막의 말에 은단은 몸에 찰싹 달라붙은 흰옷을 벗기 시작했다.

은단이 후문 아래로 방진복을 쑤셔넣고 가방 안에 마스크며 머리망을 감추는 동안, 막은 나무 아래 서서 한참을 훌쩍였다. 은단이 쓴 헤드램프가 철조망과 나무의 형상을 어슴푸레 비추었다. 후덥지근한 밤이었다. 이처럼 요란한 장대비 속에서도 더위는 쉬이 가시지 않았다. 코앞에 있는 나무줄기에서조차 묘한 열기가 느껴지는 것 같았다.

"이 나무 있잖아."

되돌아온 은단이 말했다.

"안쪽에서 전류가 흘렀던 것 같아."

"나무 안에서?"

"응. 희미하게 보여."

"어떻게 그럴 수가 있지?"

"아마," 하고 말하며 은단이 머리를 젖혔다. 빗방울이 맺힌 램프의 불빛이 새카만 나뭇가지 곳곳을 비추었다.

"아까 벼락이 이 나무한테 떨어졌나봐."

그리고 은단은 한동안 침묵했다. 막도 마찬가지였다. 비는 여전히 시끄럽게, 영영 그치지 않을 듯이 내렸다. 밤중의 나무는 정전된 공장 속 기계들과 마찬가지로 그저 검게 보였다. 막은 아주 천천히 손을 뻗었다. 수피 바로 앞에 손을 가져가자, 직접 닿은 게 아닌데도 더운 기운이 느껴졌다. 참지 못하고 손끝을 댔다. 축축하면서도 뜨거웠다. 사람의 살갗 같았다.

막이 말했다.

"죽은 건가?"

"살아 있어."

"어떻게 알아?"

"아까부터 계속 관찰했어. 줄기가 좀 그을리긴 했지만 다 탄 것도 아니고, 무엇보다도 쓰러지지 않았으니까…… 안쪽으로 들어왔던 전류도 다 사라진 것 같고."

"그럼 그냥 죽어가는 중인 것 아냐?"

은단이 웃었다. 이제는 그의 이마에만 매달려 있는 불빛이 웃음 이후 사그라지는 표정까지 모두 보여주었다. 은단은 말했다.

"그게 살아 있는 거잖아."

은단은 양손을 펼치더니 반대편 수피에 얹었다. 따뜻하다, 하고 입 모양으로 말했다. 잠시 후 막이 그 말을 따라 했다. 다만 소리를 내어, 거기 있는 모두가 들을 수 있도록 했다.

에필로그

중앙노동위원회의 심판은 11월에 잡혔다.

막은 가을 내내 텐트를 오고갔다. 얼굴을 마주칠 때마다 고맙다고 말하는 조안에게 굳이 그런 인사는 하지 말아달라 부탁했으나, 별 소용은 없었다.

"늘 죽상인 얼굴 하면서도 계속 오잖아." 조안은 말했다. "기특한데 고맙다고 말할 수도 있지, 뭐."

막은 수지와 함께 번지거나 지워진 피켓의 글자를 고치고 또 새로 썼다. 두 사람은 함께 은박 매트에 앉아 그들이 고친 피켓을 든 사람들을 지켜보았다.

"원래 쪽팔려, 하며 드는 거야."

피켓을 들 때 창피하지 않으냐는 막의 물음에 수지는 그렇게 답했다. 수지는 잠시 망설이더니 혹시 직접 들어보고 싶으냐고 물어보았다. 막은 대답하지 않았다. 대신 해가 저물 무렵, 피켓을 매단 막대기와 확성기 손잡이를 슬그머니 만져보았다. 둘 다 손때가 타서 반질반질했다.

공장에서 벌어진 정전은 텐트 사람들 사이에서 소소한 화젯거리가 되었다가 곧 잊혔다. 그보다는 열흘 넘게 이어진 폭우가 그들의 주요한 관심사였다. 기후 위기야, 기후 위기, 하는 말을 주고받으며 텐트 주변의 카페나 조안의 집 거실로 향했다. 그곳에서 중노위 심판을 위해 쓴 최후 이유서를 함께 읽었고, 몇 글자씩 고쳤다.

막은 종종 자정이 넘도록 조안의 집에 남았다. 어머니와 아버지에게 번갈아 쓴소리를 들으면서도 새벽까지 버티곤 했다. 물론 사람들과 술을 마시기 위해서였다. 조안의 집에는 오래 묵힌 독주가 많았고, 다들 호시탐탐 그것을 노렸다.

막과 조안을 제외한 모두가 된통 취한 어느 밤, 조안은 자신이 마지막으로 손본 이유서를 한번 읽어보겠다고 했다. 막은 손뼉을 치고 귀를 기울였다. 조안은 만취해 자빠진 몸들 한가운데서 벌떡 일어섰다. 술에 전혀 취하지 않은 듯 매우 유창한 발음으로 말문을 열었다.

"사용자 의견에 반박하고 싶습니다."

막이 깔깔대며 물었다. "뭔 말에 반박한다는 거예요?" 주변

에 누운 사람들만큼은 아니었지만, 술기운이 막의 몸속을 빙
글빙글 기분좋게 돌고 있었다. 조안은 방해하지 말라는 듯 오
른손을 들고 말했다. 우선, 사용자측에서 주장한 근무태만이
무엇인지부터 짚어보고 싶다고.

"물론 우리가 완벽하게 일했다는 뜻은 아닙니다."

조안은 발 주변에 구부러지고 널브러진 몸들을 보며 말했
다. 사실은 여기 있는 사람들끼리 싸운 적도 여러 번이었다
고. 요령이 없거나 기계가 낯설어서 버벅거린 적도 몇 있었
고, 몸이 상하거나 피로가 쌓여 일터에 늦은 순간도 여러 번
있었다. 약의 수량을 잘못 계산하거나 라벨지에 이름을 잘못
적은 경험도 누구나 갖고 있을 터였다. 다들 한 번씩은 혼이
났고, 누군가를 혼내기도 했다. 그 과정들을 붙잡고 버티며
일을 배웠다. 그런 순간들을 싸잡아 태만, 이라고 이름 붙일
수는 없었다.

"실은 그 반대죠."

조안은 이야기했다. 다들 더 잘해보기 위해 실수하고, 실패
하고, 가끔은 패배까지 하는 것이라고. 그중 누구의 손목 인대
도 늘어나지 않게 하려고, 또 어떤 사람의 손가락 마디도 다치
지 않게 하려고 모여 만든 것이 이 노동조합이었다. 이번에 해
고당한 이들도, 급작스레 계약이 만료된 이들도 통틀어 보호
하고자 만든 영역이기도 했다.

"누굴 공격하거나 넘어뜨리려고 만든 게 아니고요…… 이
것도 그 반대입니다."

조안은 입을 다물고 막을 보았다. "방금 내 발음 이상했
어?" 막은 고개를 저었다. "그 반대예요. 너무 근사했어요. 프
로 같아요." 조안이 웃으며 도로 바닥에 앉았다. 빈 잔에 술을
따르며 그는 말했다. 여기 있는 술은 모두 자신이 직접 담근
것이라고. 이번에 제대로 이기고 나면 어떤 축하주를 만들지
도 미리 계획해놨다고.

공장의 정전이 벌어지고 엿새쯤 지난 뒤, 막은 택배 하나를
받았다. 서영의 이름으로 온 것이었다. 부들부들 떨며 상자를
열었다. 헤드램프가 들어 있었다. 막이 문고리를 해체하던 남
자에게 빌려주고 미처 받아오지 못한 것이었다. 망설이다가
램프를 코끝에 대보았다. 희미한 비 냄새가 났다.

헤드램프 밑에는 종이쪽지가 붙어 있었다. '@iam_a_
machineking.' 막은 줄표까지 꼼꼼히 확인한 다음 SNS 검색
창에 그대로 적어넣었다. 계정 하나가 나왔다. 프로필 안에 라
히루의 얼굴이 동그랗게 들어가 있었다.

막은 휴대전화의 메모장에 들어갔다. 오래전 적어둔 문자가
보였다. 이 일이 모두 끝나면 라히루에게 보내기 위해 적어둔
것이었다. 마지막은 이렇게 끝났다. 난 네 편이야. 그걸 알리

고 싶어. 몇 번이나 같은 문장이 반복됐다. 막은 첫 문장만 남긴 후 모든 글자를 지웠다.

나 막이야.

메시지를 보내자마자 읽음 표시가 떴다. 답장은 몇 분이 채 지나지 않아 왔다. 막이 읽을 수 없는 언어로 된 답장이었다. 번역 기능을 누르자 한국어가 줄줄이 떴다. 막은 소리 내어 읽었다.

막아
네가 해준 일들을 들었어
한국에 가면 같이 맛있는 걸 먹자
내가 요리해 갈게
그러나, 김치는 뺀다(눈물 이모티콘)

막은 번역된 글자와 원문을 번갈아 그리고 거듭하여 읽었다. 침대에 엎드린 채, 여러 방향으로 몸을 돌려가면서 화면 응시했다. 나중에는 두 손으로 얼굴을 감쌌다. 눈물은 바로 흘렀다. 정전의 밤 이후 울음은 그토록 시도 때도 없이 막을 침범해오곤 했다.

심판 회의가 열린 날 첫눈이 왔다. 조안과 서조장의 차에 나눠 탄 사람들이 세종시로 넘어가며 찍은 눈발 사진을 보내왔다. 진눈깨비가 함박눈이 되는가 싶더니 금세 그쳤다고 했다.

막은 홀로 텅 빈 거실에 앉아 첫눈 사진을 들여다보았다. 그리고 은단에게 전화를 걸었다. 연결음이 아주 오래 이어졌다. 전화를 받은 은단의 목소리가 옅게 떨렸다. 막이 혹시 네 집 앞으로 가도 되느냐고, 할말이 있다고 하자 떨림은 더욱 심해졌다. "별일 아냐." 막은 말했다.

"그냥…… 그 이후로 만난 적 없었잖아."

은단은 한참이 지나서야 대답했다. 알겠다고, 다만 막이 올 필요 없다고, 자신이 그의 집 근처로 가겠다고 했다.

은단은 한 시간이 지나서야 도착했다. 막은 휴대전화 전원을 껐다. 심판 회의가 열리는 시간까지는 아직 여유가 남아 있었으나, 휴대전화가 켜져 있다면 계속해서 대화방을 확인하게 될 것 같았다. 막이 물었다.

"강변에 갈래? 좀 걸어야 해."

은단은 곧장 좋다고 대답했다. 막이 앞장섰고, 은단이 뒤따라왔다. 막이 몇 번이나 멈춰 서 기다렸는데도 은단의 발걸음은 자꾸 느려졌다.

"너 표정이 왜 이렇게 어디 끌려가는 사람 같냐."

막의 말에 은단은 어깨를 구부정하게 움츠렸다. 달팽이 또는 소라게처럼 보이지 않는 껍데기에 숨으려는 양. 대체 애가 눈치를 보지 않게 하려면 뭘 해야 하지, 막이 고민하는 사이 굴다리가 나타났다. 반원형의 출입구 너머에서 한강이 빛났다.

그들은 강변까지 멈추지 않고 걸었다. 다시 눈이 날리기 시작했다. 진눈깨비인가 싶었는데 차차 눈발이 굵어졌다. 막이 말했다.

"저번엔 비 왔는데 오늘은 눈이 오네."

은단의 입술이 볼썽사납게 일그러졌다. 미소를 지으려고 한 것 같았다. 막은 꼭 필요한 말 이외의 이야기는 하지 않기로 결심하고, 강으로 내려가는 계단 중턱에 주저앉았다. 은단은 길목에서 지칫거리다가 몇 층계 위에 자리를 잡았다. 막은 그를 향해 돌아앉았다.

"오늘은 할말이 있어서 불렀어."

"응."

"고맙다는 말을 제대로 못했었잖아."

은단의 눈이 커졌다. 이윽고 그가 고개를 저었고, 두 손을 흔들었다. 대답도 뭣도 아닌 앓는 소리를 냈다. 막은 계속 말하기로 했다. 고맙다는 말을 정확하게 하기 위해 이런저런 장면들을 끌어들였다. 정전부터 시작하여 공장에 가는 계획을 함께 짜고 실제로 실행에 옮긴 일, 이 년 만에 불러낸 자리에

서도 어떤 도움이든 되겠다며 말하던 순간, 처음 비밀을 보여
준 십대의 마지막 겨울까지, 하나하나 묘사하고 감사 인사를
전했다.

막이 이야기를 모두 마쳤을 때도 은단은 일그러진 얼굴로
강만 바라보았다. 잠시 후 그가 입을 열었다.

"나야말로 할말이 있었어."

"응, 말해."

은단은 나란히 세운 무릎 사이로 이마를 떨어뜨렸다. 막은
웅얼거리는 소리에 귀를 기울였다. 몇 번이나 말을 해독하는
데 실패하고 나서야 은단이 울고 있음을 알았다. 막은 우물쭈
물하다가 계단을 올라갔다. 어느새 눈이 쌓여 축축해진 은단
의 등을 두드렸다.

"야, 사과는 하지 마."

막이 말했다. 은단은 눈송이가 엉긴 소매로 눈가를 문질렀다.

"그 사람은 괜찮아?"

몇 초 뒤에야 막은 그 사람이 서영을 뜻함을 깨달았다. 괜찮
다고, 가끔 연락도 주고받는다고 말하자 은단은 입을 다물고
다시 강을 응시했다. 옆얼굴이 몇 달 사이 묘하게 달라져 있었
다. 짧게 자른 앞머리가 움푹 팬 눈을 드러냈고, 안 그래도 해
쓱한 뺨이 더 야위어 있었다. 면도를 잘 못했는지 코와 입 주
변의 버석버석한 수염 자국도 눈에 띄었다. 그가 말했다.

"그날 일은 네가 책임질 게 아니었어. 내 잘못이야."

막이 부정했지만, 은단은 물러서지 않았다.

은단은 그날 밤 자신이 얼마나 두려웠는지, 그 두려움이 지금도 자신을 어떻게 사로잡고 있는지 말했다. 그는 밤마다 불 꺼진 집안을 한 바퀴 돌았다. 잠든 가족이 듣지 못하도록 발끝으로 걸으며 집안의 플러그를 모두 뽑았다. 전기와 관련된 무엇도 보이지 않도록 만들고 싶었다. 그러다가 누나나 어머니의 방에서 부스럭거리는 소리가 들려오면 잘못이라도 들킨 양 잰걸음으로 침대에 돌아갔다. 전기로 작동하는 물체와 마주하는 일도 무서웠으나, 그 신호를 통해 움직이는 사람들의 얼굴을 보는 일은 더 견딜 수 없었다.

"그게 얼마나 무서운 일이었는지…… 난 전혀 몰랐어. 미안해, 막아. 나는 내가 실수하지 않는다고 믿었지. 완전히 잘못 생각했어. 그날 내가 잘못한 게 너무 많아."

막은 몸을 부르르 떨었다. 옷깃 새로 들어간 눈송이가 피부에 스며 한기를 퍼뜨렸다. 막은 은단의 코트 자락을 힘껏 쥐고 말했다.

"아무도 죽지 않았어. 그날 말이야. 고장난 건 기계들뿐이야."

은단은 오랫동안 훌쩍였다. 막은 울음소리를 너무 자세히 듣지 않으려 애썼다. 끙끙대거나 코를 푸는 소리가 거슬리는 마음도 조금은 있었지만 그보다는 자신 역시 그를 따라 울게 될까 염려스러웠다. 요새 막은 정말이지 별것 아닌 일에도 쉬이 울음을 터뜨리곤 했다.

은단의 울음은 긴 시간 이어졌다. 한참이 지나서야 그는 고개를 들었다. 마구 문지른 얼굴이 붉게 터 있었다.

"나 너한테 거짓말한 게 있어."

은단이 말했다.

막은 한동안 말없이 앉아 있었다. 이제는 탐스럽다고 할 만한 눈송이가 막의 머리카락과 어깨 위에 조금씩 쌓였다.

은단의 말은 막의 마음속에 화를 몰고 왔다. 그 사실에 막은 조금 놀랐다. 왜? 거듭 생각했다. 은단을 아낀 적도, 마음에 들인 적도, 실은 제대로 눈여겨본 적도 없는데. 그럼에도 은단만은 절대 자신에게 거짓을 말하거나 배신 비슷한 일은 하지 않으리라 믿고 있었다. 마치 자신만을 위해 존재하는 사람처럼 은단을 대했고, 전적으로 신뢰했던 것이다.

막은 몸을 일으켰다. 개처럼 온몸을 흔들어 외투에 쌓인 눈을 털어냈다. 그는 성큼성큼 시멘트 계단을 내려갔다. 마지막 층계는 강과 바로 맞닿아 있었다. 웅크리고 앉는다면 수면이 코앞까지 다가올 터였다.

은단도 느릿느릿 일어나 막의 곁으로 다가왔다. 막의 찡그

린 눈썹에도 움츠러들던 평소와 달리, 지금의 은단은 막의 낯
에 드러난 울분에 별다른 반응을 보이지 않았다. 그는 팔짱을
끼고 선 채 강을 주시했다. 묘하게 침착한 태도였다. 오랜 시
간 이 순간만을 계획하고 또 기다린 사람처럼, 너무나 자주 상
상한 순간에 도달한 사람처럼.

은단이 말했다.

"거짓말이 뭐였는지 말해줄게."

그의 목소리는 속삭임에 가까워서 잘 들리지 않았다. 막은
귀를 기울였다.

"전에 말했지. 너한테 처음…… 비밀을 보여준 날에 말이
야. 내가 어떻게 이런 일을 할 수 있는지 잘 모르겠다고. 원리
조차 알 수 없다고. 나중에는 그냥 눈을 깜빡이듯이 정전을 시
킨다고 말했었지. 그런데, 사실은 달라. 나는 내가 언제부터 이
일을 할 수 있었는지 알아. 작동시키는 방법 역시 알고 있어."

말을 이어갈수록 은단은 떨기 시작했다. 이 이야기를 꺼내
는 행위 자체가 그에게 어마어마한 힘을 요구하는 것 같았다.
은단은 몇 번 제 가슴을 두드렸고, 양팔로 자신의 몸을 감싸안
았다. 입술을 깨물고 강물에 떨어진 눈송이가 녹아 사라지는
풍경을 지켜보았다. 은단이 다시 입을 열었다.

"나는 너를 생각했어."

"뭐라고?"

은단의 이야기는 불쑥 과거로 몸을 던졌다. 막과 은단이 갓 초등학교에 입학한 무렵이었다. 그들은 같은 학교에 다녔고, 같은 아파트 단지에서 놀이터와 공원을 나눠 썼다.

"나는 기억력이 좋아."

은단이 말했다.

"그때 벌어진 일들도 선명하게 기억하고 있어."

막은 침을 삼켰다. 앞으로 밝혀질 은단의 거짓말이 무엇일지 두려웠다. 너무 묵직한 고백을 듣게 될까봐 겁도 났다. 곧 들을 말이 졸업식 날에 불현듯 꺼졌던 여섯 개의 형광등 불빛처럼 그를 옭아매고 오랜 시간 따라다니지 않을까 하고. 그럼에도 은단의 말을 멈출 수는 없었다.

"막아, 네가 다쳤던 날은 특히 더 그래. 무척 뚜렷하게 떠올라. 너는 그네를 타다가 휙 공중으로 뛰었지. 잠깐은 나는 것처럼 보였어."

막이 저도 모르게 중얼거렸다.

"맞아, 그랬지."

"그날 너는 다리에 금이 갔고 무릎에서 피를 흘렸어. 네가 떠난 후에 놀이터에 있던 애들 모두가 둥글게 서서 네 핏자국을 구경했어. 까맣고 동그란 자국이었어. 나는 그 자국이 너무 무서웠어. 한편으로는 부럽기도 했어. 그때까지 우리 중 너만큼 크게 다친 사람은 없었으니까. 그날 집으로 돌아가서 나는 내 눈썹을 잡아당겨봤어. 팔을 꼬집고, 다리를 긁었어. 나름대로 아프더라. 피도 한 방울 안 나는데 말이야. 나는 계속 너의 핏자국을, 네 다리에 금이 갈 때 네가 질렀던 비명을 떠올렸어. 너무…… 너무 아팠을 것 같았어. 나는 네가 굉장하다고 생각했어."

막은 멍하니 그를 올려다보았다. 은단의 손은 이제 제 가슴팍을 꽉 움켜쥐고 있었다. 이야기가 제 몸에서 갑자기 튀어올라 어디론가 날아갈까봐, 강물 속으로 뛰어들거나 눈보라에 휩쓸릴까봐 두려운 사람처럼 보였다.

"그날이야."

그의 목소리가 갑자기 커졌다.

"그래, 그날이었어. 내가 너를 생각했을 때. 네가 얼마나 아프고 무서웠을지, 또 네가 얼마나 대단한 일을 겪었는지 생각한 순간이었지. 그때 불이 꺼졌어. 내 방 전등부터 열린 문 뒤의 거실, 누나 방의 스탠드까지 모두 다 꺼졌어. 내 주위는 아주 어두워졌어."

은단이 층계에 앉았다. 다리를 감싸고 무릎 위에 턱을 올렸다. 막도 그를 따라 앉았다. 과연 수면이 코앞까지 가까워졌다. 그들은 출렁이는 물결에 눈송이가 내리고 녹아들며 강에 합류하는 광경을 반복하여 지켜보았다.

"너를 생각하는 일과 전기가 끊기는 일 사이에 무슨 관계가 있는지, 그건 지금도 몰라. 정말이야. 그냥 그 두 가지 일이 서로 연결되어 있다는 사실만 알아."

처음에는 신비로웠다, 고 은단은 말했다. 누군가를 생각할 때마다 눈앞의 벽을 무너뜨리듯 모든 번쩍임을 끌 수 있다는 사실이 재밌었다고. 손을 대지 않고도 세상 곳곳에 영향을 끼칠 수 있다는 사실도 정말 좋았다고. 은단이 동의를 구하는 눈길을 보내와 막은 눈을 감았다. 그래도 목소리는 계속해서 들려왔다.

"그러다보니 이렇게 된 거야, 막아. 신기하고 즐거웠어. 그 느낌을 자주 갖고 싶었어. 그만큼 너를 자주 생각했고, 그래서 이런 마음이 생겼어. 그게 다야. 이게 내 비밀이야."

어둠 속에서 눈동자를 굴리며, 막은 몇 가지 조각을 찾아냈다. 다리에 금이 갈 때 나던 소리와 온몸을 뒤덮던 고통, 자신을 내려다보던 구급대원의 눈, 깁스에 낙서하게 해달라며 조르던 동급생들의 목소리. 그 사이 은단의 얼굴은 거의 없거나 있어도 흐릿했다. 서로에 대한 기억의 범위 그리고 밀도가 주는 차이가 막을 슬프게 했다.

막은 눈을 떴다. 옆에 앉은 남자애를 보았다. 얼굴과 마찬가지로 빨갛게 언 손으로 코를 훔치며, 얼어붙어가는 강을 보고 있었다. 막이 물었다.

"너 내게 바라는 게 있어?"

질문이 빠져나간 곳에 빈자리가 생겼다. 막은 그 자리에 올라올 무게를 가늠하려다가 관뒀다. 아마 버틸 수 있으리라고 생각했다. 막이 익히 잘 아는 스스로의 체력이라면 그럴 수 있을 거라고. 이번에는 정말로 또 제대로, 피하는 일 없이 책임을 지겠다고 입속으로 말들을 굴렸다. 라히루가 아닌 사람이더라도, 그 사람이 설령 십대 내내 진물을 흘리는 그림자처럼 자신을 훔쳐봤어도, 막은 최선을 다할 수 있었다. 눈앞의 삶과 제 삶을 붙들어 만나게 하고 그것들이 잘 굴러가도록 온 힘을 다 쓸 것이었다. 그러고 나면 정전 이후 계속 그의 속에서 들끓던 마음들의 이름을 알아낼 수 있을지도 몰랐다.

마침내 은단이 입을 열었을 때, 막은 자신 또한 몹시 떨고 있다는 사실을 깨달았다.

"바라지 않을 거야, 막아. 아무것도…… 그게 내 자부심이야."

어금니에 들어간 힘이 풀렸다. 그제야 추위가 느껴졌다. 막은 부들부들 떨면서, 눈사람처럼 새하얘진 옆 사람을 보았다. 눈썹과 이마, 머리카락과 콧잔등, 어깨와 발등에 쌓인 눈의 결정들을 감상했다. 자신 또한 비슷한 몰골이리라는 생각이 들었다. 멀리서 보면 둘 다 불쌍하고 미련해 보일 것이라고.

막은 제 이마에 손을 얹었다. 머리카락에 쌓인 눈을 털어내고 그 안쪽을 문질렀다. 거기 흉터가 있었다. 뼈에 금이 가고 무릎의 살점이 뜯어진 날, 이마에 난 얕은 상처는 끝내 낫지 않고 흰 흉터로 남았다. 언제나 그게 조금 이상하다고 생각했다. 뼈가 도로 붙고 무릎의 살 또한 곧잘 올랐는데, 왜 이토록 작은 상처만이 몸에 남아 나를 따라다닐까. 마치 전으로 돌아갈 수 없다는 듯. 꺼뜨린 빛은 다시 켜지지 않고, 끊어진 흐름은 이어지지 않는다고 말하는 것처럼.

막은 그 앞에 선 은단의 미래에 찾아올 여러 순간을 그려보았다. 여전히 그 어느 장면도 선명하게 그려지지 않았다. 그렇더라도 미래는 계속하여 찾아들 터였다. 그들이 이미 지나 보낸 날들과 마찬가지로. 예기치 못한 소리와 형태를 띠고 그들의 머리 위로 계속해서 쏟아질 것이었다.

"나중에 나도 이야기해줄게."

막이 말했다. "라히루 이야기 말이야." 은단이 고개를 끄덕였다. 기다리겠다고 덧붙였다.

그사이에도 두 사람의 몸에는 계속해서 눈이 쌓였다. 은단은 연신 흐르는 눈물을 닦았고, 막은 이마의 상처를 매만졌다. "이상하지, 참 이상해." 막은 중얼거렸다. 마음은 차차 가라앉았다. 아주 안전한 장소에 와 있다는 느낌마저 들었다. 손끝에 닿는 흉터는 변하지 않고 본래 있던 자리를 지키고 있었다. 움푹 팬 모양 그대로, 그의 몸이 상처를 덮은 흔적으로서.

막이 말했다.

“야, 악수라도 하자.”

물결을 타고 얇은 얼음조각들이 떠밀려 왔다. 은단이 손을 내밀었다. 두 사람의 손 모두 빨갛게 얼어붙어 있었다. 손끝이 닿은 순간 그들은 누가 먼저랄 것도 없이 소리쳤다. “아야.” 살갗에 따끔한 통증이 흘렀다. 통증은 손에서부터 뱃속까지, 몸 곳곳으로 질주했다.

은단은 바로 양손을 저었다. 자신이 한 게 아니라고, 자기는 이런 것까지는 할 줄 모른다고 말했다. 막은 웃음을 터뜨렸다. “왜 이런 걸 갖고 놀라?” 묻고서 손바닥에 입김을 불었다. 숨은 몸속에서 금방 나와 따뜻했고, 언 기운도 녹일 수 있었다. 막은 다시 손을 내밀며 말했다.

“괜찮아. 이건 그냥 정전기인데.”

은단이 눈을 치떴다. 처음으로 그 단어를 들은 사람처럼 입술을 떨었다. 이내 그도 다시 손을 뻗었다. 막이 그 손을 붙잡자, 은단은 힘을 주더니 막을 일으켜세웠다. 두 사람 모두 번쩍 일어나 섰다. 오래 쭈그려 있던 탓에 종아리와 발목이 욱신거렸다. 눈은 계속 내리고 있었다. 물속에 떨어진 것은 금세 녹아내리고, 땅 위에 안착한 것은 서서히 쌓였다. 모두 빛을 받아 반짝거렸다.

심사평

권희철(문학평론가)

나는 마지막까지 『정전』을 지지할 수 없었다. 이 소설을 끝내 지지할 수 없게 만든 나의 확고한 편견은 다음과 같은 것이었다.

우리는 저마다 일인칭의 우주를 산다. 나만의 우주가 있다는 것은 약간 신나는 일일 수도 있는데 그러나 더 많은 경우 그것은 외롭고 답답하며 구제불능의 멍청이가 되는 길이다. 사실 그 우주는 얼마든지 다르게 이해되고 다르게 살아갈 수 있는 깊고 복잡하고 역동적인 것이지만, 나는 그 우주를 나의 협소한 주파수로 읽어낼 수 있는 만큼만 이해하면서 살아가고 그 이해를 넘어서는 것을 만나면 깜짝 놀라 뒤로 자빠지거나 낯선 것을 못 본 체하거나 혐오하면서 살아가는 것이다. 우리에게 그와 같은 한계가 있다는 사실을 인정하고 다른 우주(그러니까 다른 일인칭)에 접속하려 시도하고, 접속에 실패했더라도 어쨌든 다른 우주의 존재 가능성을 인정하고 그것들과 함께 살아가는 것이야말로 삶의 기술이다. 그것을 구현해내는 다양한 방법들이 있을 텐데, 소설을 읽고 쓰는 일도 여기에 합류하는 방편이 될 수 있다. 간단히 말해서 제각각으로 생겨먹은 사람들이 서로 말이 안 통해서 우스워지기도 하고 슬퍼지기도 하는 그런 이야기를 읽으면서 우리는 잠깐 일인칭'들'의 우주를 실감하고 일인칭'만'의 우주에서 빠져나오는 연습을 해보는 것이다. 현실에서 만났더라면 그 진가를 잘 알아볼 수 없었을 낯선 일인칭의 낯섦이 이야기 속에서 너무나 구체적으로 세세한 데까지 잘 표현됐기 때문에 그 낯선 존재에 탄복하거나 그 존재와 사랑에 빠지거나 그게 아니라면 적어도 도저히 무시해버릴 수 없게 되는 소설을 읽을 때에도 앞에서와 비슷한 연습을 해보게 된다. 우리가 어떤 소설을 읽고 아름답다거나 슬프다거나 감동적이라거나 흥미진진하다거나 뭔가 배웠다고 느낄 때 우리가 실제로 겪는 일이 그런 것이다.

그러니까 이야기해야 할 것이 미리 정해져 있었다는 인상을 주는 소설이 있다면, 아무리 멋진 이야기를 담고 있다고 하더

라도 그 이야기가 어쨌든 일인칭의 우주에 머물러 있는 데 만
족하는 것처럼 보인다고 한다면, 이야기의 시야가 지금 당장
의 화젯거리에 온통 집중해 있는 바람에 그 바깥의 이야기에
신경쓰고 그것이 이야기의 본류에 개입할 기회를 주고 그렇게
해서 이야기 자체가 열리고 확장하고 동요하고 복잡성을 감수
하는 일에 소홀한 것처럼 보이는 소설이 있다면, 나는 그런 이
야기가 실제 분량과 상관없이 '작다'고 느끼게 되는 것이다.
그 점에서 내게는 『정전』이 작은 이야기처럼 보였다.

　예컨대 주인공 막은 이야기의 초반에 가정 형편 때문에 공
장에 취직하는 것으로 되어 있는데, 막의 부모는 대학생인 막
이 공장에 취업해야 했던 원인을 설명할 때에만 잠깐 등장했
다가 막이 공장에 취직하자마자 이야기 바깥으로 사라져버린
다. 막이 공장에서 만난 사람들과 친밀한 관계를 만들고 라히
루를 짝사랑하고 라히루에게 애인이 있다는 사실을 알고 나서
는 약간 좌절하고 그러는 가운데 라히루가 산재 사고를 당하
고 그 때문에 공장측에 복수를 계획하는 내내 그렇다. 막은 부
모와 함께 사는 집에서 공장으로 출퇴근하는 것으로 되어 있
는데도 그렇다. 출근하기 전과 퇴근한 이후로도 막은 오로지
공장 사람들만 생각하고 집에서는 아무와도 대화를 나누지 않
고 아무런 생각도 하지 않고 아무런 느낌도 느끼지 못하는 것
일까? 어쨌거나 가정생활에 대한 묘사도 약간은 필요했다는

말이 아니고, 이야기의 진행에는 비효율적인 혹은 이야기를 이탈시키면서 확장시킬 수도 있었을 주변적인 요소들이 『정전』에서 너무나 효과적으로 제거되어 있다는 것이다. 후반부에 가서 결정적인 역할을 맡게 될 초능력자 은단도 이야기의 도입부에서 자신의 초능력을 한 번 보여주고 수년이 흘러 막이 다시 불러줄 때까지 이야기의 무대 뒤편 시간이 정지된 대기실에서 얌전히 기다리고 있었을 뿐이라는 듯 은단이 자기만의 삶을 살아낸 흔적이 이 이야기에는 전혀 표현되어 있지 않다. 공장에서 만나게 되는 다른 여러 사람들이나 노조 활동도 이야기되어야 할 중심 사건(복수하는 마음과 복수하지 않는 마음의 충돌)에 직접적으로 기여할 수 있는 만큼만 표현되어 있기 때문에 이 이야기는 일면적이거나 피상적이라는 인상을 준다. 그래서 이 이야기는 형식상 삼인칭으로 서술되어 있는데도 시야가 좁은 막의 일인칭소설이라는 인상을 준다.

『정전』은 내용상에서, 잘난 것이 못 되는 허술하거나 주변적인 존재를 알아보고 지지해주는 태도를 주제화하고 있는 것으로 보이는데, 앞서 말한 서술 스타일이 이와 같은 주제에 부합하지 않을 뿐 아니라 그 주제를 단순화하거나 무력화한다고 읽었다. 그래서 나는 이 소설을 끝내 지지할 수 없었다.

하지만 여기 표현된 막과 은단의 마음에 우리의 시선을 잡아채는 구석이 있는 것은 사실이다. 특히 어색하고 과도한 성격을 지닌 은단이 재등장하면서 얼핏 풋풋하고 선량하기만 한 것 같았던 막의 어둡고 꺼림칙한 측면들을 노출시킬 때 이 소설에는 곱씹어볼 만한 얼룩이 생겨난다. 심사가 끝나고 며칠이 지나 미뤄둔 심사평을 쓰다가 아마 그 얼룩으로부터 이 소설이 열리고 이탈하고 동요하면서 커질 수도 있으리라는 생각이 뒤늦게 들었다. 내가 제때 읽어낼 수 없었던 것을, 다른 작가들이 알맞게 읽어낸 것이리라. 독자들도 이 소설이 실제로 해낸 일을 그에 합당하게 읽어주기를 바라게 된다.

김유진(소설가)

최종 당선작으로 선정된 『정전』은 비밀의 고백이라는 흥미로운 도입부로 시작해 짧고 간결한 문장으로 속도감 있게 진행된다. 장면 구성이 자연스럽고 서술이 능숙하고 일관되어, 마음을 놓고 이야기를 따라가게 만드는 힘이 있었다. 다만 목표를 향해 달려가는 서사의 진행이 지나치게 빠르고 매끈해 장편소설에 기대하는 풍부함이 잘 느껴지지 않는다는 점, 그래서 초능력으로 공장을 멈춘다는 설정이 자본주의의 '일단 정지'라는 알레고리로만 기능한다는 점은 더 풀어내야 할 지점이라고 느꼈다. 이 작품의 서사는 청년 노동과 이주노동자

문제, 산업재해 등을 중심으로 진행되지만 그 뒤엔 어긋난 짝사랑을 하고, 쭈뼛거리고, 어설픈 결정을 내리고, 후회하고, 홀로 구석에 선 외톨이들이 자리하고 있다는 점이 좋았다. 특히 어둠 속에 홀로 선 은단의 마지막 모습에선 아득해지는 기분이 들었는데, 결국 소설 읽기란 독자가 작품 어딘가에 마음을 내어주는 행위라는 사실을 새삼 깨닫게 만드는 작품이었다. 당선을 깊이 축하드린다.

박선우(소설가)

당선작 『정전』은 심사 과정 내내 다수의 심사위원으로부터 지지를 받았다. 그만큼 읽는 이의 마음을 사로잡을 줄 아는 소설이자, 기꺼운 친구처럼 연인처럼 곁에 두고 싶게 만드는 소설이라고 생각한다. 어쩌면 그것이 오늘날 독자들이 소설에서 가장 바라는 바가 아닐까 싶기도 하다. 함윤이 작가의 수상을 진심으로 축하하며 글을 쓰는 동료로서 앞으로의 작품활동도 응원하겠다.

신수정(문학평론가)

이번 문학동네소설상의 영예는 『정전』에 돌아갔다. 집안 사정상 갑작스럽게 대학을 휴학하고 제약회사에 입사한 인물 막을 중심으로 제약회사 공장을 둘러싼 노동의 현실과 외국인 노동자와의 관계, 그리고 갑작스러운 사고로 촉발된 노조 활동 등의 과정을 간결하고 섬세한 문체로 재현하는 이 작품은 이전의 노동소설에서 익숙하게 보아온 우리 문학의 몇몇 관습을 '정전'이라는 초능력 모티프를 사용하여 과감하고 단호하게 끊어내는 면모를 보여준다. 어떤 접촉 없이도 주변의 전류를 끊을 수 있는 은단의 정전 능력은 외국인 노동자를 도구화하는 노동 현실에 대한 젊은 세대의 분노와 저항의 메시지라고 할 수도 있겠지만 그것의 무모함, 무책임성, 그것이 초래하는 또다른 국면으로의 비극적인 연루를 잊지 않는다는 점에서 각성의 계기로 작용하는 것도 같다. 저항 너머의 삶에 뒤따라오기 마련인 또다른 사태를 인지하고 삶의 우연성과 복합성을 깨닫게 된 상황이라고 할까. 어쩌면 『정전』의 실질적인 힘은 저항과 분노가 아니라 그것을 넘어서는 삶의 초과에 대한 앎에 있다는 생각도 든다. 이 소설의 전언에 따르면 어지러운 세상을 구하는 일은 간절하게 타인을 생각하는 일, 그들의 처지를 되돌아보고 또 되돌아보며 그들과 함께 있고자 하는 의지에서 시작한다. 이 다급하고 긴밀한 연결 욕망은 최근 우리 소설의 윤리의 토대를 이루고 있는 것이기도 하다. 『정전』은 여기에 남다른 응답을 덧붙였다. 수상을 축하한다.

송지현(소설가)

『정전』은 사회적 현실과 개인의 감정을 절묘하게 교차시킨 작품이었다. 주인공은 공장이라는 공간 안에서 노동의 구조를 직접 경험하면서도, 자신에게는 돌아갈 곳이 있다는 대학생으로서의 위치를 자각한다. 이 모호한 경계가 주인공의 고유한 내면을 더 들여다보게 만들었다. 노조 결성과 산재 사고 같은 사건들은 사회적 맥락을 구체적으로 제시하지만, 작품이 진정으로 주목하는 것은 그 안에 살고 있는 개인이다.

이렇게만 정리하니 작품이 가진 재미를 다 놓치는 요약처럼 느껴진다. 이 작품의 진짜 재미는 사실 작품을 다 읽고 나서 시작되는데, 작품 속 등장인물들이 어디에선가 계속 살아가고 있을 것만 같아 오래 생각하게 되기 때문이다. 앞으로도 단 한 사람만 알게 될 비밀과, 누군가를 향한 어쩔 수 없는 마음, 어쩔 수 없는 마음을 지니고 살아가는 사람들. 어쩐지 등장인물들의 곁에 끝까지 남고 싶어지는 마음, 그것이야말로 내가 이 작품에 온통 빠져들었다는 증거라고 생각했다.

그리고 마침내 『정전』이 수상작으로 결정되었을 때, 나는 소설을 쓰는 마음에 대해 생각했다. 다른 존재가 되어보는 일, 언어의 한계 속에서 정확한 단어를 찾아 헤매다 결국 거대한 허구로 들어가보는 경험, 그리고 그곳에서 비로소 발견하게 되는 요약될 수 없는 감정들. 그런 마음을 전달할 적확한 단어를 찾지 못해 나는 오늘도 '쓰는 마음'을 그저 사랑이라고 부른다.

그러니까 모든 소설은 어쩌면 사랑에서 비롯된다고, 혹은 모든 소설이 그렇지 않다고 반박하는 사람이 있다면, 적어도 『정전』은 그런 소설이라고 주장하고 싶다.

당선자인 함윤이 작가에게 응원과 사랑을 보낸다.

오은교(문학평론가)

당선작인 『정전』을 만약 노동조합 소설로 읽는다면 아쉬움이 없지 않다. 노사에 대한 선악구도가 명확했고, 노노 관계의 복잡성 또한 기존 작품들이 이룬 성취에 비해 간단했기 때문이다. 심사위원 중 한 명은 이 소설에 멈춤이 없다는 점을 지적했다. 오늘 문제가 발생하면 내일 해결하는 소설의 속도가 의아하다고 말이다. 그런데 이 소설이 우정에 관한 소설이라면, 우리 시대 거의 유일하고 희미하게 남은 친밀성의 양식으로서 우정의 복잡함을 묘사하려 했으며 그것이 미래의 노동문학을 만들어갈 힘을 내포하고 있다는 의견이 지배적이었다. 서툴기 짝이 없고, 이상화된 자아 투사가 없지 않고, 변명이나 정당화 기제로 보이기도 하지만 그냥 사람의 마음이 그렇게 작동한다고 힘껏 말하는 소설의 목소리에 귀기울일 필요가 절실한 시대라는 데에 의견을 모았다. 단결, 대오, 각성이 아니라 쭈뼛, 뻘쭘, 새침이 오늘날 노동자의 관계 조건이다. 연이은 산업재해 소식에 절망했지만, 동시에 방방곡곡 유유히 어둠을 밝히고 있는 수많은 노동자들의 쟁의 살림 텐트 안쪽을 들여다보고 싶었던 한 해였다. 예심과 본심을 거치는 긴 시간 동안 인물관계에만 몰두하여 시공간과 역사가 제대로 표현되지 않은 작품들을 많이 보았다. 날짜를 명확히 표기하라는 뜻이 아니다. 자신의 작품이 2025년 문학상의 당선작이 되어야 하는 이유를 말한 작품은 『정전』뿐이었다. 한 심사위원은 병을 치료하는 제약회사라는 배경 설정이 갖은 병증을 심화시키는 자본주의 사회의 모순을 드러낸다고 하기도 했다. 제약공장 파우더의 분진과 그만큼 많은 번뇌가 붐비는 세속의 환경 속에서도 우정은 의외로 뜻밖의 빛을 발한다. 이 소설은 그와 같은 시대의 한계와 이에 대한 문학의 저항적 결기를 보여주

었기에 최종 당선작으로 선정되었다. 작가 개인에게도 한국사
회 공동체에게도 디딤돌이 될 작품으로 남길 바란다.

윤성희(소설가)

『정전』은 귀여운 소설이다. 이렇게 말하면 작가가 속으로
항변을 할 것 같다. 이 소설은 귀여운 소설이 아닙니다, 라고.
이 소설의 주된 공간은 제약회사의 공장이다. 거기에는 기계
사고를 겪고 부당 해고를 당한 이주노동자가 있고, 노조 활동
으로 갈등을 겪는 사람들이 있고, 공장 노동자와 달리 대학 휴
학중이라 소속감을 느끼지 못하는 주인공 막이 있다. 이야기
속 현실세계만 보면 이 소설은 귀여울 수 없는 소설이다. 처음
이 소설을 읽었을 때 나는 막의 태도가 조금 의심스러웠다. 왜
이 인물은 무엇에든지 스스럼없이 적응할까? 아버지가 사기
를 당하고 대학을 휴학할 때도, 등록금을 벌기 위해 공장에 취
직할 때도, 이주노동자 라히루를 보자마자 짝사랑에 빠졌을
때도, 나는 그런 생각을 했다. 왜 고민의 문장이 없을까? 그러
다보니 공장 전체를 정전시킴으로써 복수를 해야겠다는 막의
마음이 처음 읽을 때는 조금 대책 없고 철없이 느껴졌다. 그런
데 다시 읽고 그 생각이 바뀌었다. 소설 1장, 처음으로 나오는

직접화법의 대화문은 이렇다. "막은 튼튼하네." 독자에게 막을 소개할 때 작가는 튼튼하다는 정보를 가장 먼저 말해주었다. 모든 서사에서 인물은 자기 기질에 맞는 사건을 만나기 마련이다. '튼튼한 스무 살' 막은 자기 기질에 맞게 사건을 만나고, 자기 나이에 맞게 최선을 다해 고군분투한다. 나는 그 모습이 사랑스럽고 귀여웠다. 모든 일이 실패로 끝날 때 막은 이렇게 말한다. "그럼 저는 책임을 어떻게 져요?" 튼튼한 스무 살은 도망가지 않는다. 정전 사건은 막의 책임 여부와 상관없이 마무리된다. 그래서 막은 시도 때도 없이 울 수밖에 없게 된다. 이것 역시 스무 살의 막이 할 수 있는 최선의 노력일지도 모른다. 튼튼한 막은 이제 울보 막이 되었다. 마지막으로 초능력자 은단의 서사에 대해서도 말하고 싶다. 이 소설은 프롤로그와 에필로그에 전류를 차단시킬 수 있는 은단의 이야기를 배치하고 있다. '정전'이라는 제목에서도 알 수 있듯이 은단의 서사는 이 소설에서 아주 중요하다. 그런데 정작 은단의 백 스토리는 거의 존재하지 않는다. 대신 강력한 에피소드 하나만 독자에게 보여준다. 은단의 초능력이 비롯된 기원에 대해. 튼튼한 막이 처음으로 크게 다쳤던 날에 은단의 초능력이 생겼다는 설정은 이 소설에서 의미심장하다. 그로부터 십 년도 넘는 시간이 흘렀다. 금이 간 뼈는 붙었고 피를 흘렸던 무릎의 상처도 흔적없이 사라졌다. 그런데 가장 작은 상처, 그

당시에는 아프지도 않았던 이마에 난 상처만이 흉터로 남아 있다. 공장 정전 사건은 부러진 뼈일 것이다. 뼈는 시간이 지나면 붙는다. 하지만 다른 흉터가 막에게 남을 것이다. 이마의 상처처럼 작고 작은 흉터가. 영영 사라지지 않을 흉터가. 이제 나는 다른 서사가 궁금하다. 튼튼한 막에게 작고 작은 흉터가 계속 생긴다면 은단의 초능력은 어떻게 될까?

이기호(소설가)

개인적으로 본심에서 『정전』을 처음 만났을 때, 모든 것이 이미 마무리되었다는 느낌을 받았다. 이번 문학동네소설상은 바로 이 작품이다, 아니, 이 작품이 되었으면 좋겠다, 계속 응원하는 마음으로 읽어나갔다. 그만큼 이 소설이 보여주는 정서(정서는 사실 여백에서 나온다)가 감각적이고 또 정확했다. 특히 대사. 단편소설도 마찬가지이지만 장편소설의 경우 대사의 조탁이 미학적 완성도의 거의 전부라고도 할 수 있는데, 이 작품은 그것을 모자라지도 남지도 않게 해냈다(갈등과 정조를 서서히 끓어올렸다는 뜻이다). 작품의 말미에서 은단의 비밀스러운 능력의 원인이 밝혀지는 순간, 나에겐 그 능력이 그저 은단만의 것은 아니라는 생각을 하게 되었다. 막이 라히루를 생각하는 마음, 그 마음 또한 어떤 능력이었을 것. 때때로 거칠고 성긴, 감상적으로 뭉개진 부분도 없지 않았지만, 나에 겐 그 또한 이 소설의 주인공인 막의 리듬이고 시선이라고 생각했다. 요 근래 만난 가장 '젊은' 소설이었다. 수상을 진심으로 축하드린다.

이유리(소설가)

『정전』은 매끈하게 다듬어진 서사와 아름다운 장면들이 단박에 마음을 끄는 작품이었다. 소설의 복잡한 사건들이 대상과 형태는 달라도 모두 '사랑'이라는 하나의 감정으로 관통된다는 사실이 읽기의 즐거움을 더했다. 특히 소설의 마지막 장면에 마음을 울리는 아름다움이 존재한다는 감상에 대해서는 모두가 이견 없이 동의했다. 다만 이십대 극초반의 사회 경험이 없는 막을 화자로 내세우고 있는데, 덜 여문 화자를 통해 보여지는 노동문제며 노동조합 등의 모습이 약간 현실적이지 못하다는 점과, 소설의 전체적인 서사가 장편보다는 중단편에 더 어울리는 볼륨인 듯하다는 의견 역시 다수의 공감을 받았다. 접전 끝에 최종적으로 『정전』이 당선작으로 결정되었다. 이야기는 끝났지만 막과 은단의 이어질 삶이 궁금했고, 이 궁금증은 자연히 작가의 다음 소설에 대한 호기심으로 이어졌다. 이 작가가 앞으로 더 좋은 작품을 써낼 것이라는 의견에 심사위원 모두가 한마음으로 동의했다. 당선자에게 축하와 응원, 그리고 큰 기대를 보낸다.

동년배, 동종업자, 동네 친구와 소설 얘기함

수상작가 인터뷰 | 이유리(소설가)

동년배, 동종업자, 동네 친구와 소설 얘기함

　11월의 어느 토요일 오후, 제31회 문학동네소설상 수상의 영예를 안은 함윤이 작가를 만났다. 수상자 인터뷰를 맡아달라는 부탁을 받았기 때문이었다. 나는 함작가와 같은 동네에 살고 있고 나이대가 비슷한데다(내가 두 살 많다) 수상작『정전』을 본심에 올린 사람이 바로 나였으니 인터뷰어로 적임자이긴 했지만, 글쎄 내가 잘할 수 있을까…… 우리는 일단 인터뷰 전에 점심을 먹기로 하고 동네의 '스시쇼부'라는 좀 이상한 이름의 초밥집(맞장이라도 떠야 할 것 같다)에서 만나기로 했다. 이름이야 그렇다 쳐도 저렴한 식당은 아니었는데 인터뷰 원고료에는 꽤 적지 않은 식사비가 포함되어 있었으므로 스시쇼부는 적절한 식당이라고 할 수 있었다.

함작가는 예쁜 은색 자전거를 타고 나타났다(자전거 덕후인 애인이 사준 것이라고 했다). 나도 전기자전거를 타고 왔기에(내 돈 주고 샀다) 우리는 금세 자전거 얘기로 말문을 틀 수 있었다. 이윽고 가게에 들어간 우리는 가장 비싼 C코스와 성게알 한 판, 제로콜라와 일반 콜라를 하나씩 주문하고 이런저런 이야기를 나눴다. 각자의 파트너 이야기, 겹지인의 근황, 기타 등등. 함작가는 솔직하고 밝은 사람이었고 따라서 첫 만남이었지만(이런저런 자리에서 스쳐지나간 적은 있다) 마치 오래 만난 친구처럼 편안하게 대화를 나눌 수 있었다. 그런데 잠깐, 너무 편했던 걸까. 김홍(내 남편이다)이 야구를 좋아한다는 이야기를 하고 있던 우리는 갑자기 『H2』『터치』 같은 야구 만화 이야기에서 시작해 『히카루의 바둑』『테니스의 왕자』, 급기야는 『슬램덩크』 이야기까지도 해버리고 말았다(착실한 오타쿠의 길을 걸어온 90년대생에게라면 흔한 일이지만). 아아 안 돼, 이렇게 되면 그 질문을 할 수밖에 없어…… 해서는 안 돼…… 하지만 참을 수 없었다. 나는 결국 묻고 말았다. "혹시…… 『헌터×헌터』 보셨어요?" 함작가는 반색하며 자기는 『헌터×헌터』를 최고의 만화 중 하나로 꼽는다고 대답했다. 그뒤로 우리는 아주 많은 『헌터×헌터』 이야기를 나누었다. "개미 편을 보고 울지 않은 사람과는 겸상도 하면 안 되죠." 내가 말하자 그는 고개를 끄덕이며 대꾸했다. "도가

시 요시히로가 연재를 제대로 해야 강호의 질서가 잡힐 텐데요." 나는 속으로 생각했다. 문학상을 타는 사람의 안목은 역시 다르구나. 작품을 볼 줄 아는 눈이 있어야 좋은 작품을 쓰는 건 당연하다. 식사 후 이어질 인터뷰가 아주 순조롭게 진행되리라는 확신이 들었다.

이윽고 우리는 식사를 마치고 바로 옆의 플로라는 카페로 이동해 본격적으로 인터뷰를 했다. 다음은 그 인터뷰를 정리한 것이다.

이유리(이하 '이') : 시작하겠습니다. 클로바노트 켰고요. 음…… 원래 수상자 인터뷰는 간단한 수상 소감을 듣는 걸로 시작하는 게 아무래도 매끄럽죠. 22년에 등단하시고 23년에 젊은작가상, 24년에 문지문학상, 그리고 25년에 문학동네소설상으로 매년 수상해오고 계신데, 소감이 어떠신지 한말씀 부탁드립니다.

함윤이(이하 '함') : 하하…… (코 훌쩍, 머리 매만짐) 되게 겸연쩍고 그렇네요. 이거 제가 멋쩍은 듯이 코 쓱 했다고 꼭 적어주세요.

이 : 네, 괄호 하고 적겠습니다.

함 : 보통 등단하면서 작품활동을 시작했다고 소개되곤 하지만, 저는 그전에도 창작 활동을 하고 있었어요. 독립출판으로

책을 내거나 미술/영화/음악 분야에서 진행하는 프로젝트에 참여해 글을 내놓거나 하는 식이었는데, 단편소설 전문을 공개할 기회 자체는 매우 드물었어요. 좀더 많은 사람들에게 제 소설을 읽히고 싶다는 욕망이 커서 등단을 계속 시도했죠. 그러는 기간 동안 등단 제도와 발표 시스템에 관한 고민이 겹겹이 쌓였고, 여전히 현재 진행중이고요. 근데 너무 여러 번 떨어지다보니까…… 막상 등단이든 수상이든 연락을 받으면 오히려 얼떨떨하더라고요. 지금 와서 생각하면 낙방하는 과정에서 작품 자체도, 저의 마음가짐도 어느 정도 훈련된 부분이 분명 있었던 것 같아요. 말하자면 겸허해졌달까, 상을 받는 건 분명 멋지고 기쁜 일이지만 그게 어떤 종결은 아니라는 점 역시 이젠 알게 됐어요. 그걸 알게 된 후에 상을 받아서 다행이라고 생각해요.

이: 오, 멋진 말이네요. 북마크해두겠습니다. (북마크 버튼 누름)

함: 헤헤…… (멋쩍은 웃음)

이: 그럼 이제 수상작인 『정전』 얘길 해볼까요. 이 작품을 쓰셨을 때의 계기나 과정, 뭐 이런 얘기를 해주시면 좋겠습니다.

함: 네. 『정전』은 총 세 개의 버전이 있는데, 세 개의 버전이라 하면……

이: 잠깐, 총 세 번을 다시 쓰셨다는 건가요? 처음부터 끝까지? 장편소설을?

함: 네. 세부적으로는 서로 다 다르지만요.

이: (식은땀을 닦는다) 그렇군요. 말씀하세요.

함: 최초의 『정전』은 2018년, 제가 뉴질랜드에 워킹홀리데이를 가 있을 때 시작됐어요. 당시에는 실제로 제약 공장에서 선별 일을 하고 있었죠. 매일 빨간 알약들을 뒤섞고 포장하는 일을 하느라 손목이 다 나가기도 했는데, 이런 감각을 어떻게 소설로 가져올 수 있을지 생각하다 『정전』의 줄거리를 떠올리게 됐어요. 지금보다 훨씬 더 메인 스토리에 중점을 맞춘 소설이었는데, 줄거리 자체는 말이 되지만 전체적으로 다듬어지지 않았다는 느낌이 들더라고요. 여기저기 응모는 했지만 번번이 낙방했죠. 그럼 처음부터 다시 써볼까…… 하면서 2020년에 다시 집필을 시작했고, 이때는 취재를 좀 보강했어요. 노무사인 아버지의 도움을 받아서 파업 투쟁을 경험한 분들을 만나기도 하고, 전기공학 분야의 친구를 만나서 '이런 방식의 정전이 가능하냐' '이 정도 규모의 공장을 정전시키면 피해량이나 복구까지 걸리는 시간은 어느 정도냐' 같은 걸 물었죠. 다행히 모두 흔쾌히 협조해주셔서, 그런 내용을 보강해 두번째 버전을 썼습니다. 근데 그 소설도 여기저기서 시원하게 떨어졌죠. (웃음) 주변 친구들에게 보여줬더니 스토리도 좋고 인물도 좋

은데 문학적인 측면이 더 보완되면 좋겠다고 조언해주더라고요. 문장이라든가, 울림을 주는 장면이라든가. 몇 년 묵혀두며 외면하긴 했지만 어쨌든 올해 세번째로 다시 써서, 결국 지금 버전의 『정전』이 완성됐습니다.

이: 큰 틀에서는 같은 내용의 소설을 거듭해서 쓰면서 새로이 깨달은 부분들이 있나요?

함: 있죠. 작업을 거듭할수록 이 인물들이 한층 '주도적으로' 실패를 경험할 필요가 있겠다는 느낌이 오더라고요. 실패를 더 다층적으로 받아들이는 장면 역시 필요하다는 것도요. 그래서 사건 면에서는 본편에서 마무리를 짓고, 감정을 갈무리하는 장면을 에필로그로 빼는 식으로 구성에 변화를 줬어요.

이: 결과적으로 좋은 변화였던 것 같네요. 응모할 때는 어떤 심정이셨나요? 당선될 줄 예상하셨나요?

함: 당연히 몰랐습니다. 그리고 예상했다고 하면 사람이 너무 별로로 보이지 않나요……

이: 아니죠, 자기 원고에 확신이 있다는 거니까요.

함: 수상에 대한 이야기는 아니지만, 마감일 바로 전날까지 밤을 새우면서 퇴고를 하고 우체국에서 원고를 부쳤을 때, 엄청난 해방감이 들었어요. 이제 끝났다, 싶어서 마구 달리며 기뻐했던 기억이 납니다. 수상은 전혀 예상하지 못했지만 그 해방감만으로 충분히 즐거웠어요.

이: 무슨 기분인지 알 것 같네요. 좋습니다. 그럼……『정전』얘기를 좀더 해볼까요. 이 작품에 대해서 만족하시나요? 스스로 꼽는 가장 좋은 점, 조금 아쉬운 점에 대해서 듣고 싶습니다.

함: 만족을 했다기보다는 이게 지금 내 최선이라는 사실을 받아들인 상태가 된 것 같아요. 그러니까 너무 마음에 들어! 가 아니라, 할 만큼 했다, 이게 오늘 내가 할 수 있는 최선의 최선이다, 이 이상은 못한다…… 그런 거요. 마음에 드는 점을 꼽자면 저와 오랫동안 함께 살아온 인물들, 막, 은단, 라히루, 서영, 수지, 영준 모두의 깊은 곳을 각각 들여다봤다는 점, 그들을 만들어낸 과정이 창작자인 제게 큰 만족감을 가져다줬다는 사실이에요. 아쉬운 점은 소설을 새로 쓰고 고치기를 반복하는 중에 한국에서 벌어진 노동운동의 흐름을 잘 담아내지 못했다는 사실이에요. 또 소설 중후반부에 등장하는 심판회의는 방청이 어렵다보니 충분한 취재를 거치지 못했거든요. 그런 아쉬움이 남아 있네요.

이: 그렇군요…… 할 만큼 했다는 감각이 뭔지 저도 소설가로서 잘 알 것 같습니다. 말 나온 김에 소설 쓰는 얘기를 좀 해볼까요. 2022년에 데뷔해서 이제 사 년 차 소설가이신데, 사 년 차 소설가 함윤이는 소설쓰기가 뭐라고 생각하십니까?

함: 아…… (창밖을 바라본다) 너무 어려운 질문이네

요······

이: (만족스러운 웃음)

함: 노동 유희. 노동 유희라는 말이 딱 맞겠네요. 노동을 한다는 감각은 확실히 있는데 진짜 재미있고 즐겁고, 근데 또 힘들고. 그 과정에서 창작자로서 수련이 되는 것 같아요. 이렇게 살아가는 몸을 만드는 과정이라고도 할 수 있겠네요.

이: 노동 유희라는 말 너무 좋네요. 이것도 북마크 해두겠습니다. (북마크 버튼을 누른다) 아무튼 즐거우시다니 좋네요. 즐겁게 하는 게 가장 중요한 것 같아요.

함: 맞아요. 힘들 때도 있지만 대체로 재밌고, 괴로워도 이걸 그만둬야겠다는 생각은 안 들더라고요.

이: 그럼 다음 질문입니다. 이제 가장 어려운 질문 두 가지가 남았는데요.

함: 아니, 어려운 질문은 다 지나간 줄 알았는데······

이: (단호하게) 아닙니다. 그럼 첫번째 어려운 질문. 소설 잘 쓰는 방법이······ 뭘까요?

함: 네? 헐······ (깊은 한숨) 작가님은 아세요?

이: 모릅니다. 모르니까 물어보죠.

함: (깊은 한숨) 일단 제 생각엔······ 잘 쓰는 방법은 정말 모르겠고, 어떤 무논리적인 믿음이 있긴 해요. 소설에게 최선을 다해 잘해주면 이 친구도 어느 정도는 나에게 돌려줄 거라

는 믿음이에요. 글로 나를 어필하거나 내 욕망을 채우려고 하기보단 그 친구를 최선을 다해 돌본다……는 느낌에 가까운 것 같아요. 소설을 쓰다보면 내가 쓰고 있는 소설이 자기 마음대로 가려고 할 때가 있잖아요. 그럴 때도 애가 하려는 말을 잘 들어주고, 이게 뭘까 하며 같이 고민해주고. 그러면 나 혼자만의 의지로 쓸 때보다 좀더 나은 걸 돌려주지 않을까 하는 기대가 있어요.

이: 징크스 같은 건 없으세요? 저는 손톱을 예쁘게 꾸미면 손이 글을 잘 써줄 거라는 생각에 손톱을 꾸미는 걸 좋아합니다. (네일아트를 자랑한다)

함: 어쩐지 아까부터 손톱이 되게 예쁘시다고 생각했어요. 딱히 징크스랄 건 없지만, 송고하기 전에 마지막으로 쫙 훑어보지 않으면 못 견디는 습관이 있습니다. 뭔가 치명적인 오류가 있을 것 같은 느낌? 그래서 보내기 전 마지막 의례처럼 꼭 살펴봐요.

이: 앞서 이야기하신, 소설을 최선을 다해 돌본다는 것과도 통하는 구석이 있네요. 좋습니다. 그럼 이제 마지막 어려운 질문입니다. 소설가 함윤이는 앞으로 어떤 작가로 나아가고 싶으신가요? 작가로서의 목표가 있다면?

함: 하…… (깊은 한숨) 저 이 질문 때문은 아닌데, 진짜 아닌데, 화장실 한 번만 갔다 와도 될까요?

이: 그러시죠.

(함윤이 작가는 힘없이 일어나 화장실로 향했다. 나는 그의 축 처진 뒷모습을 바라보며 미소 지었다. 그는 보통의 성인이 화장실에서 보내는 평균적인 시간보다 약간 더 오래 있다가 돌아왔다.)

함: 왔습니다. (자리에 앉으며) 제가 화장실에서 생각해봤는데, 작가님의 답도 궁금해지더라고요. 유리 작가님은 앞으로 어떤 작가가 되고 싶으신가요? 작가님 답 먼저 들어볼래요.

이: (만면에 미소를 띠며) 그럴 줄 알고 답을 준비해뒀지요. 저는…… 언제나 어제 썼던 것처럼 오늘도 쓸 수 있는 사람. 그런 작가면 좋겠습니다. 매일 같은 것을 초연하게 하는, 무소의 뿔처럼 가는 그런 작가요.

함: 와, 멋있네요. 그거 제가 한 말로 적어주시면 안 될까요?

이: 그렇게 말씀하셨다고 쓸게요.

함: 곰곰이 생각해봤는데…… 저는 추상적인 얘기 먼저 떠오르더라고요. 저는 언제나 이야기를 재밌게 쓰는 사람이 되고 싶어요. 문장이나 방법론도 중요하지만, 무엇보다 이야기 자체를 재미있게 쓰고 싶다, 더 나아가서 좋은데 재미까지 있는 이야기를 쓰고 싶다, 그런 거요. 마치 생명체처럼, 여러 방향으로 움직이며 점차 변해가는 이야기를 쓰길 바라고 있어요.

이: 재미라는 게 독자의 재미인가요, 작가의 재미인가요?

함: 둘 다라고 생각해요. 그 둘이 연결되는 부분도 있고요. 그리고 덧붙여 말하자면, 음…… 혹시 『기리시마가 동아리 활동 그만둔대』라는 영화 보셨나요? (상대방의 표정을 보고) 아니에요, 이거 제목만 이렇지 그런 오타쿠 영화 아니거든요.

이: 아무 말도 안 했는데요.

함: ……아무튼 제가 이 영화를 부천 판타스틱 영화제에서 봤는데요. 여기서 너드인 고등학생이 허술한 좀비 영화를 계속해서 찍는 장면이 나오거든요. 그래서 다른 인물이 넌 영화감독이 되고 싶은 거냐고 물으니 아니라고 하면서 이런 말을 해요. 영화를 찍다보면 자기가 좋아하는 영화와 자신이 하는 일이 이어지는 기분이 들 때가 있다고. 저도 가끔 소설을 쓰다보면 아득히 멀리 있는 것 같은, 제가 흠모하는 이야기들과 모종의 방식으로 이어지고 있다는 느낌이 들 때가 있어요. 그게 너무 좋거든요. 앞으로도 그런 느낌을 쭉 가져가며 소설을 쓰는 사람이 되고 싶어요.

이: 무슨 느낌인지 알 것 같네요.

함: 오타쿠 영화 아니라니까요.

이: 알겠습니다. (웃음) 아무튼 준비한 질문은 여기까지였고요. 좋은 인터뷰였네요. 많은 이야기 해주셔서 감사합니다. 그리고 마지막 깜짝 질문……

함: 또 뭐죠?

이: 『헌터×헌터』에서 작가님이 가장 좋아하는 인물은 누구인가요?

찡그려져 있던 함윤이 작가의 얼굴이 확 펴졌다. 드디어 대답하기 수월한 질문을 받아 기쁜 인터뷰이의 얼굴이었다. 그 뒤 우리는 온갖 만화 이야기를 나누며 이야기꽃을 피웠다. 사실 함작가는 이때 클로바노트의 녹음 기능을 껐다고 생각하겠지만…… 그렇지 않았다. 우리가 나눈 대화는 모두 녹음되었으며 심지어 텍스트로 변환까지 되어 있다. 물론 그 모든 대화를 여기에 밝힐 필요는 없겠지, 나와 함작가의 존엄성을 위해서라도.

아무튼 우리는 실컷 이야기를 나눈 뒤 일어났다. 인사를 한 뒤(함작가는 다음에 꼭 자기가 밥을 사게 해달라고 했다. 터무니없는 소리. 나는 연하의 미녀에게는 절대로 뭔가를 얻어먹지 않는다) 각자 자전거를 타고 다른 방향으로 가며 헤어졌다. 달리면서, 나는 어서 집에 가서 이 인터뷰 원고부터 작성해야겠다고 생각했다. 녹취 파일이 있긴 하지만 대화를 나눈 맥락도 중요하므로 기억이 살아 있는 동안 쓸 작정이었다. 좋아, 도입부는 『헌터×헌터』 얘길 하고……

하지만 이상한 일이 일어났다. 집에 와서 가방을 내려놓고 컴퓨터 앞에 앉았을 때, 나는 자연스럽게, 원래 그러려고 했던 사람처럼 그날 아침 쓰고 있던 소설 파일을 연 것이다. 아니, 지금 내가 해야 하는 건 이게 아닌데. 계획대로라면 바탕화면에 마우스 우클릭을 하여 새로 만들기-한글 2007을 선택하고 (그렇다, 나는 아직도 한글 2007을 쓰고 있다) 새 문서를 열어야 했다. 그런데 정말 이상하지, 나는 소설을 쓰기 시작한 손을 멈출 수 없었다. 마치 내 양손이 내가 지금 해야 하는 일은 바로 이거라고, 넌 지금 이것 외에는 아무것도 하고 싶지 않다고 이야기하는 것처럼. 약간 어안이 벙벙한 채로 몇 문단을 내리 쓰고 나서야 깨달았다. 이건 내가 함윤이 작가를 만나고 왔기 때문이라는 걸.

소설을 써본 이라면 알 것이다. 소설 쓰는 일을 진심으로 사랑하고, 꾸준히 정진해온 덕분에 어느새 큰 성취를 이룬 작가를 만나게 되면…… 나도 소설을 쓰고 싶어진다. 그 열정에 자연스레 감화될 수밖에 없기 때문이다(질 수 없지, 나도 글 쓰는 재미라면 잘 알고 있다고!). 함윤이는 소설을 정말 사랑하는 사람이었다. 초면에 있는 얘기 없는 얘기 마구 꺼내며 주접을 부린 건 그래서였던 것 같다(함작가는 믿지 않겠지만, 나는 사실 그런 캐릭터가 아니다). 내가 사랑하는 소설을 그도 정말 사랑하기 때문에. 어제보다 오늘 좀더 잘 써보려고 매일같이 골몰하는 사람이기 때문에. 좌충우돌하며 버리고 고치고 매만지면서도 그 가운데서 재미를 찾는 사람이기 때문에.

그런 작가가 내놓을 다음 소설은 또 얼마나 재미있을까.

그리고 그건 또 나를 얼마나 글쓰게 할까.

수상 소감

수상 소감

수상 소감을 쓰기 위해 컴퓨터 앞에 앉았다가 부끄러움을 느꼈다. 부끄러움은 보이지 않는 얼굴을 갖고 있다. 부끄럽다는 말이 여러 의미로 오용될 수 있음을, 자칫 나를 믿고 읽어준(또 읽어줄) 사람들에게 무례가 될 수 있음을, 내가 겪는 기쁨을 오염시킬 수 있는 표현임을 알면서도, 이 이야기를 꺼낼 수밖에 없다. 오해가 두려워 감추기에는 이 마음이 나를 꽉 붙잡고 있기 때문이다. 이걸 숨겼다가는 너무 많은 일에 거짓을 말하게 될 것 같다.

보이지 않는 얼굴을 향해 왜 부끄럽니, 묻는다. "그래도……" 따위의 우물대는 소리가 들린다.

이유리 작가님과의 인터뷰에서 나는 이 소설을 "쓸 수 있는

데까지” 썼다고 말했다. 이 소설이 만족스럽든 만족스럽지 않든, 이게 내가 최선을 다한 글임은 맞다고.

보이지 않는 얼굴은 거듭 말한다. 그래도……

그래도 이보다 더 나아갈 수 있지 않았나. 이것보다 더 알맞은 단어들을 찾을 수 있지 않았나. 이런 질문들은 완벽주의를 토대로 자라난 것이 아니다. 이 질문들은 내가 소설을 쓰며 세계와 제대로 마주했는지, 큰 소리로 단언할 수 있을 만큼 진실했는지 불안해하는 마음에서 온다. 이러한 불안과 수치는 늘 내 일부였다.

최근에야 불안과 수치를 내게서 떼어낼 수 없음을, 나아가 이것들이 나를 굴리고 키웠음을 알게 되었다. 그 덕택인지 마음이 좀 뜨뜻미지근해졌다. 보이지 않는 얼굴도 계속 마주하면 나름대로 친밀해질지 모른다. 지난 몇 해간 이 같은 가리산 지리산 심정으로 계속 글을 썼다. 『정전』은 그중에서도 가장 오래 쓴 글, 몇 해간 내 하드 드라이브에 뿌리를 내렸던 글이었다.

약 칠 년 전 나는 해외의 제약공장에서 일했다. 매일 붉은 약들을 섞었고 거기서 골라낸 캡슐들을 포장해 창고로 옮겼다. 업무를 되풀이하며 서로 다른 굉음으로 들끓는 기계들 사이를 연이어 지나갔다. 그사이 『정전』의 인물들이 하나씩 나

320

타났다. 내 옆이나 앞자리에 서서 저들끼리 떠들기도 했다.

한국으로 돌아와 완성한 소설을 곳곳에 투고했지만, 별 응답은 없었다. 삼 년이 지나고 친구들의 작업실 한편에 끼어들어 빈 문서를 켰다. 백지 위에 내가 알던 『정전』을 다시 쓰기 시작했다. 내가 이미 쓴 이야기인데도 자꾸만 멈칫거리게 됐다. 여기저기 돌아다니며 소설에 필요한 정보를 채집했다. 사람들을 만나서 기계와 전기에 대해, 노동조합과 복직 투쟁에 관해 물었다. 질문을 거듭할수록 나는 더 부끄러워졌다. 알아야 할 것을 오랫동안 몰랐다는 생각이 들었다.

두번째로 쓴 『정전』에도 별 응답이 없어, 한동안은 그저 즐겁게 지냈다. 사람들이랑 놀거나 싸우러 다녔고 거기에 쓸 돈을 벌고자 여러 일거리를 구했다. 내가 뉴질랜드에서, 서울에서, 파주에서 일하는 사이에도 『정전』의 인물들은 컴퓨터 한 구석에 있었다.

그 사실을 잊을 수 없어 올해 다시 이 소설을 썼다. 장편 하나를 세 차례 다시 쓰는 건 내 인생에 처음 있는 일이었고, 제발 마지막이 되었으면 한다. 동시에 이 세 번의 되풀이가 무척 즐거웠음을, 내 안의 불안과 수치마저 슬며시 들뜨게 만드는 힘을 품은 시간이었음을 부정할 수 없다. 나는 이 이야기, 그리고 인물들과 자주 만났고 많이 친해졌다. 친구가 되면 그들을 자랑스러워하게 되고, 누군가가 자랑스러워지면 바깥에 말하고 싶어진다. 여기 이런 사람들이 있다고. 그들이 보이지 않는, 글자로 이루어진 얼굴을 가졌더라도 마찬가지다.

오랜 시간 쓰고 지우고 다시 쓰길 거듭한 만큼, 많은 사람에게 큰 도움을 받았다. 자문을 도와준 함지호 노무사님(평소엔 아빠라고 부른다), 정인철 선생님, 연주와 제이에게 감사드린다. 첫번째와 두번째의 『정전』을 읽고 감상과 응원을 전해준 소영, 소진, 윤, 소정, 휘웅, 혜린, 세윤을 포함한 여러 친구에게 커다란 고마움을 전한다. 소설을 쓸 공간을 내어준 연희문학창작촌과 소전서림, 글을 인쇄하고 마감하는 과정까지 도와준 해인에게도 누차 감사하다고 말하고 싶다. 이런 인사를 적을 때마다 그 모든 순간이 내게 얼마나 크고 중요했는지 제대로 전하지 못한 것 같은 아쉬움에 "그래도……" 하며 한숨을 쉬게 된다.

선뜻 인터뷰를 맡아주신 이유리 소설가님을 비롯해 이 소설이 바깥 세계와 만날 수 있도록 해주신 심사위원분들에게 마음 깊이 감사드린다. 불안과 수치의 은혜 역시 마음에 품고, 계속해서 소설을 쓰겠다. 사실 나는 그것이 무척 신나는 일임을, 다시없을 행운임을 잘 알고 있다.

문학동네 장편소설
정전
ⓒ함윤이 2026

1판 1쇄 2026년 3월 13일
1판 2쇄 2026년 4월 3일

지은이 함윤이
책임편집 서유선 | 편집 김내리
디자인 김문비 유현아 | 저작권 박지영 형소진 주은수 오서영 조경은
마케팅 정민호 서지화 박치우 한민아 왕지경 이민경 정유진 정경주 김예진 김혜원 이서진
브랜딩 함유지 이송이 박민재 김하연 신은서 이준희 조다현
미디어콘텐츠 함근아 김은솔 박다솔
제작 강신은 김동욱 이순호 | 제작처 영신사

펴낸곳 (주)문학동네 | 펴낸이 김소영
출판등록 1993년 10월 22일 제2003-000045호
주소 10881 경기도 파주시 회동길 210
전자우편 editor@munhak.com | 대표전화 031)955-8888 | 팩스 031)955-8855
문학동네카페 http://cafe.naver.com/mhdn
인스타그램 @munhakdongne | 트위터 @munhakdongne
북클럽문학동네 http://bookclubmunhak.com

ISBN 979-11-416-1520-8 03810

www.munhak.com

제1회 나는 나를 파괴할 권리가 있다 김영하

비범하고 충격적인 신예의 탄생을 알린 문제작. 매혹적인 죽음의 미학을 탁월하게 형상화하여 한국문학의 새로운 장을 열었다.

제1회 식빵 굽는 시간 조경란

식빵 굽는 냄새와 함께 펼쳐지는 서른을 앞둔 여성의 황량한 내면 엿보기. 미혹으로 가득찬 인간관계의 부조리함을 탄탄하고 세련된 문체로 드러낸다.

제2회 마요네즈 전혜성

붕괴해가고 있는 우리 시대 가족의 현주소를 적나라하게 파헤친 문제작. 가족과 모성애, 사랑의 이름으로 희생된 '여자' 어머니에 대한 새로운 발견과 통찰이 빛난다.

제4회 기대어 앉은 오후 이신조

삶의 다의적 진실을 꿰뚫어보는 섬세한 감성, 연민과 관용, 정밀한 심리묘사 등과 같은 여성적 미학으로 현대사회에서 훼손된 영혼들 사이의 교신을 형상화한다.

제5회 모던보이—망하거나 죽지 않고 살 수 있겠니 이지민

통념을 깨뜨리는 발상과 거침없고 재치 넘치는 표현으로 삶의 권태를 가로지르는 한바탕 백주의 활극.

제6회 동정 없는 세상 박현욱

야하면서도 건전하고 불순하면서도 순수한 젊은 호흡으로 성장 없는 독특한 성장소설, 동정童貞/同情없는 우리 시대의 뛰어난 우화를 완성해냈다.

제8회 지구영웅전설 박민규

과연 우리의 상상력은 어디까지가 온전히 우리의 것인가, 되묻게 만드는 엉뚱하고 기발하고 유쾌한 만화적 상상력과 독특한 구성력이 돋보인다.

제9회 어느덧 일주일 전수찬

발랄하고 상쾌한, 연상녀+연하남 커플의 유쾌한 일주일. 생을 쿨하게 바라보는 시선, 물 흐르듯 자연스러운 경쾌한 입담, 인물들에 대한 야릇한 호기심이 읽기의 충동을 유지시킨다.

제10회 악어떼가 나왔다 안보윤

날카로운 시선으로 인간 본성의 모순, 우리 사회의 병리적 현상을 풍자하고 조롱해나간다.

제11회 내 머릿속의 개들 이상운

희극적인 상황 설정과 풍자적인 어법에서 시대 상황을 관통해 지나가는 힘이 느껴진다. 적당히 과장된 인물들이 벌이는 한바탕의 소란은 우리 시대의 흥미로운 우화가 되어준다.

제12회 달의 바다 정한아

인물들이 빚어내는 따뜻함이 생에 대한 냉정한 통찰과 어우러져 균형을 이룬다. 아픔을 부드럽게 감싸는 긍정, 가볍게 뒤통수를 치는 듯한 반전의 경쾌함이 돋보인다.

제14회 아무도 편지하지 않다 장은진

여운을 남기는 압축적 구성과 작품 곳곳에 따뜻하게 배어 있는 명징한 유머가 묘한 아픔을 수반하고 있다.

제15회 사라다 햄버튼의 겨울 김유철

관계의 가능성이란 그 불가능성을 받아들이는 것에서부터 시작된다는, 이 역설적 진실은 소박하지만 잔잔한 울림을 남긴다.

제16회 죽을 만큼 아프진 않아 황현진

삶의 진창을 넘어서고자 애쓰는 한 소년의 고독한 성장기를 과장된 상처 없이, 자기 연민 없이, 신선한 리듬이 살아 있는 위트 있는 문장으로 이야기한다.

제18회 시간 있으면 나 좀 좋아해줘 홍희정

거침없이 살기에는 너무 거친 이 시대를 자기만의 속도로 살아가는 나이든 소년/소녀들의 자화상. 타인의 고통에 민감하게 반응하고 그것을 따스하게 감싸안는 공감력은 이 소설만의 힘이라 하기에 충분하다.

제20회 그믐, 또는 당신이 세계를 기억하는 방식 장강명

고작 패턴으로 존재하는 인간은 어떻게 그 밖으로 나갈 수 있을까? 이 소설은 시간을 한 방향으로, 단 한 번밖에 체험하지 못하는 인간존재의 한계를 근본적으로 성찰하고 있다.

문 학 동 네 대 학 소 설 상 수 상 작

제1회 코끼리는 안녕, 이종산

말하지 않은 채로 무엇인가를 강조할 줄 아는 소설. 저 매력적인 대화들은 우리가 아직 잘 모르는 새로운 스타일의 이야기가 시작되고 있는 것이라는 강력한 예감을 갖게 한다.

제1회 아프리카의 뿔 하상훈

탁월한 이야기꾼의 자질이 고스란히 드러난 작품. 치밀하게 자료조사를 하여 소설로 빚기까지의 노고와 작가의 공력이 고스란히 느껴진다.

제2회 브라더 케빈 김수연

읽는 내내 능청스러운 문장에 속수무책이고, 각 장이 매듭지어질 때마다 작은 감탄이 새어 나온다. 매력적인 캐릭터 구축 능력, 자기 세대의 문제를 포착하는 시선 모두 남다르다.

제3회 초록 가죽소파 표류기 정지향

이 시대 대학생이 할 법한 고민 대부분을 정교한 플롯과 다양한 에피소드를 통해 매우 설득력 있게 전개한다. 작가가 서사를 장악하고 있기에 가능한 작품이다.

제4회 최선의 삶 임솔아

강렬하고 파괴적인 사건과, 그것을 바라보는 무감한 시선이 섬뜩한 충격을 안겨주는 소설. 불합리와 모순, 그리고 분노를 느끼며 경험하는 잔인한 성장의 일면을 지독히 사실적으로 그려낸다.

제5회 환상통 이희주

'빠순이'의 시선에서 들려주는 아이돌 팬덤에 대한 생생한 증언과, 그 사랑의 특수성에 대한 섬세한 기록을 만날 수 있게 해준다.